Graf Anton Prokesch von Osten

Denkwürdigkeiten aus dem Leben des Feldmarschalls Fürsten Carl zu Schwarzenberg

Graf Anton Prokesch von Osten

Denkwürdigkeiten aus dem Leben des Feldmarschalls Fürsten Carl zu Schwarzenberg

ISBN/EAN: 9783743620452

Hergestellt in Europa, USA, Kanada, Australien, Japan

Cover: Foto ©Raphael Reischuk / pixelio.de

Manufactured and distributed by brebook publishing software (www.brebook.com)

Graf Anton Prokesch von Osten

Denkwürdigkeiten aus dem Leben des Feldmarschalls Fürsten Carl zu Schwarzenberg

Denkwürdigkeiten

aus dem Leben

des

Feldmarschalls Fürsten

Carl zu Schwarzenberg.

Von

A. Prokesch,

Oberlieutenant im k. k. österreichischen Generalstabe.

Neue Ausgabe.

Mit einem einleitenden Vorworte des Verfassers,

des jetzigen k. k. Feldmarschall-Lieutenants und Internuntius

Anton Freiherrn von Prokesch-Osten.

Mit Portrait.

WIEN, 1861.

Wilhelm Braumüller

k. k. Hofbuchhändler.

Vorwort.

Aufgefordert von der Hofbuchhandlung des Herrn Wilhelm Braumüller in Wien, die Wiederausgabe meiner vor bald vierzig Jahren verfassten „Denkwürdigkeiten aus dem Leben des Feldmarschalls Fürsten Karl zu Schwarzenberg“ mit einem Vorworte zu begleiten, glaube ich mich diesem Begehren nicht versagen zu sollen. Selbst ein Anderer als damals in der so anders gewordenen Zeit blicke ich auf diese Jugendarbeit, wie auf die Jugend selbst zurück und die Blätter liegen vor mir, dem seit lange in der Fremde Weilenden, wie Erinnerungen der Heimath. Die Sprache von damals habe ich verlernt, aber die Gesinnung ist dieselbe geblieben, und mit Verehrung und Liebe umfasse ich was ich damals verehrte und liebte. Die Verantwortlichkeit für die Wiederausgabe fällt der Buchhandlung anheim. Was sie dazu bestimmte, war der Wunsch durch Bilder aus unserer eigenen, noch nahen Vergangenheit auf die Gegenwart ermuthigend und stärkend zu wirken. Diesem Wunsche, auch wenn er fehl griffe, die Anerkennung zu versagen, würde nicht des Vaterlandes, nicht der Gesinnung, die uns Alle beleben soll, würdig sein.

Allerdings liegt die Besorgniss nahe, dass die Zeit von heute kaum mehr die Zeit von damals versteht. Beide Epochen haben nicht mehr dieselben Ideen zur Unterlage, und die heute sich zur Geltung drängenden sind noch zu jung, um gerecht zu sein. Aber es ist die Macht des wirklich Edlen und Ausgezeichneten so gross, dass es nie dauernd misskannt werden kann. Es gehört dem Menschen an, nicht den Umständen und Lagen, in denen er lebt. Auch gibt es Männer, welche die Vorsehung ausersehen, im Völkerleben gleichsam ewige

Wahrheiten zu vertreten. Ein solcher Mann war der Fürst Karl zu Schwarzenberg. Der Glanz seines edlen Sinnes hängt untrennbar an seinem Leben und Thun, und es war ihm die erhabene Bestimmung geworden, der Welt darzuthun, was Oesterreich und Deutschland selbst nach den schwersten Niederlagen und Prüfungen gelten und vermögen, wenn sie, der inneren Zerwürfnisse ledig, in sich und unter sich einig sind.

Viele Theile dieser Denkwürdigkeiten könnten und sollten eine weitere Ausführung erhalten. Das lag aber nicht in der Absicht der Buchhandlung und sie mochte Recht darin haben. Es konnte, wie natürlich, einem so hochgestellten und hervorleuchtenden Manne an Missgunst grosser und kleiner Leute nicht fehlen; es musste, nach der Macht- und Glanzperiode der gemeinsamen Abwehr und des gemeinsamen Sieges, die Rückkehr Deutschlands zu seiner lockeren Gestaltung und zu seinen inneren Gegensätzen auch in den Urtheilen über den Feldherrn der grossen Epoche das

Abbild und den Ausdruck finden; es mussten die Unwissenheit, die halbe Kenntniss, der Dünkel, die berechnende Lästerung, die politische Eifersucht und wie sie alle heissen mögen die uns anklebenden Schwächen sich gegen ihn breit machen. Das ist wohl zu beklagen, aber nicht zu hindern, noch durch Widerlegung gut zu machen; es fällt im Laufe der Zeit von selbst wieder ab wie Tünche und Anwurf. Die einzelnen aufrichtigen Streitfragen aber der Männer vom Fache über diese oder jene geschichtliche Thatsache mögen sich durch die Beleuchtung derer klären, welche den Zusammenhang und das Gewicht der wirkenden Ursachen zu beurtheilen im Stande sind.

Wichtiger wäre bedeutende Lücken auszufüllen, die zur Zeit der Abfassung dieser Denkwürdigkeiten, aus theilweise noch bestehenden, theilweise verschwundenen Rücksichten, offen gelassen werden mussten. Dies wäre ein Dienst der geschichtlichen Wahrheit geleistet. Ansprechend endlich und dem Gesammtbilde nöthig würden

Zusätze sein, welche den Menschen als solchen klarer zeichneten und anschaulicher machten. Dies würde dem Biographen insbesondere obliegen. Für beides, für das geschichtliche Verständniss nämlich und für die vollendete Darstellung des inneren Menschen, wäre keine Quelle lauterer und reicher als die der Briefe des Fürsten an seine Gemahlin, eine der begabtesten und edelsten Frauen nicht blos unserer Zeiten. Sie beleuchten mit dem vollsten Lichte des Vertrauens in das grosse Herz und in den sicheren Verstand der geliebten Lebensgefährtin die merkwürdigsten Ergebnisse der ersten zwei Jahrzehente dieses Jahrhunderts, in denen dem Fürsten eine eingreifende Rolle zu spielen bestimmt war, die Vorfälle und Zustände in Petersburg zu Anfang derselben, die Unfälle des Jahres 1805, die Machtepoche Napoleon's vom Jahre 1809 bis zu seinem Zuge nach Russland, die Katastrophe des Jahres 1812, die Erhebung Deutschlands und die Kämpfe bis zum Sturze der Napoleonischen Macht. Menschen und Er-

eignisse erscheinen in diesen Briefen in ihrer
wirklichen und wahren Gestalt; auf viele
für die Geschichte dunkle Stellen fällt der
sichere Strahl des Tages; alle, selbst die
trübsten, wie die von edlem Kummer über-
schwellenden Briefe aus Mailand im Jahre
1816 durchwärmen Hochsinn und die edel-
ste Vaterlandsliebe; alle geben gleichzeitig
Zeugenschaft in Worten voll Seele von den
schönsten Gefühlen, die ein menschliches
Herz bewegen können.

Aber wer hebt diese Schätze? wer die
vielen anderen die im schriftlichen Verkehr
mit den leitenden Staatsmännern, mit den
Führern der Truppen, mit Männern von
Geist und von Wirksamkeit auf so verschiedenen Feldern verborgen liegen? Meine
Kräfte und Verhältnisse erlauben mir nur
die Andeutung und den Wunsch, dass sie
gehoben werden mögen durch eine warme
und fähige Hand zur Ehre des Mannes und
seines fürstlichen Hauses, zur Klärung der
Ereignisse, zum Ruhme des Vaterlandes so
wie zum Trost und Vorbild aller derer, die

es lieben und die, welchem Völkerstamme sie angehören, die Bürgschaft für dessen Macht und Gedeihen in der Einigung erkennen und wissen.

Gratz im August 1860.

FML. Anton Freiherr v. Prokesch-Osten.

Der Fürst Carl Philipp zu Schwarzenberg wurde am 15. April 1771 in Wien
geboren.

An eine grosse Folge verdienter und be-
rühmter Ahnen reiht sich dieser Sprosse, der
alle seine Vorfahren überragen sollte. Man hat
sich die Mühe gegeben, die Stammtafel der
Schwarzenberge an jene des Kaiserhauses von
Habsburg, an die der Könige von England,
Dänemark, Polen u. s. w. zu knüpfen. Es be-
darf dieser Mittel, so ehrend sie sind, zur
Festhaltung der Erinnerung nicht. Es gibt
Todte, deren Leben und Wirken, von Ge-
schlecht zu Geschlecht forterzählt, und jeden
Wandel der Zeit überdauernd, aus dem Ei-
genthume dieses oder jenes Volkes schon ein
Gemeingut der Menschheit geworden sind; —

Todte, deren alleiniger Name ausgesprochen, alle Lebensbeschreibungen und Thatenverzeichnisse derselben jetzt entbehrlich macht. Wunsch und Hoffnung haben Theil an dem Glauben, dass nach Verlauf des Zeitraumes, der auch in der geistigen Welt zur Absonderung und Gestaltung der Erscheinungen nothwendig ist, der Mann, aus dessen Leben hier Einiges niedergelegt werden soll, bei unsern Enkeln und Nachfolgern einer gleichen Schätzung geniessen werde.

Man muss zugeben, und Allem vorausschicken, dass ein seltenes Zusammentreffen von Umständen den Charakter und die Handlungsweise dieses Mannes reiner erhielt, als es manchem eben so hoch Gestellten unserer Zeit möglich war.

Nur zur Entscheidung im Kampfe des Welttheils berufen, nahm der Himmel den Mann in seinen kräftigsten Jahren hinweg. Es zerfällt sein Leben demnach nur in die Jahre der Vorbereitung, und in die, wo das Schicksal von Europa in seinen Händen lag, und wahrlich nicht reineren und gewandteren vertraut werden konnte.

Wer fühlt nicht, was es heisst, das Leben eines Mannes zu schildern, dessen Wirken durch Gelegenheit und durch eigene Kraft zu aussergewöhnlichem Einflusse gesteigert wurde. Vor dem Auge der gesammten Mitwelt daliegend, fordert es auch die gesammte Mitwelt zum Urtheile auf, und je öfter die Ansichten der Einzelnen unter sich nicht übereinkommen, desto unnachsichtigeres Gericht droht Demjenigen, der, indem er öffentlich auftritt, den Schein auf sich zieht, als halte er sich berufen, den Streit der Meinungen beizulegen. Anderseits ist die Klage um den Verlust noch neu. Darum werden auch Diejenigen, die dem Verewigten näher standen, und folglich von seinem Wesen ergriffen waren, strenge Forderungen an diese Schilderung machen, und der Verfasser muss den Vorwurf des Unvermögens, wie den der Anmassung, befürchten. Er wird versuchen, sich zunächst gegen jenen mit Allem, was ihm zu Gebote steht, zu waffnen, und gegen diesen wird ihm das Bewusstseyn seiner Absicht genügenden Trost, ihn aufzuwiegen, und auch Kraft, ihn zu übersehen geben.

Also zur Jugend vorerst. Von der Wiege auf zum Soldaten bestimmt, verkündigte sich in dem Fürsten Carl zu Schwarzenberg früh der Beruf, durch den die Vorschung ihn zu verherrlichen beschlossen hatte. Früh entwickelte sich die Lust an Allem, was auf die Geschäfte des Krieges deutete. Wie jedes Kind, erfasste auch er zuerst die Aussenseiten, übte sich mit Leidenschaft im Spiele des Degens, lernte, sobald sein Arm die Kraft gewann, den Säbel führen, und bestieg endlich mit der Freude und der Kühnheit eines Siegers das Pferd.

Aber mit den Jünglingsjahren wandte sich sein Streben, und plötzlich, als besänne er sich über die zu ungetheilte körperliche Ausbildung, lag er mit gleicher Anstrengung auch dem Wissenschaftlichen seines künftigen Standes ob. Mathematik, Geschichte und Sprachkenntnisse betrieb er mit eben so grossem Eifer als Erfolg, legte sich dann auf die philosophischen Wissenschaften, und erwarb sich bis zu seinem siebzehnten Jahre einen verhältnissmässig ungewöhnlichen Reichthum an Kenntnissen, der in dem schönen, in allen ritter-

lichen Übungen gewandten Jünglinge· frühe
schon die herrlichsten Früchte versprach, und
zu mancher Äusserung lebenserfahrener und
hochgestellter Männer der damaligen Zeit,
wie Lacy und Loudon, Veranlassung gab, welcher die späteren Begebenheiten den Charakter von Vorhersagung aufdrangen.

Siebzehn Jahre war der Fürst alt, als
der Krieg gegen die Türken ausbrach. Der
Feldmarschall Lacy sollte die Führung des
Hauptheeres übernehmen. Ein Freund des
Hauses, forderte er die Ältern unsers Fürsten
auf, denselben jetzt schon in den Stand treten zu lassen, für den er bestimmt war: „denn
„ein Türkenkrieg wiederholt sich wohl lange
„nicht wieder. Wer daran Theil nahm, wird
„vor seinen Waffengenossen einst ein Verdienst
„voraus haben.” — Nach dem Erziehungs-
plane des Vaters, sollte zwar noch einige Zeit
auf die Vorbildung unseres Fürsten verwen-
det werden. Er wünschte ihn, ehe noch ein
Paar Jahre vergingen, nicht seiner unmittelbaren Leitung zu entziehen. Dennoch gab er
dem Drängen desselben, so wie dem Verlangen des Feldherrn nach, der Vatersorge zu

übernehmen sich antrug. So folgte Fürst Carl,
nachdem er am 29. December 1787 die Anstellung als Lieutenant im Infanterieregimente
Wolfenbüttel erhalten hatte, dem Feldmarschall zum Heere nach Slavonien.

Die schützende Hand der Vorsicht that
sich an ihm bald nach Beginn des Feldzuges
auf unverkennbare Weise kund. Der Feldmarschall hatte den Wunsch geäussert, Gefangene zu machen. Der junge Fürst sah in diesem
Wunsche einen willkommenen Auftrag, und
erbat sich, die hiezu bestimmten Reiter begleiten zu dürfen. Mit seinem Freunde, dem
Major Fürsten Poniatowski, Adjutanten des
Kaisers, eilte er hinaus, traf in kurzem auf
türkische Streifer, und ritt, der Vorderste,
ohne Zaudern auf sie los. Einer der Feinde,
der sich durch die Flucht nicht mehr retten
konnte oder wollte, sprang ihm mit gespann-
tem Gewehre entgegen, und drückte, als der
Reiter nicht anhielt, und schon bis zu ihm gelangt war, ab; aber — das Gewehr versagte.
Im nächsten Augenblicke hatte der Fürst ihn
schon gefasst, und führte den Gefangenen so-
fort dem Feldmarschall vor. — Einer ähnlichen

Gefahr entging er mit demselben Freunde bald darauf, als er, an einem dienstfreien Tage mit der Jagd sich ergötzend, auf einzelne Türken stiess, denen es gelungen war, zwischen die Vorposten sich einzuschleichen, und die alsbald Anstalt machten, sich der Officiere zu bemächtigen. Aber kaum waren die Beiden ihrer ansichtig, so schoss Poniatowski einen derselben nieder; — Schwarzenberg traf einen zweiten; — die begleitenden Jäger sprangen herbei; und so gelang es mit Hülfe derselben, noch zwei der Feinde als Gefangene einzubringen. — So unbedeutend solche Begebenheiten in Bezug ihres Einflusses auf den Gang kriegerischer Unternehmungen sind, so wichtig werden sie als Züge des Lebensgemähldes, als Zeichen der Entwicklung des Mannes. Diese zwei Beispiele mögen genügen.

Die gemeinschaftlich getragene Gefahr, der gemeinschaftlich bewiesene Muth, banden den Fürsten während dieses Feldzugs inniger an Poniatowski, so wie an den Fürsten Franz von Dietrichstein, damals Hauptmann; denselben, der einige Jahre später bei der Wegnahme von Valenciennes so ausgezeichnete

Dienste leistete; endlich an den Major Fürsten de Ligne, der im Sturm auf Sabacz der Erste die feindlichen Werke erstieg. Schwarzenberg war an diesem ruhmvollen Tage im Gefolge des Feldmarschalls, der mit eigener Hand das Pfahlwerk in den eroberten Vorstädten umstürzen half, um den Geschützen Raum zu geben, die Stürmenden zu unterstützen *). Der Schmerz, den Fürsten Poniatowski verwundet zurückbringen zu sehen, verringerte die Freude des Sieges, die in der Brust unseres jungen Kriegers voll Leben und Fülle aufgeglüht war.

Der Kaiser Joseph II. hatte den Muth des Lieutenants an diesem Tage nicht unbelobt gelassen. Zur besonderen Auszeichnung ernannte er ihn noch in demselben Jahre (14. November) zum Hauptmann mit Kompagnie, und liess ihm die Wahl des Regiments.

Das Jahr 1789 versprach längs der ganzen Nordgränze des europäisch-türkischen Reiches kriegerische Thätigkeit. Lacy hatte seine Stel-

*) Siehe Lettres et Pensées du Maréchal Prince de Ligne etc. sur la dernière guerre des Turcs. L. II. le 8. May 1788.

le dem Grafen Hadik geräumt; Loudon war an die Spitze des croatisch-slavonischen Heeres getreten. Der Ruf dieses Feldherrn zog den jungen Hauptmann an. Obwohl nunmehr bei dem General der Cavallerie Grafen von Kinsky zugetheilt, erbat und erlangte er die Anstellung im Hauptquartiere Loudons. Die Belagerung von Berbir gab ihm Veranlassung „seinen Muth, seinen Beobachtungsgeist, „seine unermüdete Thätigkeit" zu zeigen. Nach dem Falle dieses Platzes ermangelte der Feldmarschall auch nicht, diese Eigenschaften an dem Hauptmann Fürst Schwarzenberg, „der aus Wissbegierde von der grossen Armee „sich zu dieser Belagerung begeben hatte" *), öffentlich zu beloben, und ihn seit diesem Tage auf besondere Weise auszuzeichnen. Fürst Carl begleitete den grauen Helden, als dieser nach Hadiks Erkrankung im August den Befehl über das Hauptheer erhielt, und wohnte der merkwürdigen Belagerung von Belgrad, jedoch nur zum Theile bei, da ein schwe-

---

*) Siehe 16. Beilage zur Wienerzeitung 1789. 20. July.

res Fieber auf einige Zeit seine Körperkräfte
lähmte. Noch geschwächt, und zur vollkom-
menen Herstellung seiner Gesundheit, ging er
im Herbste nach Böhmen. Hier traf ihn der
schmerzliche Verlust seines Vaters, des regierenden Fürsten Johann Friedrich zu Schwarzenberg. Noch tief erschüttert, zog er mit dem
leichten Reiterregimente, das des Kaisers Namen trägt, und zu welchem er, die freige-
stellte Wahl zum Ausdruck seiner Ehrfurcht
benützend, die Übersetzung als Rittmeister
gewünscht und erhalten hatte, 1790 nach Mähren, da das Heer sich dort in Erwartung eines
Feldzugs gegen die Preussen sammelte. Ein
zweiter Verlust folgte bald dem ersten: der
Tod des gefeierten Feldherrn, der ihm Freund,
Lehrer und Muster war, des Feldmarschalls
Loudon. —

. Mit der Ernennung zum Major, die im
Sommer des Jahres 1790 (21. August) erfolg-
te, erhielt Fürst Carl zugleich die Bestim-
mung als erster Wachtmeister der Arcieren-
Leibgarde den Krönungsfeierlichkeiten des
Kaisers Leopold in Frankfurt beizuwohnen.
Der Glanz der Feste, die alterthümlichen Ge-

bräuche, die vielfältige Berührung mit Personen aus allen Völkern Europa's, konnten auf den jungen Mann einen günstigen Eindruck nicht verfehlen, und trugen vielleicht bei, den Krieger zuerst auf die Geschäfte des Staatsmannes aufmerksam zu machen, und in seinem Wesen jene ernste Haltung und Würde auszubilden, die so schnell Jedem, der seines Rathes oder seiner That bedurfte, das entschiedenste Vertrauen einzuflössen vermochten.

Als er den Herbst desselben Jahres wieder in Wien zubrachte, erschien ihm seine Jugendwelt durch den mannigfachen Inhalt der dazwischen liegenden Jahre, wie die Kindheit zurückgedrängt. Mit dem Gefühle seiner Kraft verband sich jetzt mehr als jemals das Streben, das, was ihm an wissenschaftlicher Bildung noch abgehen mochte, nachzuholen. Nicht die zerstreuenden Kreise, deren Besuch Geburt und Stand oft zur Pflicht machen, noch seine angeborne Heiterkeit, die ihn das Vergnügen nicht verschmähen liess, lähmten diess Streben, das, wie es zu geschehen pflegt, durch die Erkenntniss des Erfolges nur immer mehr und mehr gehoben wurde. Er liebte Zerstreuung; aber sein reiner Sinn liess ihn in der Wahl derselben, und in der Gesellschaft, mit welcher er daran Theil nahm, nicht irren. Zugleich besass er im hohen Grade die Gabe, immer das Nützliche mit dem Angenehmen zu verbinden, und in dem Edlen und Schönen das Unterhaltende und Genügende zu finden. Mehrere Stunden wurden jetzt täglich an Mathematik, Geschichte und militärische Wissenschaften gewendet. Er folgte den Letztern durch alle einzelne Fächer, und scheute die Mühe nicht, durch Auszüge des Gelesenen seinem ohnediess vortrefflichen Gedächtnisse noch zu Hülfe zu kommen. Denkwürdigkeiten grosser Männer fehlten nie auf seinem Arbeitstische, und wie er späterhin bei seinen Söhnen auf das Studium der alten Klassiker drang, so hatte auch er dieses in der Zeit der Waffenruhe zur fortwährenden Beschäftigung gemacht. Mit einem scharfen Beobachtungsgeiste begabt, der ihn das Lächerliche, oft Schädliche, einseitiger Bildung erkennen liess, und von jugendlicher Lebhaftigkeit getrieben, versäumte er aber über der Bereicherung des Kopfes, die fortwährende

Ausbildung körperlicher Fertigkeiten nicht. In allen Leibesübungen erwarb er sich eine seltene Gewandtheit. Trotz mehreren Stürzen, war er einer der unerschrockensten kühnsten Reiter seiner Zeit, ein eben so gewandter als artiger Fechter, ein unermüdeter sicherer Jäger. Dieses körperliche Vermögen, eine so unentbehrliche Gabe für den Soldaten, machte einstens, als der Fürst, während des letzten Feldzuges gegen die Türken, zwei Nächte hindurch bei Loudon gewacht hatte, die Tage über zu Pferde gewesen war, und schon mit Anbruch des dritten Tages, trotz des stürmenden Wetters zur Jagd auszog, selbst den Feldmarschall staunen, der in Gegenwart seiner Officiere ihm damals eine grosse Rolle für die Zukunft, wenn ihn die Gelegenheit begünstigen würde, voraussagte.

Jene Freundlichkeit, die Jedermann gewann, die er in den verwickeltsten Verhältnissen der späteren Jahre bewahrte, zeichnete ihn schon damals im Umgange aus. Der edlen äussern Gestalt entsprach ein edles Herz. Zu rein zur Zweideutigkeit, zu stolz zur Lüge, zu gross um kleinlichen Maassstabs sich zu bedienen, heiter ohne jemals ausgelassen zu seyn, verständig und dabei aufmerksam genug um tausend Gelegenheiten zu kleinen Diensten, zu Gefälligkeiten nicht unbenützt vorübergehen zu lassen, war er die Zierde und Lust eines jeden Kreises, der Stolz und die Freude seiner Freunde, und das Augenmerk der Frauen, die er zu verehren, wie zu vergnügen verstand. —

Die Zeit der Waffenruhe endete bald. Die Unruhen in Frankreich hatten im August des Jahres 1791 die Erklärung Östreichs und Preussens zu Pilnitz veranlasst, und das Kriegsschauspiel, wovon wir durch zwanzig Jahre Zeugen waren, begann. Östreich stellte nur einen Theil seiner Streitkräfte in den Niederlanden und längs dem Rheine auf. Der Fürst bat alsogleich um eine Anstellung daselbst. Nach kriegerischer Thätigkeit verlangend, und insbesondere durch die ritterliche Idee getragen, seinen Arm einem vom wüthenden Volke misshandelten Königshause zum Schutze darzubieten, hatte er nicht Rast noch Ruhe, bis er seinen Wunsch erfüllt sah. Dieser wurde es durch ein hofkriegsräthliches Decret vom

18. Jänner 1791 : worin es heisst : „Seine Maje-
„stät haben den Herrn Fürsten auf das gemachte
„Ansuchen, und in Rücksicht des dadurch von
„dem Herrn Fürsten zu erkennen gegebenen
„Eifers und einer lobenswürdigen Vorliebe für
„den Dienst, einstweilen als Oberstwachtmei-
„ster zu dem Latour'schen Chevauxlegers-Re-
„gimente zuzutheilen beschlossen." (6. Jänner.)
Musste ihn die Erfüllung seines Wunsches
an sich schon freuen, so that der Umstand der
Zutheilung zu dem genannten Latour'schen
Regimente das seinige noch hinzu. Der Ruf,
den dieses wackere Regiment in früheren Zeiten erworben, den es aufrecht zu halten und
zu erhöhen in Kampf und Tod für seine schönste Pflicht erkannte, bildete in ihm jenen ächt
kriegerischen Gemeinsinn aus, durch den jeder Einzelne mit Stolz für's Ganze steht, und
die Gelegenheit zur Auszeichnung um so sehn-
suchtsvoller wünscht, weil er eben seinen
grössten Triumph nur darin findet, den Ruhm
des Körpers zu heben, dessen Glied er ist.
Vom gemeinen Reiter durch jeden Rang bis
zum Obersten, der es führte, bestand eine
schöne Verbindung, deren man erst durch

Tapferkeit sich werth machen konnte. Indem jeder Einzelne sich würdig achtete, neben jedem Krieger, wess Ranges er war, zu stehen, leistete dieses Regiment auch vorzügliche Dienste. Schwarzenberg kannte den Geist der braven Wallonen. Sie empfingen ihn kalt. Seine Jugend machte sie scheu, und es schien, als bezweifelten sie zum wenigsten seine Erfahrung, wenn auch gleich Gestalt und Benehmen sie an seinem Muthe nicht zweifeln liessen. Sich dieser würdigen Schar zu verbinden, suchte der Fürst nun jede Gelegenheit auf, und in den täglich wiederholten Gefechten konnte es nicht lange währen, dass er sie fand.

Das Regiment stand damals bei dem Heere des Herzogs von Sachsen-Teschen im Lager vor Mons. Der französische General Biron rückte aus der Richtung von Valenciennes gegen die Hesne vor, und seine leichten Truppen besetzten auf einer sanften Höhe eine Reihe von Windmühlen. Man wünschte Nachrichten über die Stärke dieser Vortruppen des Feindes. Die Officiere des Regiments äusserten sich gegen den jungen Major über die

Möglichkeit, diese zu verschaffen, und er verkannte nicht, dass diess eine Art von Probe war, auf die man ihn setzen wollte. Mit heiterer Ruhe wandte er sich schnell zur Umgebung, und forderte sie auf, ihn zu begleiten; man willigte darein, und alsbald ritt der Fürst in Gesellschaft mehrerer Offiziere gegen die Mühlen vor. — Schon empfingen sie die Kugeln der Gegner. Man stand an einem Graben, und war nahe genug, die Lage der nächsten Feldwachen und der Unterstützungsposten zu beurtheilen. Die Offiziere riethen umzukehren. Aber als begänne nun erst seine Thätigkeit, flog der Fürst über den Graben hinweg und durch die Linie der Mühlen, erreichte die von feindlichen Posten besetzte Höhe, und nicht früher, als bis sein Auge auch das jenseitige Thal untersucht hatte, wandte er um, und kehrte glücklich mitten durch das heftige Feuer des Feindes nach dem Lager zurück.

Züge ähnlicher Art, zu viele an der Zahl, und vermöge der untergeordneten Stellung des Fürsten noch zu wenig reich an Einfluss, um erzählt zu werden, erwarben ihm bald, was er suchte. Die Offiziere des Regiments, die lange schon seines einnehmenden Betragens wegen ihm geneigt waren, umarmten ihn, nachdem er Muth und Tapferkeit in so manchen Proben glänzend beurkundet hatte, als einen der Ihrigen, und die Verehrung für ihn stieg um so höher, je mehr man ihn beim Empfange fühlen liess, dass man den Fürsten nur dann schätzen werde, wenn er als Soldat sich schätzenswerth beweise.

Während der erfolglosen Belagerung von Lille stand der Fürst mit einer Schwadron und einigem Fussvolk zu Charleroi, dem Verbindungsposten zwischen Mons und Namur. Dieser Punkt blieb ihm überlassen, bis mit Ende Oktobers der Herzog sämmtliche Truppen zu einem Hauptschlage bei Mons zu versammeln für gut fand. Während dieser Zeit hieb sich der Fürst mit den Besatzungen von Philippeville, Givet, Marienbourg und Rocroy herum, die, von den Verbündeten nicht eingeschlossen, ihre Zeit nicht müssig zubringen wollten. Der Umstand, dass der Befehlshaber von Philippeville mit einigen Offizieren der Besatzung zu den Östreichern flüchtete, bewog

diese, einen Überfall auf die Festung zu be-
schliessen, und Schwarzenberg erhielt den Auftrag, die Gegend für die Ausführung desselben
zu erkennen. Er that es, und es findet sich noch
in dem k. k. Kriegsarchive der Entwurf zum
Angriffe, den der damals ein und zwanzig jährige
Major ausarbeitete. Er schlug zuvörderst darin
vor, dass das Heer bei Mons eine Bewegung
mache, um die Aufmerksamkeit der zunächst
an Philippeville stehenden feindlichen Truppen
so lange auf sich zu ziehen, bis der Überfall ausgeführt seyn könne. Dann liess er sich bis in
das Einzelnste über die Art aus, wie man Nachts
der Festung nahen, wie sich sichern müsse
gegen die Unterstützung, die der Gegner aus
Rocroy, Givet und Maubeuge erhalten dürfte; wobei er genau Entfernung und Stärke
des Feindes bemass, um zu zeigen, woher
die grösste Gefahr drohe. Als Gesetz für die
Aufstellung der zum Überfall bestimmten Truppen schlug er vor, sie so zu wählen, dass alle
östreichischen Abtheilungen aus der Festung
gesehen werden konnten. Griff man nun mit
Tagesanbruch an, so sollte diese Aufstellung
den Feind entmuthigen, da sie durch das Zei-

gen so vieler Kräfte ihn auf eine weit grössere Angriffsmacht schliessen machen würde, als wirklich da war.

Dieser Plan wurde auch im Wesentlichen der Weisung zu Grunde gelegt, die General Graf Sztarray, dem die Ausführung übertragen war, erhielt. Wenn diese nicht gelang, so fand sich die Ursache davon nicht im Entwurfe, sondern in Ereignissen, die ausser aller Berechnung lagen. Die Truppen waren des heftigen Regens wegen erst nach Mitternacht vor Philippville angelangt, und wurden nun nach Angabe des Fürsten vertheilt. Sie besetzten die Zugänge, und standen unentdeckt bereits auf dem Glacis der Festung. Ein Artillerieoffizier wurde zur Wahl eines Punktes, wo man das mitgebrachte Geschütz am schicklichsten stellen könne, vorgesendet. Einstweilen warteten die Truppen mit grösster Vorsicht und Stille die Rückkunft dieses Offiziers ab. Eine Stunde verging; — eine zweite ebenfalls; — der Offizier erschien nicht. — Der Tag war nahe dem Anbruch. Einmal entdeckt, würde man die Truppe nur nach grossem Verlust aus der Schussweite der Festung haben ziehen kön-

nen. — Sztarray zog sich also noch vor Tagesanbruch zurück, und so misslang die ganze
Unternehmung. —

Als gegen Ende Oktobers Clerfait mit den
Truppen, die er aus der Champagne zurück-
brachte, an der Sambre eintraf, löste er
auch den Posten von Charleroi ab, und der
Fürst eilte nach Mons, wo er bereits 6 Schwadronen seines Regiments traf. Er wohnte nunmehr der Schlacht von Jemappes bei, wo ein
Theil der braven Dragoner von Latour noch
einmal in diesem Feldzuge, obwohl ohne Erfolg für das Ganze, Gelegenheit zur Auszeichnung fand. Dann theilte er das Schicksal des
gesammten Heeres, den Rückzug an den Rhein
und an die Mosel. Als während dieses Rückzuges der Feind bei Mecheln angegriffen wurde, und der Fürst, den Angriff zu beginnen,
mit der Vortruppe durch Gehölz drang,
traf ihn das widrige Geschick, auf dem mit
Eis bedeckten Waldwege zu stürzen, und sich
am Rücken und am rechten Fusse zu beschä-
digen. Übereilte ärztliche Behandlung verursachte, dass die Folgen dieses Sturzes noch
nach mehreren Jahren merkbar waren.

Der ungünstige Ausgang dieses Feldzugs hatte wenig niederschlagend auf die Stimmung des östreichischen Soldaten gewirkt, der, im einzelnen Gefechte immer Sieger, die Ursache des Rückzugs nur in der Überzahl der Gegner und in dem Zusammenflusse vieler hindernder Umstände sah. Ein schmerzlicher Verlust für unseren Fürsten während der Dauer desselben, war der des braven Obersten de Ligne, der gegen Dumouriez in den Engpässen der Argonnen blieb. Mit ungebeugtem Muthe sah auch Schwarzenberg, wie das ganze östreichische Heer, der Wiedereröffnung der Feindseligkeiten im Jahre 1793 entgegen.

Am Vorabende derselben erhielt er die dienstliche Mittheilung, dass er vermög allerhöchster Entschliessung vom 13. Februar „aus „Anbetracht der von Demselben seit dem er„sten Zeitpunkte für die Militärdienste zu er„kennen gegebenen besondern Neigung, und „in den drei türkischen, besonders aber in „der letzten französischen Campagne durch „viele Applikation und Muth an Tag gelegten „Auszeichnung, und in Rücksicht dessen, dass

„Seine Majestät keine Ursache zu zweifeln ha-
„ben, es werde Derselbe in der Fortsetzung
„dieser Verwendung dem Staate nützliche
„Dienste mit der Zeit leisten können” u. s. w.
zum Oberstlieutenant befördert, und ihm der
Befehl über die drei Divisionen des Uhlanen Freicorps übergeben worden sey.

Der Überfall bei Aldenhoven und das Gefecht bei Aachen, womit der neue Feldzug
begann, trugen nicht wenig bei, im Heere jene kühne Zuversicht zu erzeugen, die für eine Quelle, wie für eine Folge, des Sieges angesehen werden kann. Die Dragoner von Latour
hatten wichtigen Antheil an der Entscheidung
jenes Überfalls. Reiterei, Fussvolk, Batterien
und Schanzen schienen vor dem Ungestüm ihres Angriffs die Kraft des Widerstandes verloren zu haben. Aber mit grossem Verluste be-
zahlten sie den Ruhm dieses Tages; denn sie
verloren mit so manchem Braven den Mann,
der werth war an ihrer Spitze zu stehen, den
Obersten Pforzheim. — Mit Freude und Verlangen zugleich sah und vernahm der Fürst,
der während des Treffens in der Begleitung des
Prinzen Coburg zu bleiben beordert war, den

sieghaften Muth der braven Schar, von der
ihn die Beförderung zum Oberstlieutenant so
eben getrennt hatte. Er war ungehalten über
die Fügung, die ihm verwehrte, gerade an
diesem Tage die Auszeichnung mit den Dra-
gonern von Latour zu theilen. Aber, von Pforzheim geliebt, ihm wieder mit aller Innigkeit
eines Waffenbruders ergeben, und vermöge seines Ranges als dritter Major in der Einthei-
lung des Regiments neben dem Obersten, dessen ganze Begleitung mit ihm heldenmüthig
fiel, an seinem Platze, — welches Loos wäre
ihm wohl an diesem Siegestage geworden?....

Der siegreichen Schlacht bei Neerwinden
(18. März) wohnte der Fürst im rechten Flügel des Heeres unter dem Befehle des Erzherzogs Carl bei. Er erhielt, da in den ersten
Tagen des Aprils die Standquartiere um Mons
und Tournay bezogen wurden, die Aufsicht
über einen Theil der Vorpostenlinie, anfänglich zwischen Peruwelt und Fontaine l'Evêque,
dann von der Haine zur Scarpe auf beiden
Ufern der Schelde. Als Dampierre am 1. Mai
aus dem Mittelpuncte Valenciennes einen allgemeinen Angriff auf die Stellung des Prinzen

Coburg bei Onnaing unternahm, um die Verbindung mit Condé wieder zu gewinnen, suchte sein rechter Flügel unter General Lamarche, gleichzeitig mit einem Theile der Besatzung von le Quesnoy, längs der Ronelle vorzudringen. Er bedrohte die linke Seite und den Rücken des verbündeten Heeres, und hoffte dadurch, dasselbe, bevor es noch die angegriffenen Vortruppen unterstützen konnte, zum Rückzug zu vermögen. Der Fürst befehligte unter dem Generalmajor Otto den linken Flügel der Vorposten, der in der Stellung von Sébourg eben das Thal der Ronelle deckte. Er sah sich von dem mehrfach überlegenen Feinde rasch angegriffen, bewies aber solche Fassung, dass der Gegner Geschütz vorführen liess, um ihn vorerst zu erschüttern. Der Fürst hatte nicht mehr denn 2 Compagnien Tiroler und 2 Schwadronen Uhlanen. Der Feind entwickelte 3 Bataillone, 4 Schwadronen und 6 Geschütze. Das Feuer aus letzteren dauerte an zwei Stunden. Der Fürst vermochte nicht zu antworten; aber er wich nicht, und sandte vielmehr sein gesammtes Fussvolk und die eine Schwadron in des Feindes rechte Seite, der, eben durch das Thal von Sébourg mit einem Bataillon vorzudringen im Begriffe, den Angriff aufgab, und, da er die Stärke der Scharfschützen viel höher annahm, als sie wirklich war, in Unordnung zurückging. Nun aber zog er 2 Schwadronen vor, die jene eine Uhlanenschwadron mit Heftigkeit angriffen, warfen, und in das Fussvolk trieben, so, dass der grösste Theil der braven Tiroler, da noch mehr an feindlicher Reiterei herbeieilte, zerstreut oder gefangen wurde. Kaum gewahrte diess der Fürst, so stürzte er, schnell entschlossen, mit der andern Schwadron auf die vielbeschäftigten Gegner, jagte sie trotz ihrer Überzahl in die Flucht, befreite sein Fussvolk, und ging in den lebhaftesten Angriff über. — Das Hauptheer hatte indessen Zeit gewonnen, aus dem Lager von Onnaing zur Unterstützung der Vortruppen herbeizurücken. Es konnte diese Bewegung ohne Gefährde unternehmen, da nun Seite und Rücken gesichert waren. Dampierre, durch die Feldzeugmeister Ferraris und Colloredo auf allen Punkten gedrängt, brach alsbald das misslungene Unternehmen ab. Schwarzenberg verfolgte die Besatzung von le Ques-

noy bis an die Thore der Festung. — Acht
Tage darauf wiederholte der französische Feld-
herr den Versuch, diessmal auf seinen linken
Flügel sich stützend. Aber er fand auch diess-
mal nicht den Sieg, doch einen ehrenvollen
Tod auf den Feldern von Raismes. —

Am Angriffe auf das Lager bei Famars
(23. Mai) nahm der Fürst mittelbaren Antheil,
indem er die Orte Villerspol und Orsainval
vom Feinde reinigte, und, zur Sicherung gegen
le Quesnoy aufgestellt, Seiten und Rücken der
östreichischen Angriffstruppen deckte. — Während der Belagerung von Valenciennes befand
er sich ununterbrochen zu Villerspol, jetzt
dem General Grafen Bellegarde untergeordnet,
der dort mit 5000 Mann zur Beobachtung stand.
Als die Verbündeten am 3. Juli die letzte Pa-
rallele vor der Festung eröffneten, warfen sich
ein Paar feindliche Bataillone auf Villerspol,
um die Linie des Beobachtungsheeres zu
durchbrechen. Der Fürst endete durch einen
raschen Angriff das hartnäckige Gefecht, und
bewog den Feind zum Rückzug. — Unter dem
General Grafen Bellegarde theilte Schwarzenberg den Sturm auf den Mormaler Wald

15. August, welcher der Belagerung von le
Quesnoy zum Vorspiel diente, und musste,
während diese vor sich ging, nach Soignies,
um die Verbindung mit Cambray zu durchschneiden.

Bellegarde entschied im September das
zweite Gefecht im Mormaler Walde, und übernahm, als le Quesnoy gefallen war, und die Verbündeten zur Berennung von Maubeuge schrit-
ten, den Befehl über die Vortruppen des Beobachtungsheeres. Die 6 Schwadronen Uhlanen
kamen nunmehr in die Brigade Wenkheim,
welche die rechte Seite der Truppen, die Maubeuge eingeschlossen hielten, gegen Cambray
und Landrecy deckte. Um die Verbindung der
Aufgebote des Feindes, die sich bei Guise sammelten, mit Landrecy und Avesnes unsicher
zu machen, erhielt Schwarzenberg (1. Okt.)
den Auftrag, mit 2 Schwadronen nach Catillon sur Sambre zu streifen, und nach Thun-
lichkeit bis Fémy und Oisy vorzudringen. Er
hatte diesen Auftrag vollführt, als er im letzteren Orte erfuhr, dass ein feindliches Bataillon nicht lange noch nach dem eine halbe
Stunde entfernten Estreux gezogen sey. Der

Fürst liess 5 Züge seiner Uhlanen verborgen
zurück, um für den schlimmsten Fall sich Aufnahme und dem Feinde einen Hinterhalt zu
bereiten. Mit den übrigen dreien jagte er nach
Estreux vor, fand die Gegner eben beschäftigt Quartiere zu nehmen, also gänzlich un-
vorbereitet auf solch ernsten Besuch. Er warf
die einzige geordnete Wache schnell über den
Haufen. Alles floh, beinahe bewusstlos, wohin es den Weg nahm. Was sich widersetz-
te, wurde zusammengehauen; 4 Offiziere mit
115 Mann blieben gefangen; der Rest entkam.
Eine Haubitze, noch bespannt, als der Überfall geschah, suchte das Weite; aber die Uhlanen waren hinter ihr her, und ersparten
dem Feinde bald die Mühe der Rettung. Mit
dem eroberten Geschütze, mit einigen erbeu-
teten Wagen, und mit dem Zuge seiner Gefangenen kehrte der Fürst über Cateau zurück. Der Gegner hatte indessen Reiterei
aufgebracht und folgte ihm spähend nach.
Schwarzenberg hielt einige Male an; der
Gegner auch, und es ging deutlich hervor,
dass dieser sich hüte, jenen zum Umkehren
zu reitzen. Prinz Coburg sowohl, als späterhin

der Kaiser, bezeugten dem Fürsten in öffentlicher Zuschrift Lob und Zufriedenheit über dieses schöne Gefecht.

Er erhielt bald darauf Befehl zu einem neuen Streifzuge. Einstweilen, als Jourdan aus seiner Stellung zwischen Cambray und Douay über Guise an die Sambre rückte, Coburg ihm entgegen ging, und nach dem Gefechte bei Watignies die Berennung von Maubeuge aufgegeben wurde, hielt Wenkheim fortwährend die Stellung im Mormaler Walde, und beunruhigte Landrecy durch immer erneuerte Postengefechte. Am zweiten Schlachttage von Watignies (16. Okt.) drang der Fürst mit einigen Uhlanen bis in die Vorstädte, hieb dort mehrere feindliche Posten nieder, und brachte andere gefangen in das Lager nach Englefontaine zurück.

Um diese Zeit machte der Fürst abermals einen Sturz, der seinem Körperzustande höchst verderblich zu werden drohte, und von Einigen selbst für die Quelle seiner späteren Übel angesehen wurde. Er hatte dem Generalquartiermeister Prinzen Hohenlohe in der Umgegend von Watignies eben Bericht über die

Stellung des Feindes gebracht, als sein Pferd sich scheute, stieg und überschlug. Schwarzenberg stürzte auf den Kopf, und der Fall war so schwer, dass er besinnungslos liegen blieb. Aber selbst, als man ihn in's Leben rief, und zur Sprache brachte, war er noch lange seiner Sinne nicht mächtig. Er verkannte seine ganze Umgebung, schien sich weder seiner Verhältnisse, noch seines Sturzes zu erinnern, und äusserte sich, obwohl zusammenhängend, doch auf eine Art, die ihm sonst gänzlich fremd war. —

Die Wichtigkeit der Stellung an der Sambre vermochte den Prinzen Coburg, einen Theil der in Flandern stehenden englischen Truppen an sich zu ziehen, und so kam der Fürst im Oktober unter den Befehl des Herzogs von Yorck. Das Hauptheer, seiner nicht entscheidenden Hin- und Hermärsche müde, sehnte sich nach Ruhe, und man beschloss, die Vertheidigung des Errungenen zum alleinigen Augenmerk zu nehmen. Aber Bestimmungen höheren Orts verwarfen diese Ruhe, und zu neuer Thätigkeit aufgefordert, sah Coburg seine Gegner hierin ihm zuvorkommen. Der gleichzei-

tige Angriff der Franzosen auf Denaing, Mar-
chiennes, Orchies, Cisoing und Moucron
gab dem Feldzug neues Leben, und brachte
die stockenden Unternehmungen wieder in
Gang. Dem Posten von Cateau, auf welchem
der Fürst stand, gegenüber, erschienen am
Morgen dieses Tages (21. Oktober) nur feindliche Streifer. Der Fürst verfolgte sie; stiess
aber bald auf drei Bataillone Fussvolk und 400
Pferde. Er zog sich zurück; doch nur bis eine rückwärts stehende Schwadron herankam.
Nun fünf Schwadronen stark, warf er sich,
wie begeistert durch den Donner des Geschützes, der zur Rechten herübertönte, auf seine Gegner, und trieb sie in die Flucht.

Dieser Angriff Jourdans, obwohl im Ganzen misslungen, aber gleichzeitig von der Lys
bis zur Sambre, von Menin bis Maubeuge geführt, ohne dass man erkennen konnte, wo
sich eigentlich die Hauptkraft des Feindes be-
finde, bewog den Prinzen Coburg, nach Soles-
mes zu rücken, und dort eine Stellung zu nehmen, in der er die Entwicklung der Absichten des Gegners abwarten wollte. Nach allen
Richtungen liess er leichte Truppen vorgehen,

um zu erfahren, was ihm zu wissen nöthig war, und Schwarzenberg that hier mehrere Streifzüge, die ihm Gelegenheit zu neuer Auszeichnung gaben. Auf einem derselben überfiel er bei Arbre de Guise eine Abtheilung feindlichen Fussvolks, hob sie auf, und überzeugte sich überall, dass der Feind seine Stärke zwischen Avesnes und Landrecy sammle. Coburg rückte daher näher an Landrecy in das Lager bei Forest (31. Oktober); eine Bewegung, die Wenkheim durch den glücklichen Angriff auf Pomereul, Ors und Basuyau deckte, wobei Schwarzenberg mit 3 Schwadronen den Vortrab bildete. Mangel, Wetter und andere missliche Umstände vereinigten sich, um die Verbündeten den Schluss des Feldzugs wünschen zu machen. Auch die Franzosen schienen gleichen Wunsch zu nähren, und zogen sich zurück. Die Verbündeten rückten daher am 1. December in die Winterquartiere. Der Fürst, jetzt dem Generalmajor Kray untergeordnet, erhielt den Befehl über die Vorpostenlinie von Troisville bis Catillon sur Sambre, und brachte den Winter in Cateau zu.

Merkwürdig ist es, dass, während Schwarzenberg die einzigen damals bei dem östreichischen Heere in den Niederlanden befindlichen Uhlanen unter sich hatte, und mit diesen die äusserste Vorhut desselben bildete,
Blücher, damals Oberst, bei den in den Niederlanden stehenden Preussen ebenfalls die
leichteste Reitertruppe führte, und gleichfalls
die deckende Vorhut dieses Theils der verbündeten Truppen machte. So nahe standen
die künftigen Feldherren an einander, und,
wie späterhin der grosse Zweck der Beiden
eins war, so damals ihre Verwendung.

Am 30. Jänner des Jahres 1794 ernannte
der Kaiser „zum Beweise der Anerkennung sei-
„nes tapfern Benehmens, und um ihm die Ge-
„legenheit zu grösserer Leistung für die Zu-
„kunft zu verschaffen," den Fürsten zum Obersten des Kürassierregiments Wallisch, welches sich damals eben zur Aufwartung in Wien
befand. Dieser letztere Umstand bewog den
drei und zwanzigjährigen Fürsten, der es
vorzog im Felde zu bleiben, und dem eine
höhere Stufe durch, wenn auch nur zeitwei-
se, Entfernung vom Kriegsschauplatze viel zu

theuer erkauft schien, diese Gnade abzulehnen, und er bat dagegen, für diesen Fall die
Verzichtleistung auf seine Beförderung anzunehmen. In wiederholten dringenden Briefen
wandte er sich an seinen älteren Bruder, den
Fürsten Joseph, an den Feldzeugmeister Grafen Ferraris, an seine Freunde in Wien. Andere können kaum eine Beförderung mit so
vielem Eifer zu bewirken suchen, als er sich
diessmal dagegen sträubte. Kaum hatte der
Kaiser die Bitte des Fürsten vernommen, so
sandte er ihm mit Ausdrücken besonderer Huld
das Obersten-Patent bei dem Kürassierregiment Zeschwitz (23. Februar). Dieses befand
sich, als im Frühling des Jahrs 1794 der dritte Feldzug gegen Frankreich begann, unter
dem Befehle des Herzogs von Yorck. — Pichegru hatte schon in den letzten Tagen des März
die von Kray vertheidigte Stellung von Cateau
angegriffen. Coburg sammelte das Hauptheer
rings um das eroberte Valenciennes, und rückte sammt den Truppen des Herzogs von Yorck
und jenen des Prinzen von Oranien in die Ebene zwischen Forest und Montay, wo der Kaiser über die gesammte Angriffsmacht um die

Mitte Aprils Heerschau hielt. Als diese vorüber war, setzte der Herzog von Yorck über die Selle, und lagerte vorwärts Cateau; dasselbe that Coburg. Am folgenden Tage (17. April) wurde des Feindes verschanzte Stellung am linken Ufer der Sambre von den Verbündeten angegriffen. Die Kürassiere von Zeschwitz machten einen Theil der Abtheilung aus, die, von Sir William Erskine geführt, die linke Seite des Feindes umging, die Schanzen bei Premont und die Höhen von Serain erstürmte, und zum Rückzug des Feindes nicht wenig beitrug. — Da man nach diesen Vorgängen die Einschliessung von Landrecy zu bewirken eilte, so rückte Erskine nach Catillon, wo er als ein Theil des Beobachtungsheeres Stellung nahm. Die Tage bis zum Falle von Landrecy gaben Gelegenheit zu einer der schönsten Waffenthaten, die je durch Reiterei vollführt worden sind *).

*) Der General von Bismark, in seinen trefflichen Vorlesungen über die Taktik der Reiterei, nennt, als er dieser Waffenthat Erwähnung thut, irrig, einen Fürsten von Schwarzburg.

·Es geschah am 26. April, dass der Feind, den Entsatz von Landrecy zu bewirken, die Stellung der Verbündeten an beiden Ufern der Sambre mit 90,000 Mann angriff. 30,000 derselben, unter dem General Chapuis, rückten gegen den rechten Flügel des Heeres, den der Herzog von Yorck bildete, begünstigt durch dichten Nebel, vor. Sie warfen die Posten der Verbündeten, nahmen bald darauf alle vor ihnen liegende Orte, und waren so weit vorgedrungen, dass sie aus dem Hauptlager bereits mit Kartätschen erreicht werden konnten. Der Herzog von Yorck und Feldmarschall-Lieutenant Otto, beide auf eine der nahe gelegenen Mühlen eilend, entdeckten, als jetzt der Nebel sich hob, nicht ohne Verlegenheit die Gefahr, die dem gesammten Heere drohte. „Nur ein Reiterangriff kann uns retten," rief der Herzog, und schnell entgegnete ihm Feldmarschall-Lieutenant Otto: „Ich kenne Je-„mand, der ihn führen wird." — Er sandte nach unserem Fürsten. Dieser, kaum auf der Warte angelangt, und mit seinem trefflich geübten Auge das Feld überblickend, erkannte, dass im Wahne des gewissen Sieges die Fran-

zosen die Deckung ihres linken Flügels ver-
nachlässigten. „Gelingt es, die Reiterei zu
„werfen; mit dem Fussvolk werden wir schon
„zu Ende kommen," sagte der Fürst, und ei-
lends an der Spitze der Kürassiere von Zeschwitz und 12 Schwadronen schwerer englischer
Reiterei zog er, durch den kühnen Rittmeister
Mecsery, der Feind und Boden bereits erkannt hatte, geführt, hinter dem ersten Treffen nach dem äussersten rechten Flügel, und
von dort durch Vertiefungen ungesehen in
des Feindes Seite. Hier standen an 2000 Pferde. Plötzlich, und ehe sich diese zu fassen
vermochten, waren sie angefallen von jener
schweren Masse, die wie der Sturm über sie
hereinbrach. Sie zerstoben, und deckten mit
flüchtigen Haufen das Feld, die zum Theil in
das eigene Fussvolk stürzten. Augenblicklich,
trotz des Kartätschenregens, womit man ihn
abzuhalten oder zu brechen gedachte, warf
sich der Fürst in die Schlachtordnung des
Fussvolks, das ihn entschlossen mit dem Feuer
aller Abtheilungen empfing. Aber Masse auf
Masse wurde gesprengt, und Linie auf Linie
durchbrochen; nichts vermochte zu widerste-

hen, und die letzten Haufen, welche die Ver-
zweiflung und der Muth der Offiziere noch zu-
sammenhielt, schleuderten, sobald die Kürassiere nahten, das Loos der Vernichtung und die
Vergeblichkeit des Widerstandes vor Augen,
die Hüte mit einem: „Vive l'Empereur!" in die
Höhe, und warfen die Waffen weg. Nahe an
eine Stunde währte dieser Kampf. Das östreichische Fussvolk machte dabei keinen Schuss,
und die Batterien mussten das Feuer einstel-
len. Durch den Säbel gefallen, lagen mehr als
3000 Franzosen auf dem Felde. Die ganze
feindliche, bei 27,000 Mann starke Heeresabtheilung, war in wildester Flucht, — der General, der sie befehliget hatte, mit seinem Gefolge gefangen; 32 Kanonen, 29 Munizions-
karren wurden erobert. Der Rückzug des Feindes war die Folge dieser That, und der Fall
von Landrecy die dieses Rückzuges.

Als der Fürst an der Spitze der Kürassiere von der Verfolgung zurückkehrte, und vor
dem Lager angelangt war, liess er unter dem
Rufe aller Trompeten aufmarschiren. 22 Kanonen, die man bis dahin zurückgebracht hatte, wurden als Trophäen aufgefahren vor der

Standarte. Kein Mann sass im ersten Gliede,
der nicht verwundet gewesen wäre; im ganzen Regimente fand sich kaum einer, der nicht
von eigenem oder vom Feindesblute die ehrenvolle Spur an sich getragen hätte. Der Kaiser ritt die jubelnden Reihen hindurch, und
verlieh dem Fürsten auf dem Schlachtfelde das
wohlverdiente Maria-Theresienkreutz. — Wie
durch ein Wunder ging der Fürst unverletzt
aus diesem Kampfe; nur sein Pferd wurde,
als er einmal gezwungen war, aus einer feindlichen Masse sich herauszuhauen, durch einen
Bayonnetstich am Kopfe verwundet. Bei jedem
Angriffe an der Spitze seiner Reiter, befand
er sich oft im dichtesten Gedränge, und er
gestand wohl oft nachher, dass ihm damals
die Unwahrscheinlichkeit, ohne Wunde aus
diesem Kampfe zu gehen, zur völligen Überzeugung geworden war.

Als am nächsten Tage das Siegesfest ge-
feiert wurde, und alle Truppen ausrückten,
befahl der Kaiser, dass Zeschwitz und die
schwere englische Reiterei zur Auszeichnung
im Lager ruhe. Es war ein Tag der Erhebung,
und das Herz des gemeinsten Reiters schlug

hoch unter seinem Panzer. Einer Wallfahrt zu vergleichen, zogen die übrigen Truppen zu dem Lagerplatz der Kürassiere. Das Lob unseres Fürsten erschallte aus jedem Munde, und klang in jedem Herzen wieder. Alle, welchen die Ehre zu Theil geworden war, am Tage von Cateau mitzufechten, sowohl Britten als Deutsche, vereinten sich in der Bewunderung jenes Angriffes und in dem Lobe des jugendlichen Helden. Französische, deutsche und englische Blätter sprachen davon. Der Herzog von Yorck selbst trug Sorge, dass diese That durch öffentliche Bekanntmachung auch öffentliche Würdigung erhalte, und das erste englische Blatt, das sie aufnahm, übersendete er mit Äusserungen der Achtung dem Fürsten. Leider, dass so viele Tapferkeit in Bezug auf den Gang des Krieges doch so wenig entscheidenden Einfluss gewinnen sollte! —

Unfälle in Flandern brachten bald darauf die Truppen des Herzogs von Yorck, und endlich auch den grössten Theil des Hauptheeres dahin. Zu dem Angriffe der Verbündeten auf die französische Stellung bei Lille und Courtray rückte der Fürst in der Abtheilung, die der Erzherzog Carl führte, über Orchies, und nach lebhaften Gefechten über die Marque (18. Mai). Als der Angriffsplan gescheitert war, und das Heer den Rückzug nach Tournay antrat, folgte der Erzherzog dahin. Einige Tage darauf neigte sich der Vortheil wieder auf die Seite der Verbündeten, wozu die Kürassiere von Zeschwitz das Ihrige nach Möglichkeit beitrugen. — Auf den Feldern von Tournay war es, wo der Kaiser dem Fürsten das nach der Schlacht von Cateau verliehene Theresienkreutz auch wirklich überreichte. Gleichzeitig empfingen es der Feldmarschall-Lieutenant Otto und Generalmajor Graf Bellegarde.

Als die Franzosen, seit Beginn dieses Feldzuges viermal über die Sambre geworfen, im Juni unter dem Oberbefehl Jourdans zum fünften Male wieder den Übergang ausgeführt hatten, und den Prinzen Coburg nöthigten, ihnen entgegen zu gehen; so sehen wir am Vorabende des wichtigen Schlachttages von Fleurus (26. Juni) den Fürsten auf den Höhen von Point du Jour, dem Punkte, wo im selben Monate ein und zwanzig Jahre später die Preussen zur Schlacht von Ligny sich sammelten.

Der Ausgang der Schlacht von Fleurus entschied über das Schicksal der Niederlande.
Der Fürst war mit seinem Regimente unter
den Truppen, mit welchen der Erzherzog Carl
Fleurus erstürmte. Aber alle Anstrengungen
waren fruchtlos geblieben. Die unentschiedene, freiwillig aufgegebene Schlacht hatte für
die Verbündeten eben so schlimme Folgen,
als deren aus einer gänzlichen Niederlage hätten entspringen können. Der Fürst ging am
Abende des Schlachttages nach Marbais zurück. Er führte ausser seinen Kürassieren noch
das Regiment Bercheny Husaren, lagerte in
den nächsten Tagen auf den späterhin so be-
rühmt gewordenen Feldern von Waterloo,
und theilte endlich den Rückzug des Hauptheeres über die Maas, dem zwei Monate darauf der über die Roer, die Erft und den
Rhein folgte.

Wenn der Ausgang des mit so vieler Hoffnung begonnenen Feldzuges von 1794 Betrüb-
niss über Deutschland bringen musste, so waren die inneren Verhältnisse dieses Landes,
wie sie im Frühjahr 1795 sich zu offenbaren
begannen, keineswegs geeignet, diesen Ein-

druck zu verwischen. Die durch den abgeson-
derten Frieden zu Basel nothwendig gewor-
dene Umwechslung in der Stellung der am
Rheine stehenden östreichischen und deutschen Truppen, hatte die ersteren nach dem
Mittel- und Oberrhein gebracht. Zeschwitz
stand im zweiten Treffen des an beiden Ufern
des Mains gesammelten Heeres. Nach der im
August von dem Kaiser anbefohlenen Theilung
desselben unter die Grafen Clerfait und Wurmser befehligte der Fürst eine Zeit hindurch
eine Brigade im zweiten Treffen des Letzteren. Aus dem Lager bei Schwetzingen rückte
er zwischen die Rench und die Murg, und
nahm an dem Gefechte Theil, welches durch
das im September geschehene Vorrücken zweier
feindlicher Divisionen von Mannheim nach Heidelberg veranlasst wurde. — Als Wurmser,
nach Clerfait's glänzender Eroberung der Linien von Mainz (29. Oktober) über den Rhein
ging, hatte der Fürst das Vergnügen, dem
mehrere Tage darnach erfolgten und gelun-
genen Angriffe auf die feindliche Stellung an
der Pfriem, so wie dem siegreichen Gefechte
bei Frankenthal beizuwohnen.

Der Verlust eines innig geliebten und ihm
so ähnlichen Bruders, der, an der Spitze seiner Schwadron, als Rittmeister von Lobkowitz leichten Pferden am 18. Oktober vor
Mannheim tödtlich verwundet, bald darauf zu
Weinheim starb, hatte unseren Fürsten tief
ergriffen. Er wurde lange seines Schmerzes
nicht Meister, und schied mit Wehmuth von
der Gegend, in welcher er zur Erinnerung an
den gefallenen ein und zwanzigjährigen Bruder ein einfaches Denkmal in der Kirche zu
Weinheim zurückliess. — Der Wunsch der
Familie und eigene Angelegenheiten riefen den
Fürsten im Winter nach Wien. Der abgeschlossene Waffenstillstand begünstigte den Urlaub.
Empfangen von den Seinen mit aller Liebe,
deren sie fähig sind, und die er verdiente,
verlebte er in diesem ihm so theueren Kreise
drei tröstende, erheiternde, beglückende Monate. Die lange Abwesenheit, die bestandenen
Gefahren, der erworbene Ruhm, wenn sie auf
Jedermann das Auge mit höherem Antheil festhalten, wie herrlich mussten sie einen jungen
Helden kleiden, dessen Charakter so liebens-
würdig, so edel und ritterlich, so zart und

kräftig, wie der unseres Fürsten war? — Aber würden die Bemühungen einer überaus sorgsamen Geschwister- und Verwandtenliebe schon hingereicht haben, den Eindruck der unerfreulichen Gestirne, die damals über dem Gesichtskreise Deutschlands schwebten, im Gemüthe unsers Fürsten zu mildern, so wirkte noch manches andere mit, ihm gerade diese Zeit in die schönste seines Lebens zu verwandeln. Es geschah während dieses Aufenthaltes zu Wien, dass er seine künftige Gemalinn, die eben verwitwete Fürstinn Esterházy, geborne Gräfinn von Hohenfeld, kennen lernte.

Als der Fürst im Frühling des Jahres 1796 (9. April) wieder in's Feld ging, fand er sein Regiment zwischen der Lahn und der Sieg, wo anfänglich der Prinz von Würtemberg, dann der Feldzeugmeister Graf Wartensleben den Befehl über die gegen die feindliche Sambre- und Meuse-Armee aufgestellten Truppen führte. Die Hoffnung von Östreich ruhte damals auf dem Erzherzog Carl. Das Heer hing mit Leidenschaft an ihm, und in vollem Maße theilte der Fürst diese Stimmung. Der Rückzug an die Lahn, die nach dem Treffen von Wetzlar (15. Juni) geschehene Vorrückung an die Sieg, beschäftigten am Eingange des Feldzuges hinlänglich unseren Obersten. Kaum hatte sich der Erzherzog nach dem Oberrhein gewendet, so erfolgten die blutigen Gefechte an der Nidda (10. Juli), der Verlust von Frankfurt (16. Juli), der Seitenmarsch an den obern Main, die voreilige Verlassung der Stellung bei Würzburg (23. Juli), das Gefecht bei Forchheim (7. August), und endlich der Rückzug hinter die Naab. Das niederrheinische Heer konnte durch diese Vorfälle eben nicht gewonnen haben, als das vom Oberrhein sich mit ihm vereinigte, der Erzherzog den Gesammtbefehl nahm, und durch den Sieg bei Amberg blitzschnell die gelähmten Kräfte und den gesunkenen Muth wieder belebte und erhob. Der Fürst stand an diesem Tage (24. August) unter Wartensleben, welcher den Feind vor Amberg angriff und warf. Am Tage nach der Schlacht wurde Zeschwitz zum linken Flügel des Heeres gezogen, der gegen die Seite und Rückzugsstrasse des Feindes sich vorschob, bei Kitzingen über den Main ging, und die Schlacht von

Würzburg (3. September) eröffnete. Während der Erzherzog aus der Mitte der Schlachtlinie, durch den Gebrauch der Reiterei in Masse, den Sieg entschied, benützte Schwarzenberg die Gelegenheit, in den rechten feindlichen Flügel einzuhauen, und der Schlachtbericht gab ihm das Lob, dadurch sehr viel zum glücklichen Erfolge der Schlacht beigetragen zu haben. Nun ging der Siegeszug bis an die Lahn, wo Jourdan, von dem Erzherzog getäuscht, alsbald den Rückzug über den Rhein erwählte. Die Gefechte bei Limburg theilte der Fürst unter dem Feldmarschall-Lieutenant Neu, zu welchem er einige Tage zuvor mit seinem Regimente beordert worden war. Hier traf ihn die Ernennung zum Generalmajor, von dem Kaiser, der den Werth des Fürsten früh erkannt hatte, am 10. August gefertigt.

Mit sichtbarer Heiterkeit und Vorliebe gedachte Schwarzenberg, selbst in den letzten Monaten seines Lebens noch der früheren Dienstzeit als Major, als Oberstlieutenant, als Oberst. Sein durch Leiden getrübtes Auge glänzte heller, wenn er im Gespräche mit seiner militärischen Umgebung der braven Dragoner von Latour, ihrer Kühnheit in der Schlacht, ihres Heldenstolzes im Umgange erwähnte; wenn er jener wackeren Uhlanen sich erinnerte, deren Unermüdlichkeit, Muth und Gewandtheit in den immer wechselnden Ereignissen eines lebhaften kleinen Krieges sich vielfach erprobten; oder wenn der Tag von Cateau in seinem Gedächtnisse wieder auflebte, und jene ernsten Scharen, an deren Spitze er die Kraft eines fünfzehnmal überlegenen Feindes gebrochen hatte, an seinem inneren Auge vorüberzogen. Welchem Soldaten würde nicht die Erinnerung an jene erste ritterliche Zeit, wo er weder auf einem zu niedrigen, noch zu hohen Platze steht; wo er, durch seines Armes und Muthes Kraft, mit einer Schar von Braven ein sorgbefreites Mittel der Ausführung ist; wo er die von der obersten Leitung unzertrennlichen Hindernisse und Kränkungen nicht kennt, die schönste seiner ganzen Laufbahn bleiben! — Aber nicht nur allein der ungetrübte und täuschungslose Inhalt dieser Zeit, als vielmehr der entschiedene Einfluss, den sie auf das Innere unseres Fürsten nahm, sicherte ihr in der Erinnerung den ho-

hen Werth. Sein ganzes Wesen trat bei dem
verwandten Geiste der Ritterlichkeit kräftiger,
entschiedener hervor; sein Gemüth empfing
die kriegerische Weihe, nach der es verlangte;
die Blume erschloss sich gleichsam in dem günstigen Himmelsstriche, und bot ihr Farben-
spiel dem Lichte dar. Für Denjenigen, der mit
philosophischem Auge in der Schilderung irgend eines berühmten Mannes, ausser dem geschichtlichen Inhalte, auch den Ursachen nach-
forscht, wie der Mann zu Dem geworden, was
er auf seiner Lebenshöhe war; wer überhaupt,
an strengere Forderungen gewohnt, dem Wech-
selwirken zwischen Innen- und Aussenwelt
und der daraus hervorgehenden Entwicklung
des Charakters seinen prüfenden Blick schenkt;
der wird dieser früheren Dienstzeit des Fürsten einen weit über ihre Dauer hinaus wirkenden Einfluss zugestehen müssen. —

Schwarzenberg streifte nunmehr mit einer
Abtheilung leichter Truppen zur äussersten
Linken bis an den Ausfluss der Sieg, und nö-
thigte den Feind, die fliegende Brücke bei
Bonn in Brand zu stecken. Im Lager zu Haen
übernahm er die Regimenter Mack Kürassiere,

Kaiser leichter Pferde und Levenehr Dragoner, und folgte dem Erzherzog, der nun gegen Moreau nach dem Oberrhein sich wandte.
Während die Belagerung der Brückenköpfe
von Kehl und Hüningen vor sich ging, war er
unter den Truppen, mit welchen Feldmarschall-Lieutenant Hotze zu Anfang Oktobers
über den Rhein brach, Germersheim nahm,
eine Menge Gefangener machte, und bis über
Kaiserslautern und den Sonnwald streifte.

Wie Namenähnlichkeit im Jahre 1794 ihm
den Ruhm des Sieges von Cateau streitig machte, so warf sie auf ihn in diesem Jahre den
Flecken wehrloser Gefangengebung. Mehrere
Blätter verbreiteten nämlich im Juni die Nachricht, dass der Fürst in Kehl überfallen worden sei, und spätere Sammler der zerstreuten Sagen erzählten diess ungeprüft nach. Der
Fürst, in dessen Charakter es lag, unwürdige
Beschuldigungen zu übersehen, hielt auch die
Widerlegung der eben erwähnten, trotz der
Aufforderung seiner Freunde, nicht der Mühe
werth. Hier dürfte der Ort seyn, Berichtigung
darüber zu geben. Wir fanden den Fürsten
im Monat Juni am Niederrhein, und es ist be-

merkenswerth, dass durch eine besondere Fügung der Fürst während der ganzen Dauer
seiner Dienstzeit nie vor Kehl stand, viel weniger dort irgend einen Posten befehligte,
noch überhaupt jemals gefangen wurde *).

Als nach der Schlacht von Rivoli die Östreicher Italien räumten, und der Erzherzog
Carl die Bestimmung erhielt, den Überrest derselben in die Erblande zurückzuführen, forderte er den Fürsten durch zwei hinter einander folgende Schreiben auf, ihm nachzukommen. Ohne Verzug, selbst seinen Pferden weit
voraus eilend, ging Schwarzenberg nun durch
Tirol, holte den Erzherzog in Inneröstreich
ein, und leistete ihm hier noch wichtige Dienste, indem er, immer bei der Nachhut sich
befindend, den Muth der Leute hob, Ord-

---

*) Unter die Verbreiter dieses Gerüchtes gehört
   auch Sarrazin (Campagne de 1812. Paris 1815
   pag. 416.), was freilich an sich schon hinrei-
   chend ist, die Glaubwürdigkeit desselben ver-
   dächtig zu machen.

   Ferner auch das im Jahre 1806 bei Korn in
   Breslau erschienene Werk: Biographie moder-
   ne ou Dictionnaire de tous les hommes morts
   et vivans etc.

nung in die Truppe brachte, und überhaupt
durch angestrengte Thätigkeit die Übel nach
Möglichkeit verringern half, welche Folge jedes längeren Rückzuges zu seyn pflegen.

Aus Inneröstreich folgte er dem Erzherzog Carl abermals nach dem Rheine, wo er
vom Mai bis zum November den Befehl über
die um Mannheim stehenden Vortruppen des
Heeres führte. Endlich erlaubte ihm der Friede von Campo Formio, im Winter von 1797
die Seinigen wieder zu sehen. Aber kaum in
Wien angekommen, traf ihn der schmerzliche Verlust seiner Mutter Eleonora, gebornen
Reichsgräfinn von Öttingen-Wallerstein. Er
hatte sie über Alles, mit der kindlichsten Liebe geliebt. Sie starb am 25. December in seinen und seines ältern Bruders Armen. —

Im Frühjahr 1798 rief ihn die Aufstellung
mehrerer aus Böhmen herbeigezogener Truppen nach Oberöstreich. Der Aufenthalt der ver-
wittweten Fürstinn Esterházy zu München bewog ihn, eine Reise nach dieser Hauptstadt zu
machen. Er besuchte die Fürstinn, die später
nach Böhmen gegangen war, auch bald darauf in diesem Lande. Sein Herz hing mit inni-

ger Verehrung an dieser Dame. Die Vermählung mit ihr wurde im Herbste desselben Jahres entschieden, und am 27. Jänner des folgenden (1799) vollzogen.

Der wieder ausgebrochene Krieg riss ihn
wenige Wochen darnach aus seinen neuen
Verhältnissen. Jourdan war über den Rhein
gegangen. Drei Tage darauf liess der Erzherzog die Vorhut, deren Mitte (10 Bataillone,
12 Schwadronen) Schwarzenberg befehligte,
über den Lech und weiter über die Iller setzen. Die ersten Gefangenen, welche das Heer
in Deutschland in diesem Feldzuge machte,
waren durch die Truppen eingebracht, die
Fürst Carl führte. Er nahm dem Feinde, der
über Kloster - Siessen vordrang, die eroberten Orte ab, und warf ihn in seine Stellung
zurück. Mit 10 Kompagnien, 16 Schwadronen
und 18 schweren Geschützen, als Vorhut des
Feldzeugmeisters Grafen Wallis, rückte der
Fürst im Treffen von Ostrach (21. März) auf
den Ort dieses Namens los, der zugleich durch
den Erzherzog selbst angegriffen, bald in die
Hände der Östreicher fiel. — Schwarzenberg
war unter den Vordersten, als der Feind den

Tag verloren gab , und die östreichischen Uhlanen erschienen gleichzeitig mit der feindlichen Nachhut im Angesichte von Stockach. Nun drang er in des Feindes Seite, bemeisterte sich des Bergschlosses Friedingen, und trieb nach äusserst hartnäckigem Gefechte die ihm gegenüber stehenden Abtheilungen bis nach Singen. Hier geschah es, dass er, in geringer Begleitung die Vorposten bereitend, auf den feindlichen Divisions-General Soult stiess, der ein Gleiches vor hatte. Der Fürst ritt auf ihn los. Nur ein kühner Sprung über den hinter ihm liegenden Graben rettete den später zum Marschall und Herzog von Dalmatien ernannten General; seine Begleitung wurde gefangen.

Der Erzherzog, entschlossen die Schlacht von Stockach zu liefern, rief den Fürsten in die Hauptstellung zurück. Dieser war tief in's Gefecht mit der Division Ferino verwickelt, in seiner Rechten überflügelt, im Rücken bedroht, als er diesen Auftrag erhielt, dessen Ausführung unter solchen Umständen nicht geringe Schwierigkeit hatte. Er zögerte nicht, sein Fussvolk nach und nach zurück zu führen,

wenn er auch gleich dadurch zugeben musste,
dass der schnell nachdrängende Feind schon
den in seinem Rücken gelegenen Wald von Or-
singen besetzte. Aber durch wiederholte Angriffe der braven Uhlanen unter ihrem Obersten
Fürsten Moritz Lichtenstein, und durch vortheilhafte Verwendung des Geschützes gelang
es ihm, die Rückzugsstrasse frei zu erhalten, und
das Einrücken in die Hauptstellung zu bewirken. Sein Antheil an der Schlacht bestand in
der Behauptung dieser Stellung, da der linke
Flügel, wozu er gehörte, für diessmal nur eine abwehrende Bestimmung hatte. Er schlug
auch glücklich alle Angriffe des Feindes zurück
(25. März). — Kaum war der Sieg entschieden, so erhielt Schwarzenberg, unter ihm Mer-
veldt, den Auftrag der Verfolgung. Der Fürst
nahm Donaueschingen, und drang in die Engpässe des Schwarzwaldes. Abgerufen, um mit
13 Schwadronen zu den Truppen zu stossen,
die der Erzherzog gegen die Schweiz bestimmte, beobachtete er durch Streifparteien den
Feind, der bei Basel und im Elsass stand,
täuschte ihn während des Angriffes auf Schaff-
hausen durch klug eingeleitete Scheinangriffe,

und vertrieb ihn einige Tage darauf aus Eglisau. Bis zum wirklichen Rheinübergange des Haupt- heeres löste der Fürst die schwere Aufgabe, 10,000 Mann, die zu seiner Rechten in der Umgegend von Basel standen, so wie die ge- rade vor ihm jenseits des Rheins sich sammeln- den Massen, womit der Feind dem Erzherzog zu begegnen gedachte, zu beschäftigen und festzuhalten. Am Tage der ersten Schlacht bei Zürch (4. Juni) liess er alle Posten des Fein- des angreifen, ging mit einem Theil seiner Truppen selbst über den Fluss, und zwang den Gegner, alle Abtheilungen, die noch bis zum Einfluss der Aar am linken Rheinufer stan- den, zurückzuziehen. — Im Juni löste Schwar- zenberg die in der Schweitz befindliche Bri- gade Kienmaier ab. An Nauendorf und später an Baillet gewiesen, theilte er die Beobach- tung der Aar und Limat. Bei dem Versuche, mit der Hauptkraft des Heeres über die Aar zu setzen (17. August), einem Unternehmen, durch dessen Gelingen wahrscheinlich der gan- ze Feldzug eine für die Verbündeten wün- schenswerthere Richtung erhalten hätte, wur- de dem Fürsten der Auftrag zu Theil, 5 Ba-

taillone und 6 Schwadronen als Vorhut über
die obere Brücke, sobald sie geschlagen seyn
würde, zu führen; „den Hauptgebirgsrücken
„am linken Ufer der Aar über Mandach, Mün-
„chenthal und Effingen zu gewinnen; die Stras-
„se von Bruck nach Rheinfelden zu beherr-
„schen; und den Marsch einer nachfolgenden
„Colonne von 6 Bataillons Östreicher und dem
„ganzen russischen Corps zu decken, welche ih-
„re Richtung über Bözstein, Villingen und Stilli
„nach Bruck nehmen, und sich der Brücken
„bei Bruck und Aarau, so wie jener über die
„Reuss bei Gabisdorf, bemeistern sollte." Man
weiss, wie diese aller Wahrscheinlichkeit nach
höchst entscheidende Unternehmung scheiter-
te *). — Der Fürst bildete die Vorhut, als der
Erzherzog mit Ende August wieder nach dem
Mittelrhein zog, nahm die von dem französischen General Müller aus Heilbronn verdräng-
ten östreichischen Abtheilungen auf, trieb mit
ihnen vereinigt, die Reiterei des General Bara-
guay d'Hilliers zurück, griff drei Tage darauf
den feindlichen Nachtrab von 1000 Pferden

*) Geschichte des Feldzugs von 1799. — Wien.
1819. II. 125.

vor Sinzheim an, nahm ihm diesen Ort ab, und verfolgte ihn unausgesetzt bis an den Rhein. Bei der Erstürmung Mannheims (18. September) war der Fürst in der Abtheilung des Feldmarschall-Lieutenants Kospoth, welche den Feind aus allen Verschanzungen vor dem Heidelberger Thore warf, und die erste durch diess Thor in die Festung eindrang. Er hatte insbesondere den Auftrag, der Schanze auf dem rechten Ufer des Neckars sich zu bemeistern, und die Verbindung der Stadt mit dem Rheine zu durchschneiden. Das eine wie das andere gelang ihm vollkommen. Er wusste zwei feindliche Bataillone so lange zu beschäftigen, bis ihr Rückzug nicht mehr möglich war, und sie sich gezwungen sahen, die Waffen zu strecken.

Nach dem Falle von Mannheim wurde dem General Fürsten Schwarzenberg die Beobachtung des Rheins von Neckarau bis Philippsburg, dann vom Einflusse des Neckars abwärts bis Gernsheim aufgetragen. — Die Unfälle der Russen in der Schweitz veranlassten eine Bewegung des Erzherzogs nach dem Oberrhein. Er liess zur Vertheidigung des Mittelrheins

den Fürsten mit drei Reiterregimentern und
zwei leichten Bataillonen zurück. Der französische General Ney stand dieser Truppe mit
etwa 12,000 Mann bei Frankenthal entgegen,
und zog sich späterhin in die Nähe von Mainz,
von wo er verschiedene Streifzüge nach dem
rechten Rheinufer machte. Zu jener Zeit trat
der Fürst in Verbindung mit dem jetzigen Feldmarschall und Fürsten, damaligen churpfalz-
bairischen Obersten, Wrede, der durch be-
waffnete Bauern, besonders im Odenwalde,
dem Feinde mancherlei Abbruch gethan hatte.
Er schlug ihm vor, den Landsturm in den
pfälzischen Rheinlanden aufzurufen, und versprach, ihn durch Reiterei zu unterstützen.
Wrede that, was er thun konnte. Durch län-
gere Zeit hielten sich beide in ihrer Stellung.
Endlich, durch die überlegene Streitkraft des
Generals Ney angegriffen, zog der Fürst nach
lebhaften Gefechten den Rest seiner Truppen
aus Mannheim und Heidelberg in die Gebirge
zurück *). Hier verliess er das Heer, genöthigt

*) Die Brücke von Heidelberg wurde zuletzt noch
durch den Obersten Fürsten Moritz Lichtenstein
auf das muthigste vertheidigt. Der vielfach über-

hiezu durch ein immer bedenklicher werden-
des Übelbefinden, das er anfänglich wenig
achtete, mit körperlicher Anstrengung bekämpfen wollte, das aber endlich seinen Willen
nöthigte, der Natur zu weichen. Im December desselben Jahres wurde Schwarzenberg
von den Ständen des schwäbischen Kreises
zum Kreis-Generalmajor und zugleich zum
Obersten des Kreis-Infanterieregiments Kö-
nigsegg-Aulendorf ernannt. —

Das Jahrhundert schloss mit düsteren Aus-
sichten. Das Glück der Waffen schien sich den
jugendlichen Führern der Franzosen vermählt
zu haben. Die Vorfälle in Italien lähmten auch
in Deutschland den Widerstand. Die Östreicher sahen sich bald bis über den Inn zurückgedrängt. Schwarzenberg, bis um die Mitte des
Juli durch seine schwankende Gesundheit vom
Kriegsschauplatze ferne gehalten, übernahm
zu dieser Zeit 12 Schwadronen der Vorhut.

legene Feind liess Sturm auf Sturm folgen, aber
vergeblich. Die Nacht kam heran. An 800 Franzosen lagen vor der Brücke. Sie hatten den
Übergang nicht erzwungen. Geordnet zogen die
Östreicher in die Gebirge.

Bald darauf (4. September) wurde er von seinem, eben zum Heere nach Deutschland sich begebenden Monarchen zum Feldmarschall-Lieutenant ernannt, behielt aber noch die Anstellung in der Vorhut. Die von den Franzosen geschehene Aufkündigung des Waffenstillstandes veranlasste, dass das Heer am 11. September die Feindseligkeiten zu eröffnen sich bereitete. Schwarzenberg, des regsten Eifers voll, übersandte dem eben zum Oberbefehlshaber ernannten Erzherzog Johann schriftlich und unaufgefordert, nur von der Liebe für sein Vaterland und seinen Stand getrieben, Bemerkungen über die Art, wie man nach seinem Dafürhalten den Feldzug am zweckmässigsten begänne. Das östreichische Heer, zwischen Haag und Wasserburg gesammelt, konnte von beiden Flügeln vorgehen; und den Strassen folgen, die von diesen Punkten nach München führen; oder es konnte den einen Flügel versagen, und, auf dem anderen die grösste Kraft vereinigend, den Feind mit überlegener Stärke anfallen und drängen. Der Fürst meinte, der letztere Entschluss sei vorzuziehen, und man müsse von Haag gegen Hohenlinden nur

Scheinangriffe machen, dagegen mit ganzer
Gewalt vom linken Flügel auf Gräfing und Eber-
ach vordringen. Dadurch gewinne man nicht
allein die Wahrscheinlichkeit des Sieges, weil
man gewiss auf dem Angriffspunkte der Stärkere sei; sondern man erreiche früher die Ebene von München, und wehre dem Gegner die
Verbindung mit Tirol. — Der Prinz nahm des
Fürsten Ansichten gütig auf, obwohl er bereits über den Angriffsplan mit·sich einig war,
zu Folge dessen auf beiden Strassen gegen
den Ebersberger Forst vorgerückt, und der
Feind eigentlich in drei Kolonnen angegriffen
werden sollte, wovon die mittlere zum Theil
dem Fürsten untergeordnet, und nach Hohenlinden vorzubrechen bestimmt war. Die Ver-
längerung der Waffenruhe liess diesen Angriffs-
entwurf nicht zur Ausführung kommen. Die
Truppen rückten vielmehr über den Inn, und
der Fürst ging nach Klattau in Böhmen, wo sich
drei Brigaden des rechten Flügels des Hauptheeres sammelten, die nunmehr unter seinen
Befehl gesetzt wurden. — Gegen Ende Novembers führte der Ablauf der Waffenruhe die
Östreicher über den Inn. Der rechte Flügel,

aus zwei Treffen bestehend, wovon das eine
der Fürst, das andere der Erzherzog Ferdinand führte, setzte bei Passau über diesen
Fluss, und rückte in der Richtung von Eggen-
felden vor, wo er den Wink erhielt, zur Schlacht
bereit zu seyn; von dort aber in die Richtung
nach Landshut gewiesen, in eine nicht günstige Entfernung vom Hauptheere gerieth. Das
Gefecht zwischen Ampfing und Haag war ge-
liefert, bevor der rechte Flügel sich mit der
Mitte des Heeres vereinigen konnte. Diese Vereinigung zu bewerkstelligen, gab zum Theile
Veranlassung zur Schlacht von Hohenlinden;
denn eben der Ort, welcher diesem Unglückstage den Namen gab, wurde zum Sammelpunkte aller östreichischen Heeres-Abtheilun-
gen im Schlachtentwurfe bestimmt. Der Fürst
warf am Vorabende (2. December) mit dem
ersten Treffen des rechten Flügels den Feind
aus allen Orten, die er diessseits der Isen besetzt hielt. Er drang am 3., obwohl Grenier
den lebhaftesten Widerstand leistete, und jede Fussbreite Bodens theuer verkaufte, bis
gegen Hohenlinden. Mit klingendem Spiele
wurden die Höhen von Wetting genommen,

der aus Kronaken vordringende Feind zurückgeworfen, und durch dieses auf der letzten
Höhe vor Hohenlinden liegende Dorf getrieben. Schon war es Mittag. Nirgends die Streitmassen des Centrums und des linken Flügels
entdeckend, deren mehr und mehr sich ent-
fernendes Feuer ihm das Misslingen des Angriffs auf diesen Punkten ahnen liess, hielt der
Fürst an, und sandte um Nachricht zu Kienmaier, der den Oberbefehl des Flügels führte, und bei dem zweiten Treffen sich befand.
Diesem gab der traurige Anblick der gänzlichen Auflösung des Centrums, wovon ein Theil
sich auf ihn warf, von dem Stande der Sachen
hinlängliche Auskunft. Er sandte dem Fürsten
Befehl zum schleunigen Rückzuge. Die Sonne
war im Untergehen, als der Fürst diesen Befehl erhielt. Noch immer hatte er sich in seinen errungenen und heftig bestrittenen Vortheilen erhalten. Jetzt sah er sich plötzlich mit
erneuerter Lebhaftigkeit angegriffen. Sogar ein
in seinem Rücken liegender Wald ward, ihm
unerwartet genug, vom Feinde genommen.
Er liess ihn wieder nehmen, und ein Bataillon
des Regiments Erzherzog Ferdinand bewies

hiebei Bewunderung erregende Entschlossenheit. Der Fürst war überall. Mit der Gefahr schien seine Thätigkeit gleichen Schritt zu halten. Jetzt, mitten im Gefechte, erschien ein feindlicher Offizier, Adjutant des Generals Bastoul, der ihn im Namen Greniers von dem, was auf den übrigen Punkten der Schlachtlinie vorgegangen war, unterrichtete, auf die siegenden Truppen Moreau's, die ihn zur Linken schon weit überreichten, aufmerksam machte, ihm zu beweisen suchte, dass er allein vor, und von dem übrigen Heere bereits getrennt sey, und mit dem Beisatze, „dass er für seine „Ehre genug gethan habe, und das Unmögli„che nicht versuchen solle," ihn aufforderte, die Waffen zu strecken. Der Fürst liess diesen Offizier festhalten, sein Fussvolk nach der Isen zurückgehen, und das Feuer des gesammten Geschützes verdoppeln, um durch den Rauch seine Bewegung bergen zu helfen. Mit der Reiterei warf er sich gleichzeitig kräftig auf den Feind, und ohne eine einzige Kanone verloren zu geben, zog er sich vor Anbruch der Nacht aus der Schlinge.

Wie der Freund zu schenken, so ist der

Gegner vorzuenthalten geneigt. Wenn das Lob des Einen freut, so wirkt die dem Feinde abgedrungene Erkenntniss des Verdienstes noch kräftiger; sie erhebt. Moreau, dem Schwarzenberg den feindlichen Offizier nach der Schlacht zurücksandte, welchen er während derselben, wollte er sich die Möglichkeit des Rückzuges nicht verschliessen, festhalten musste, liess dem Fürsten bei Gelegenheit des Dankes, dessen er ihn zu versichern für gut fand, auch die ehrenden Worte sagen: „man „habe in dieser Schlacht nicht lange dar- „über zweifelhaft bleiben können, wo Fürst „Schwarzenberg stehe. Er könne über Grenier „nur ungehalten seyn, dass ihn das Gefecht „nicht belehrt hatte, an solchem Gegner sey „die Aufforderung, mit den Waffen in der Faust „sich gefangen zu geben, ein Missgriff." — Nach der Niederlage von Hohenlinden war jeder Widerstand des östreichischen Heeres ohne Wirkung. Die Reste desselben zogen über den Inn und die Salza. Noch gelang es dem rechten Flügel, welcher anfänglich in die Brückenschanzen von Mühldorf und Craiburg gewiesen wurde, und Braunau Besatzung gab,

die übrigen Heerestheile, die über Salzburg
zogen, wieder zu erreichen. Aber alle Aufopfe-
rungen, aller Muth der Einzelnen, wie des
Ganzen, langten nimmer zu, dem mächtig ein-
dringenden Strome der Gegner einen Damm
entgegen zu setzen, und der Rückzug musste,
wie bei einer drängenden Verfolgung diess immer der Fall ist, mit jedem Tage verderblicher werden.

Zwischen der Traun und der Enns drohte die Truppe unter den Anstrengungen aller Art, denen sie ausgesetzt war, zu erliegen. Der Feind hatte die Nachhut, die der
General Baron Mecsery führte, in unabläs-
sigen Gefechten bis an die Traun gedrängt.
Die Artillerie überfüllte die Strassen. Die Reiterei war zu zwei Dritttheilen zu Fuss. Da
übernahm der Erzherzog Carl den Oberbefehl
(18. December), und trug dem Fürsten, der
bis jetzt die Unterstützungstruppen unter sich
hatte, die Führung der Nachhut auf (19. December). Diese wurde auf 6 Bataillone, 14 leichte Kompagnien und 21 Schwadronen verstärkt,
und ihr zugleich bedeutet, durch eine Stellung an der Traun, höchstens bei Albenek,

dem Heere, es koste was es wolle, am 20.
Ruhe und Erholung zum weitern Marsche zu
verschaffen. Eben auf dem Wege, sich zur
Nachhut zu begeben, traf den Fürsten die
Meldung, dass die Traun nicht mehr in seiner Gewalt; dass der Feind gleichzeitig mit
den Trümmern der Nachhut durch Lambach
und über die Brücke gedrungen sey; dass man
diese noch unter seinen Füssen in Brand gesetzt
habe, aber nicht verhindern konnte, dass er sie
löschte, dass General Baron Mecsery, nach dem
tapfersten Benehmen zuletzt verwundet, und
so wie der Oberste Fürst Moritz Lichtenstein
gefangen sey. Auf dem Schlachtfelde angekommen, sah der Fürst, wie die Massen des
weit überlegenen Feindes über die Brücke
drängten. Auf dem linken Ufer fochten noch
einige zerstreute Abtheilungen, denen der
Übergang nicht gelungen war, für ihre Rettung; auf dem rechten riss Verwirrung ein.
Von den 8 Schwadronen des zweiten Uhlanenregiments waren nicht mehr als 80 Mann,
von den übrigen 13 Schwadronen Husaren
kaum 6 Züge vorhanden. Trotz dieser verzwei-
felten Lage gelang es dem Fürsten dennoch, die

Reste der zersprengten Truppen auf der Höhe
von Albenek zu sammeln, wo rechts und links
der Strasse gelegene Wälder die Verfolgung er-
schwerten. Aber am meisten rechnete Schwarzenberg auf die eben einbrechende Nacht und
auf die Nähe einer geordneten Streitkraft; denn
noch hatte er an Graf Giulay die Unterstützungstruppen nicht übergeben; beide waren
vielmehr übereingekommen, sie hinter Albenek
aufgestellt zu lassen, und diese Truppen bildeten jetzt den sichersten, ja den einzigen
Halt, im Falle der Feind im Angriff fortfahren
sollte. Aber der Feind benahm sich ruhig. Der
Fürst vervielfachte seine Thätigkeit, um jedem
Angriffe zu stehen; denn er wusste, dass das
Hauptheer, welches nur zwei Stunden hinter
ihm bei Wirth an der Linde lagerte, erst um
sechs Uhr des kommenden Morgens aufbrechen
könne. Nach Mitternacht liess er, da bis dahin
Alles stille geblieben war, die Unterstützungstruppen den Rückzug antreten; denn schon fanden sich mehrere vermisste Abtheilungen wieder. Aus Wels kam die Meldung, dass ein bedeutender Theil der Nachhut dort den Rückzug
über die Traun erfochten habe. Der Erzherzog

aber wies ihm den General Grafen Grüne mit dem Husarenregimente Erzherzog Ferdinand zur Verstärkung zu. Er liess ihm zugleich befehlen, zu halten so lange er könne, auf jeden Fall aber vor 21. Abends nicht weiter als auf Eisengattern zurück zu gehen. Dort werde er Waldung für das Fussvolk, und vorwärts offenen Boden für die Reiterei finden.

Das Heer, das stehen gebliebene Geschütz, die Menge der Vorrathswagen zogen nun ohne Rast Tag und Nacht der Enns zu. Der Fürst hielt noch bis zum 20. Nachmittags die Stellung an der Alben; dann, als der Fluss schon auf mehreren Punkten vom Feinde überschritten war, folgte er mit geringer Bedeckung der fechtend zurückgehenden Nachhut. Vor Kremsmünster angekommen, fand er den Flecken schon durch feindliches Fussvolk besetzt, das wahrscheinlich eben eingerückt war; denn es stand noch in der Hauptstrasse aufmarschirt. Auf solch Begegnen war der Fürst gefasst, denn er führte die letzte Abtheilung, und wusste, dass der Feind in bedeutender Breite auf mehreren Wegen vordrang. Mit aller Schnelligkeit, welcher die Pferde fähig waren, stürzten die Reiter nun in den Ort, und mitten durch den Feind, die lange Strasse hinab. Dieser, zu überrascht, um das Klügste zu unternehmen, nämlich den jenseitigen Ausgang zu besetzen, that zum wenigsten das Nächste; die ganze Reihe der Franzosen feuerte; aber zu nah, wie sie standen, überschossen die Meisten, und der Fürst gelangte unverletzt ausser den Bereich des Feindes. Nun liess er an der Enns alle Reiterpferde, und selbst die Leute, vor die Kanonen spannen, die eben dort angekommen waren, und so gelang es den Artilleriepark zu retten; denn als der Feind an der Enns erschien, standen die Brücken bereits in Flammen, und Alles war am jenseitigen Ufer (22. December). Da wurde Stellung genommen zwischen Steier und Dorf. Den östreichischen Uhlanen gelang es, mehrere Vortheile über die feindliche Reiterei zu erringen. Das östreichische Geschütz spielte unaufhörlich während des 22. und 23. Vormittags. Endlich brachen Unterhandlungen die Feindseligkeiten ab, und der am 25. abgeschlossene Waffenstillstand endete diesen, für den Körper, wie für das Gemüth des Fürsten so aufreibenden Rückzug. Waffenstillstand war

auch das einzige Mittel der Gegenwehr, das
dem Erzherzog Carl übrig blieb, um Östreich
vor der Überschwemmung des Feindes zu retten, der, durch Sieg begeistert, bereits auf
dessen Boden stand. —

Der Beweis der Anerkennung der Verdienste, welchen dem Fürsten der Kaiser sowohl als der Erzherzog Carl in dieser gefähr-
lichen Zeit gaben, verfehlte eben durch den
Augenblick, in dem er gegeben wurde, den
lohnenden Eindruck nicht. Zwei Tage nach
Abschluss des Waffenstillstandes erbat und erlangte der Erzherzog von dem Kaiser die Ernennung des Fürsten zum Inhaber des zweiten Uhlanenregiments, welches in den früheren Feldzügen in Deutschland unter ihm so
treffliche Dienste geleistet hatte *).

*) Dieses Regiment hatte in früheren Dienstver-
hältnissen schon eine rührende Anhänglichkeit
an die Person des Fürsten gezeigt. Die lange
Zeit, in welcher er es führte, die Gefahren, die
er mit ihm theilte, die Beschwerden, die er
mit demselben ertrug, die Dienste, die er an
seiner Spitze dem Vaterlande erwies, brachten
beide sich gegenseitig, mehr als diess gewöhnlich zu geschehen pflegt, näher. Der Fürst kann-

Aus der Antwort des Fürsten auf das
Schreiben des Erzherzogs, das die Ankündi-

te damals jeden einzelnen Mann, und oft sogar dieses Einzelnen Schicksale und Verhältnisse. Jeder hatte während der langen gemeinschaftlichen Dienstzeit irgend einmal Gelegenheit gefunden, sich seinem Auge bemerkbar zu
machen, und fühlte sich dadurch zu ihm gezogen; ihm folgten sie freudig durch alle Gefahren der Schlacht; er vermochte sie leicht, jede
Entbehrung, jede Beschwerde des Krieges willig zu tragen; sein Wort beschwichtigte schnell
die gereitzten Gemüther, den ungestümen Willen. Ein schöner Beweis hiefür ist, was der
ritterliche Fürst Moritz Lichtenstein, damals
Oberstlieutenant dieses Regiments, im Namen
desselben dem Fürsten schrieb, als bei Ausbruche des Feldzugs von 1799 die Uhlanen zu
Folge der Heereseintheilung die Brigade Schwarzenberg zu verlassen bestimmt waren. „Un-
„überwindlich dünkten wir uns unter Deinen
„Befehlen," sagt er, nachdem er ihm zuvor
für alle Güte und Sorgfalt gedankt hatte, „Dich
„an unserer Spitze, kannten wir keine Gefahr,
„und würden Dir in den Tod gefolgt seyn.
„Freudig würde Jeder sein Leben für Dich und
„Deine Ehre hingegeben haben. Dein Blick be-
„seelte jeden von uns. Deine Zufriedenheit war
„unsere grösste Belohnung. In die Ferne be-
„gleiten Dich nun unsere Wünsche. Der Ruhm,
„den Du in kommenden Zeiten erwirbst, wird

gung dieser Auszeichnung enthielt, geht deutlicher als aus manchen bändereichen Werken
die damalige Lage der Dinge, und zugleich die
edle Bekümmerniss hervor, mit welcher sie
den Fürsten erfüllte. „Ruhe," so schreibt er,
„ist das erste, das einzige Rettungsmittel. Oh-
„ne diese Ruhe, und eine ziemlich lange Ru-
„he, während welcher man Zeit genug haben
„muss, um nicht allein die Schuhe und Klei-
„dungsstücke auszubessern, sondern den mo-
„ralischen Gebrechen zu steuern, welche an
„den Wurzeln unserer Militär-Verfassung na-
„gen, werden wir, wenn die Armee wieder

„uns stets am Herzen liegen. Nur schmerzen
„wird es uns, nichts zu demselben beitragen
„zu können. Was uns betrifft, so werden wir
„fortfahren, das zu thun, was uns Ehre und
„Pflicht befiehlt; aber nicht mehr mit der Freu-
„de, die uns unter Deinen Befehlen durch Dein
„Beispiel beseelte. Dieses sind meine, meines
„ganzen Offiziers-Corps, meines ganzen Regi-
„ments Gesinnungen. Sei versichert, dass un-
„sere Trennung Jedem Thränen kostete. Wir
„wollen es als eine Belohnung ansehen, wieder
„unter Dir zu stehen." Die Bitte, diess Letztere zu erwirken, schloss dieses Schreiben (vom
29. März). Drei Tage darauf kam das Regiment
wieder in des Fürsten Brigade.

„zu sich gekommen seyn wird, vielleicht
„durch augenblickliche Siege das Ziel der
„Auflösung weiter hinausrücken, aber bei den
„ersten Unglücksfällen ihr um so zuverlässi-
„ger nicht entgehen."

„Wenn man so viele Jahre hindurch das
„Schicksal einer braven Armee in verschiede-
„nen Lagen treu mit ihr getheilt hat, so
„schmerzt es tief, diese Armee in einem ein-
„zigen Jahre ..... gänzlich aus ihren Angeln
„gehoben, und so tief gesunken zu sehen. In
„dieser Rücksicht hoffe ich, dass Eure könig-
„liche Hoheit mir die Bemerkungen vergeben
„werden, die ohnehin Ihrer Einsicht nicht
„entgehen. Die ganze Monarchie, gewohnt, in
„Euer königlichen Hoheit ihren Retter zu se-
„hen, erwartet von Ihnen die einzige Ret-
„tung in diesem Augenblicke — den Frie-
„den. Die Krone Ihrer Siege wäre jener über
„die unsinnigste, weltverheerende Hartnäckig-
„keit." —

Der Friede erfolgte. Mit Vergnügen kehrte der Fürst zu den Seinigen wieder, und ge-
noss nun zum ersten Male einer längern Ruhe
in ihrem Kreise; einer Ruhe, die nur durch

den kurz dauernden Auftrag einer Reise nach Petersburg unterbrochen wurde.

Der Tod Pauls I. hatte den russischen Kaiserthron für seinen Sohn, den Grossfürsten Alexander, erledigt. Er bestieg, trotz seiner Jugend, denselben mit Festigkeit und Umsicht. Der Fürst wurde im Juni des Jahres 1801 erwählt, ihm Glückwünsche hiezu von Seite des östreichischen Hofes zu bringen, und das für beide Reiche wünschenswerthe Einverständniss, welches durch Vorfälle der letzteren Jahre getrübt worden war, wieder auf den früheren Fuss zu setzen. Der Tag seiner Ankunft in Petersburg war der des Sturzes der Subow'schen Partei, und auf dem Wege, dem Gouverneur der Hauptstadt, dem General-Lieutenant Grafen Pahlen, den Ankunftsbesuch zu machen, überraschte ihn die Nachricht von der plötzlichen Verweisung dieses vielvermögenden Mannes. — Der jugendliche Monarch sowohl, als der Minister der auswärtigen Angelegenheiten, Graf Panin, kamen dem Fürsten mit eben dem Wunsche entgegen, der den wichtigeren Theil seines Auftrags ausmachte. Bald waren die Missverständnisse aufgeklärt, welche meistens nur Folgen irriger Voraussetzungen, oder der Persönlichkeit Pauls I. waren, und die Besorgnisse gehoben, die Russland geglaubt hatte, aus dem Lüneviller Frieden schöpfen zu müssen. Der Aufenthalt des Fürsten zu St. Petersburg dauerte nur zwei Monate. Der sicilianische Minister, Herzog von Serra-Capriola; der Graf Rasumowsky, der einst die Neigung Pauls in einem so seltnen Grade zu fesseln vermocht hatte; der Graf Stroganoff, einst Katharinens täglicher Gesellschafter, dann Pauls bald verstossener Oberstkämmerer, jetzt Präsident der Akademie der Wissenschaften; der Fürst Kutusow, dem nach Pahlen das Militär-Gouvernement von Petersburg übertragen wurde; der vortheilhaft ansprechende, klare, bestimmte und feurige Benningsen, und der kalt scheinende, aber bei näherem Umgange, lehrreiche und höchst angenehme englische Bothschafter Lord St. Helens (Fitz Herbert) bildeten ausser Panin grössten Theils den Umgang des Fürsten. Mit der Wärme, womit ihn alles geschichtlich Merkwürdige, jede Schöpfung der Kunst, oder des erfinderischen Scharfsinnes anzog, besuchte er auch alle öffentlichen Anstalten, die Akademie der Wissenschaften, die Kabinete, die Gallerien, die Fabriken. Von den Prunksälen Katharinens in Czarsko-Selo ging er gerne nach Oranienbaum, die herrliche Aussicht nach Kronstadt zu geniessen; und von den theuern Schlachtstücken Hakerts im Peterhof nach der Eremitage, wo der Künstler Raphaels Logen wieder findet. Er fuhr nach Kronstadt selbst, besah die ungeheuren Werfte und Granitdämme, und bestieg die Kriegsschiffe. Vergnügte Stunden brachte der Fürst, dem ein freundlicher Garten so viel galt, in dem niedlichen Landhause Nariskins, gegenüber von Kamenoy-Ostrof, so wie in dem schattigen Park zu, den der Herzog von Serra Capriola zum grösseren Theile eigenhändig an der menschenbelebten Newa gepflanzt und sorgsam gepflegt hatte. Am 20. August verliess Schwarzenberg die Hauptstadt Russlands. Er nahm die Achtung des Hofes, die Neigung manches Mannes von Einfluss mit sich, und in spätern Tagen brachte ihm und dem Staate der Same nützliche Früchte, den er in den jetzigen ausgestreuet hatte.

Noch bevor er nach Petersburg gegangen war, hatte er mit seinem älteren Bruder, dem regierenden Fürsten Joseph zu Schwarzenberg, die Ausgleichung getroffen, statt der Güter in der Steiermark, die ihm als zweites Majorat zukamen, die Herrschaft Worlik in Böhmen zu übernehmen. Ausserdem, dass die steierischen Güter geringere und weniger · sichere Einkünfte trugen, entfernte ihn der Aufenthalt in diesem Lande auch zu sehr von den Seinigen. Wenn bei minderer brüderlicher Liebe vielfältiger Stoff zu Zwistigkeiten in der Übertragung des zweiten Majorats nach Böhmen, das seit dessen Gründung im Jahre 1703, also nahe an ein volles Jahrhundert in der Steiermark bestanden hatte, sich gezeigt und entwickelt haben würde, so war unter solchen Brüdern diess nur ein Band der Einigung mehr.

Mit Sehnsucht sah der Fürst dem Jahre 1802 entgegen, um die schöne Jahrszeit in Worlik zuzubringen. Die Zeit der Abreise von Wien war herangerückt, und schon der Tag hiezu bestimmt, als die Nachricht einlangte, dass durch Brand das ganze Schloss, mit dessen Einrichtung man so eben fertig geworden war, zu Grunde gerichtet sey. Nichts desto weniger gab der Fürst seinen Wunsch nicht auf, und schleunig wurde ein Nebengebäude zum Sommeraufenthalte bereitet. Er, der unter die geringe Zahl der Menschen gehörte, die aus allen Lebensverhältnissen das Vermögen, rein zu fühlen, retten; die aus sich herausgebildet, auch der Natur nicht entfremdet werden, lebte nun ein stilles inniges Leben auf seinem eigenthümlichen Besitze. Der Bau und die Einrichtung eines neuen Schlosses; Verschönerungen der nächsten Anlagen, Verbesserungen in Wald und Feld, Verbreitung und Erhöhung der Cultur des Bodens, beschäftigten ihn vollauf. Er erfreute und gefiel sich darin, ein Schöpfer auf seinen Gütern zu seyn. Die Kenntniss der Bäume und Pflanzen gehörte unter sein Lieblingsstudium. Er betrieb sie auf seine eigene Weise mit Beharrlichkeit und Schärfe, und hatte hierin seine Gemahlinn zum Meister, die diesem angenehmen Theil der Naturgeschichte wissenschaftlich oblag. Er besass die glückliche Gabe, sich mit Innigkeit an dem unscheinbaren Aufstreben einer Pflanze oder eines Bäumchens freuen

zu können, und, überall die ewig schaffende
Natur vor Augen, das Leben der Pflanzenwelt
mit jener Liebe zu beachten, mit der man
sonst nur auf beseelte Wesen blickt. Wer wäre darauf verfallen, den Heldenjüngling von
Cateau, den entschlossenen und besonnenen
Retter am Unglückstage von Hohenlinden;
wer, den Feldherrn, dem einst drei Vierthei-
le von Europa ihre Kräfte anvertrauen sollten,
dessen Stimme den Bewohner von der Wolga
und von den Küsten des Eismeeres, wie jenen von der Donau und dem Rheine, brüder-
lich vereinigt auf das eine Schlachtfeld führte; — wer wäre darauf verfallen, sie in eben
dem Manne zu suchen, der nun Stunden lang
mit Emsigkeit und Sorgfalt unter seinen Bäu-
men lebte? — Und doch, wer in die Geschichte blickt, wird ähnliche Erscheinungen finden,
und wer höhere Menschen zu beurtheilen im
Stande ist, erkennt sie, welchen Stoff sie immer behandeln.

Im November des Jahres 1804 sah sich
der Fürst nach Linz beordert, um den Befehl
über mehrere, im Innviertel zusammengezoge-
ne Truppen zu übernehmen. Die schnelle Bei-

legung der Missverständnisse mit Baiern, welche diese Massregel veranlasst hatten, liess ihn schon im December wieder nach Wien zurückkehren.

In diese Zeit vom Abschlusse des Lüneviller Friedens bis zum Kriege von 1805, die abwechselnd in Wien und in Böhmen zugebracht wurde, je nachdem ihm der Dienst die Entfernung von der Hauptstadt, in welcher er eine Division befehligte, erlaubte, fällt auch des Fürsten angestrengte Thätigkeit im Studium der Politik und des höheren militärischen Wissens. Was irgend an Büchern in dieser Beziehung damals erschien, wurde durchdacht, beurtheilt, bezeichnet. Sein Hausarchiv bewahrt die Beweise hievon. Seine Bemerkungen an den Seitenrändern so mancher Werke sprechen unsere ganze Aufmerksamkeit an. Man sieht, wie er emsig Theorie durch Erfahrung, und diese durch jene zu begründen bemüht war. — Diese Jahre, die wenigste Thätigkeit nach Aussen enthaltend, waren vielleicht die glücklichsten, gewiss aber die heitersten seines Lebens.

Das Handbillet vom 18. März 1805, welches den Feldzeugmeister Grafen Latour zum Hofkriegsrathspräsidenten bestimmte, ernannte den Fürsten zum Vicepräsidenten derselben Stelle. Einige Wochen darauf verlieh ihm der Kaiser auch noch die Würde eines geheimen Rathes. Kurz vor Eröffnung des Feldzuges erhielt er eine Sendung nach München, die zum Zweck hatte, für den bevorstehenden Krieg die Streitkräfte Baierns mit den östreichischen zu vereinigen. Was persönlicher Eifer und persönliches Gewicht vermochten, leistete er auch bei dieser Gelegenheit auf eine für ihn selbst ehrenvolle, und zu den besten Hoffnungen berechtigende Weise. Wenn nichts desto weniger der Ausgang der Sache den Erwartungen nicht entsprach, so hatte diess einzig seinen Grund in den unglücklichen politischen Verhältnissen, welche damals die deutschen Fürsten und Staaten von einander getrennt hielten.

Der Generalquartiermeister Feldmarschall-Lieutenant Baron Mack führte eben damals, als der Fürst die Hauptstadt Baierns verliess, das östreichische Hauptheer über den Inn. Schwarzenberg übernahm alsogleich einen

Theil desselben, aus 30 Bataillonen und 28 Schwadronen bestehend. Da man den Beginn der Feindseligkeiten noch nicht so ganz nahe glaubte, wurden die Truppen einstweilen zwischen den Lech, die Iller und die Donau verlegt. Der Fürst besetzte Ulm und die Umgegend. — Die Nachrichten welche in den ersten Tagen des Oktobers über den Anmarsch des französischen Kaisers einliefen, veranlassten den Befehl zur Vereinigung der Streitkräfte bei Ulm. Am 10. sollte sie bewirkt seyn. Aber am 6. erreichte Soult Donauwörth, und in der Nacht vom 7. auf den 8. stand Napoleon mit mehr als 60,000 Mann auf dem rechten Ufer des Stromes, und in Seite und Rücken des östreichischen Heeres. Mack, der für die russischen Truppen fürchtete, die er zum Theile schon diessseits des Inns, im Marsche nach Dachau vermuthete, suchte nun seine Stärke näher an den Feind, nach Günzburg zu bringen. Alle verwendbaren und meist schon in Bewegung befindlichen Truppen erhielten die Weisung, dieser neuen Richtung zu folgen. Ulm durfte man nicht bloss geben. Schwarzenberg sollte es daher besetzt halten, bis Jellachich mit den aus Vorarlberg herbeigeführten Truppen dort einträfe; dann aber dem Heere nach Günzburg folgen. Diess Alles geschah auch wirklich am 9. — Mack, anfänglich entschlossen selbst bis an den Lech zu rücken, um dadurch die Hauptkraft des Gegners von den Verbündeten abzuziehen, ging nun mit den durch Mangel, Nachtmärsche und Wetter ermüdeten, und überdiess meistentheils neu errichteten Truppen, einige Stunden über Günzburg hinaus, hielt dann plötzlich an, und kehrte, durch nähere Berichte über die Bewegungen des Feindes bewogen, wieder dahin zurück. Mittlerweile hatte der französische General Ney, von Donauwörth kommend, die zur Vertheidigung der Donaubrücke bey Günzburg am linken Ufer aufgestellten Abtheilungen angegriffen, und beinahe gänzlich aufgerieben. Sein Ziel war nun die Brücke. Er sammelte die Mittel zu ihrer Herstellung und machte sich zum Übergange bereit, als Mack, entschlossen, sich auf die Rückzugslinie des Feindes zu werfen, und selbst den Angriff auf das jenseitige Ufer zu tragen, ihm mit der Herstellung zuvorkam.

Man weiss, welch ungünstige Wendung diese ihrer Wesenheit nach vielleicht kluge Massregel nahm, indem die Franzosen gegen die
Brücke, sobald diese fertig war, in geschlossenen Abtheilungen losbrachen, und, Alles vor
sich niederwerfend, in wenigen Minuten auf
dem rechten Ufer standen. In diesem Augenblicke der Betäubung traf Schwarzenberg, den
ihm untergeordneten Truppen vorauseilend, in
Günzburg ein. Er führte die wenigen Schwadronen von Blankenstein Husaren und von seinem eigenen Uhlanenregimente, die er mit
sich hatte, in den Feind; aber zu sehr von
der Gestaltung des Bodens gehemmt, wurden
diese alsbald geworfen. Unaufgehalten drängten die Franzosen über die Brücke, und erreichten die beherrschenden Höhen.

Da beschloss Mack, das Heer nach Ulm
zurück zu führen. Noch in der Nacht brach
es auf, und in einem Zustande grosser Erschöpfung langte dasselbe am 10. während des Tages in Ulm an. Der Erzherzog Ferdinand und
die Mehrzahl der Generale, darunter der Fürst,
waren der Meinung, dass man die Bewegung
auf das linke Donauufer nicht aufgeben, son-

dern sie vielmehr ohne Zögern ausführen, und
Nördlingen gewinnen müsse. Am 11. Vormittags sammelte sich desshalb das Heer zum Aufbruche auf den Höhen am linken Ufer der Donau. Schwarzenberg hatte noch eine Brigade
im Brückenkopfe, und ihm war die Führung
der Nachhut bestimmt. Für seine Person befand er sich eben bei dem Erzherzog, als das
Feuer des Geschützes auf dem linken Ufer,
anfänglich nur schwach genährt, jetzt aber
plötzlich mit Heftigkeit erwachend, einen bedeutenden Angriff auf die kaum gewählte Stellung verkündigte. Meldung auf Meldung bestätigte, dass der Feind gegen den rechten
östreichischen Flügel in zwei Abtheilungen
vordringe. Der Fürst erbat sich von dem Erzherzog mit den vor dem Frauenthore lagern-
den 6 Schwadronen Mack Kürassieren alsogleich einen Angriff machen zu dürfen, eilte
hinaus, hiess die Reiter ihm folgen, und ritt
einstweilen vor. Auf dem Michelsberge angelangt, sah er, dass der Feind bereits Vortheile errungen habe, und so eben Jungingen,
den Schlüssel der Stellung, bedrohe. Das feindliche Fussvolk ordnete sich zum Angriffe; die

Reiterei marschirte zur Unterstützung auf. Im Ganzen war der rechte Flügel des Gegners versagt, um den Angriff in schiefer Linie mit dem linken zu unternehmen. Augenblicklich fasste der Fürst den Entschluss, sich in die rechte Seite des Feindes zu werfen. Er theilte diesen Entschluss dem Feldmarschall-Lieutenant Mack, der eben herangeritten kam, mit, und dieser wies ihm noch zwei Schwadronen von Latour *) und einige Abtheilungen leichter Reiter von Rosenberg zu. Nun an die Spitze der Seinen sich setzend, gewann der Fürst mit äusserster Schnelligkeit die beherrschende Anhöhe und die Strasse von Albek. Hier warfen sich ihm zwei Reiterregimenter entgegen, die eben zur Unterstützung des Hauptangriffes vorrückten. Ihnen folgte einiges Fussvolk. Ein feindliches Dragonerregiment aber war vorgebrochen, und begann in die östreichischen Vierecke, nicht ohne Erfolg, einzuhauen. Diesem sandte der Fürst seine früh er-

---

*) Unter dem Oberstlieutenant v. Roussel, dessen ausgezeichnetes Benehmen an diesem Tage der Fürst durch das glänzendste Zeugniss bestätigte.

probten Waffenbrüder nach, die leichten Reiter von Latour. Er selbst empfing ohne Zeit-
verlust die andringenden Feinde. Der Kampf
war lang, aber ungleich; denn die Östreicher,
obwohl geringer an Zahl, bewiesen gleich anfänglich ihr Übergewicht an Gewandtheit und
Abrichtung. Der Feind wurde überall geworfen; 12 Kanonen mit ihren Wägen waren die
Beute, über 1500 Mann lagen auf dem Platze,
800 Mann wurden gefangen. Der Hauptangriff
stockte, und das zweifelhafte Ringen des Tages war zum Vortheil der Östreicher entschieden. Bis tief in die Nacht hielt der Fürst mit
seinen Reitern die Albeker Strasse. Vergeblich
versuchte der Feind mehrere Male auf dieser
den Rückzug; jederzeit angegriffen und zurückgeworfen, musste er ihn in grösster Eile
in der Richtung nach Elchingen bewerkstelligen, wohin ihm der Oberste Fürst Louis Lichtenstein mit seinem Regimente nachgeschickt
wurde. — Unter der Menge Gepäcks, das dem
Feinde an diesem Tage abgenommen wurde,
fand sich auch jenes des französischen Divi-
sions-Generals Dupont, und in diesem ein Befehl, woraus man ersah, dass er von Ney ent-

sendet worden war, um Ulm aufzufordern, oder durch Überfall zu nehmen.

Dieses Gefecht vom 11. war das einzige, welches die Reihe von Unglücksfällen, die in diesem Feldzuge das Heer in Deutschland trafen, glänzend unterbrach. Düster im Geiste, kehrte der Fürst aus dem Treffen zurück, denn der einseitig gewonnene Erfolg blendete ihn nicht. Der Untergang des Heeres war von der Vorsehung unvermeidlich beschlossen, da selbst dieser Sieg vom 11. ihn nur schneller herbeiführte. Ein Tag war für die Bewegung nach Nördlingen verloren, und der errungene Vortheil machte im Entschlusse noch einmal schwanken, so, dass auch der 12. Oktober, die letzte Frist der Rettung, unbenützt vorüber ging. Schwarzenberg, seit vielen Jahren in freundschaftlichen Verhältnissen mit Mack, ihm, als einem Manne von hohem Verdienste, von Talent und Erfahrung, mit Achtung ergeben, und sein offener Vertheidiger vormals, wo man öfters seinem Rathe Schuld gab, was man der Art der Ausführung desselben Schuld geben sollte; Schwarzenberg wandte nun, da seine Überzeugung je-

ner des Generalquartiermeisters schnurstraks
entgegen lief, jedes Mittel an, das ihm die
Stellung des Freundes zum Freunde erlaubte,
um ihn für den Entschluss zu gewinnen, Ulm
zu verlassen. Endlich entschied sich Mack dafür, und wollte wenigstens einen Theil des
Heeres, die dem Feldmarschall-Lieutenant
Wernek untergeordneten Truppen, noch am
12. marschiren lassen. Da aber dieser General
die Einwendung machte, dass es für diesen
Tag schon zu spät sey, so wurde die Bewegung für den 13. angeordnet; eine Verzögerung von den schädlichsten Folgen, weil sie
die gänzliche Räumung von Ulm am nächsten
Tage hinderte. Mit Anbruch des Morgens setzte sich Wernek nach Heidenheim in Marsch;
Riesch folgte als Unterstützung einige Stunden darauf, und lagerte bei Elchingen. Schwarzenberg wurde noch zurückgehalten, weil man
besorgte, er würde auf der einzigen, durch be-
ständiges Regenwetter bei vielem Gebrauche
zu Grunde gerichteten Heidenheimer Strasse
an diesem Tage nicht folgen können. Er sollte
mit der Nachhut erst am 14. Morgens 10 Uhr
die Stadt räumen, und so wie das Hauptquar-

tier nach Hausen gehen. Da langte die nicht
mehr zu bezweifelnde Nachricht von dem Marsche der feindlichen Hauptmacht gegen die
Iller und Ulm an, und diese verursachte eine
neue unselige Täuschung. War Mack am 12.,
während Napoleon zwei Märsche von Ulm
stand, von dem Wahne befangen, er marschi-
re so eben, den Russen zu begegnen, nach
dem Inn; so betrog er sich jetzt, wo das Netz
um Ulm bereits gespannt war, wo ein Wink
Napoleons genügte, um es zuzuziehen, mit Bil-
dern seiner Flucht, und theilte am 14. Morgens
schon die Rollen der Verfolgung aus, als —
plötzlich östreichische Abtheilungen flüchtig
vor den Thoren von Ulm erschienen. Ney,
der nach dem Gefechte vom 11. auf das rechte Ufer sich zurückgezogen hatte, war am 14.
bei Elchingen wieder auf das Linke gegangen,
und hatte die Truppen des Grafen Riesch
überrascht und geworfen. Dieser Vorfall vermochte den Generalquartiermeister, die Heeresabtheilung des Fürsten Schwarzenberg auch
am 14. in Ulm zurück zu halten; aber er änderte dessen Meinung von dem Rückzuge des
Feindes nicht. Noch am 14. Nachmittags er-

liess er einen Befehl, wodurch Schwarzenberg für den nächsten Morgen nach Geislingen gewiesen wurde. Wernek sollte nach Ellwangen streifen lassen, Riesch in Vereinigung mit Kienmaier den General Bernadotte auf seinem Rückzuge über Nördlingen schlagen.

Die weiteren Entwürfe gingen dahin, dass Schwarzenberg, was von Franzosen am linken Donauufer stand, über Stuttgard verfolgen, Wernek aber für diesen Fall über den Nekar gehen, und sich dort mit dem Fürsten vereinigen solle. Ähnliche Anstalten wurden auf dem rechten Ufer getroffen. Nochmals eilten die Generale zu Mack, um ihn auf den Ungrund seiner Voraussetzung aufmerksam zu machen, um ihn von den Missgriffen in seinen Anordnungen zu überführen, ihm das Bedenkliche seiner Lage aus einander zu setzen, und das Nöthige zu berathen. Ein Blick auf das Feld liess über des Feindes Absicht keinem Zweifel Raum. Man sah die französischen Massen auf beiden Ufern der Donau der Stadt sich nähern. Schon war auf dem rechten die Einschliessung vollendet. Nur gegen Norden, in der Richtung von Heidenheim, schien ein

Stück des Kreises noch frei. Die Meldung des Rittmeisters Baron Tettenborn, der so eben den Feind am rechten Ufer erkannt hatte, bestätigte zum Überflusse, was man von der Stadt aus sah. Dennoch glaubte Mack, dessen öffentliche Stellung ihn die Verhältnisse anders, und diessmal zum Unglücke falsch sehen liess, von seiner Ansicht nicht weichen zu dürfen. Das Loos der Gefangenschaft bei längerem Bleiben vor Augen, erklärte darauf der Erzherzog, dass er versuchen werde, die Reiterei aus Ulm zu führen. Noch in der Nacht zog Schwarzenberg mit 12 Schwadronen auf den Michelsberg. An einem Lagerfeuer erwartete er den königlichen Prinzen. Dieser erschien mit seinem Adjutanten, dem damaligen Obersten von Bianchi, und nun setzte sich der Zug in Bewegung. Dürftig berichtet über die Stärke und Stellung des Feindes; — ungewiss über die Gefahren, denen man zu trotzen, über die Hindernisse, welche man zu überwinden haben würde; — zweifelhaft selbst über den Weg zur Flucht, liess der Fürst, dem der Befehl über die gesammte Reiterei übertragen war, zunächst die Strasse nach

.Heidenheim erkennen, und als man diese vom Feinde besetzt fand, so schlug man, der Vorsicht und seinem guten Säbel vertrauend, ohne weiteres Zögern, jene nach Geislingen ein. Die Nacht war kalt, finster, unfreundlich. Man zog an zwei Infanterieregimentern vorüber, die man so gerne mitgenommen hätte. Tettenborn mit vier Schwadronen machte den Vortrab; die Übrigen folgten geschlossen. Man stiess auf feindliche Posten, doch auf keine grössere Truppe, und gelangte ohne Verlust nach Geislingen, ritt nun querfeld nach Gmünd, und von dort nach Aalen.

Dunkle Gerüchte über einen Unfall, den Wernek erlitten haben sollte, kamen hier zu des Erzherzogs Kunde. Dieser stand an der Wahl über Elwangen, oder über Nördlingen nach Nürnberg, dem Punkte, wohin der Rückzug in jedem Falle gerichtet seyn musste, zu gehen. Der Fürst rieth zum Marsch über Nördlingen, auf welchem man zwar leichter vom Feinde beunruhigt, doch auch leichter von Wernek erreicht werden konnte. Eiligst wurde ein Offizier an diesen General mit dem Befehle gesendet, zwischen Bopfingen und Nörd-

lingen zum Erzherzog zu stossen. Dieser nahm
mit sich, was Wernck an schwerem Geschütze
zu Aalen hatte, und zog nach dem vorgenann-
ten Orte. Hier erfuhr er das Schicksal der
Truppen unter Wernck. Diese Nachricht war
ein schwerer Schlag. Hatte man bis jetzt nur
feindliche Posten und Streifer zu sprengen
gehabt, so konnte man von nun an nicht zweifeln, dass Murat, nachdem ihm die Aufreibung
der Kräfte, auf deren Unterstützung man so
sehr gerechnet hatte, gelungen war; sich mit
seiner gesammten Reiterei auf den Erzherzog
werfen werde.

Die Schar, die den königlichen Prinzen
umgab, war verhältnissmässig klein, aber gross
ihr Muth. Man hatte gute Pferde, und, halfen
diese nicht aus, so war jeder einzelne Reiter
entschlossen, ihn mit seinem Leben zu vertheidigen. So ging es weiter nach Öttingen,
mitten durch den Tross, durch die Vorraths-
und Sammelpunkte der Gegner. Diese, nichts
weniger als Feindesnähe vermuthend, wurden
grössten Theils überfallen. Aber man hatte
nicht Zeit, sich mit ihnen zu befassen, gab
die Gefangenen frei, und jagte meist ohne

Anhalten durch die Reihen der erstaunten und zur Gegenwehre zu sehr überraschten Feinde.

Aber schon bei Wallerstein entdeckte man, nicht ohne augenblickliche Verlegenheit, grössere feindliche Reitermassen, welche die Strasse geradezu sperrten. Der Fürst entschied für unverweilten Angriff. Geschlossen ritt man auf die feindliche Linie los, durchbrach sie, verfolgte die Flüchtigen durch Wallerstein, und ging nun ohne Verzug nach Öttingen. Schon waren mehrere Haufen, Fussvolk sowohl als Reiterei, zum Erzherzog gestossen; jetzt langte auch Fürst Hohenzollern mit dem Rest der Reiterei jenes Heertheiles, eine unerwartete, erfreuliche und nothwendige Verstärkung an; aber hinter sich her zog er die Reiterei des Feindes *). Kaum war Mürat mit Wernek zu Ende gekommen, und hatte den Zug des Erzherzogs vernommen, als er mit 6000 der besten Pferde aufbrach, es koste was es wolle,

---

*) Die Stärke der Östreicher betrug jetzt 21 Schwadronen, 3 Bataillone, 8 leichte Kompagnien. Der Stand dieser Abtheilungen war so herabgekommen, dass sie zusammen nicht über 3000 Mann zählten, darunter etwa 1800 Reiter.

sich des Gegners zu bemächtigen. Ruhmsüchtig wie er war, lockte ihn diese Beute nicht wenig, und er soll sich mit seinen Offizieren damals treuherzig über den Eindruck besprochen haben, den der Anblick des gefangenen Prinzen und Oberfeldherrn in Paris hervorbringen werde. Der Divisions-General Klein führte unter ihm den Befehl über diese Reiterei. Zwei Regimenter derselben waren es, durch die man sich bei Wallerstein geschlagen hatte. Sie erreichten vor Öttingen den Nachtrab der Östreicher, wurden aber wieder geworfen. Diese zogen durch Öttingen, besetzten das linke Ufer der Wernitz und ihr Nachtrab folgte ohne fernere Beunruhigung.

Doch schon bei Gunzenhausen holten die Franzosen die Östreicher abermals ein. Die Letzteren fütterten hinter dem Orte ab. Es war unmöglich, den Pferden und der Mannschaft diese Erholung und Stärkung zu versagen; denn man hatte noch manchen Marsch zurück zu legen, bevor man sein Ziel erreicht glauben durfte. Eben darum geschah es, dass die Franzosen, obwohl die Östreicher bessere Pferde hatten, so bald nachkommen konnten. Sie schonten die ihrigen nicht; denn der Preis war ihnen jedes Opfers werth. — Man hatte sie diessmal so schnell nicht vermuthet. Sie erschienen, warfen die Posten über die Altmühl zurück, und diess war einer der Augenblicke, wo in der Unbereitschaft zum Widerstande die Herzhaftigkeit auch des Verwegensten erlahmen konnte. Es befand sich keine Truppe von hinreichender Stärke gesammelt, um den Andrang zu brechen, und Zeit zu erfechten; Muth und Kraft reichten nicht aus, so sollte die Besonnenheit retten. Der Fürst, über dessen Schnellblick und Urtheil selten eine Lage, so verwirrend sie seyn mochte, Meister ward, ritt dem Feinde, der schon die Brücke vor dem Orte besetzte, mit der Aufforderung, dessen Führer zu sprechen, entgegen. Die Franzosen glaubten, das Ende ihrer Anstrengung sei gekommen. General Klein nahte willig, und begrüsste den Fürsten mit Auseinandersetzung aller Gründe, welche, nach seiner Meinung, Schwarzenberg bewegen sollten, dem Erzherzog zur Niederlegung der Waffen zu rathen. Die Drohung, keinen Mann zu verschonen, den ganzen Haufen, wollte er versuchen, sich zu wehren, nieder zu machen, schloss diese Anrede. „Nous „Vous battrons," rief einer der begleitenden feindlichen Offiziere, „et Vous finirez toujours „par être pris." Mit der einfachen Antwort: „Nous nous battrons," wies der Fürst diesen zu Recht, und indem er der Heftigkeit Kleins überhaupt unerschütterliche Ruhe, und bald Leichtigkeit, bald Ernst entgegen setzte, verwickelte er ihn immer tiefer in's Gespräch. Jetzt forderte Klein, der nun die Überzeugung hatte, dass der Erzherzog sich nimmer ergeben werde, Hohenzollern mit allen Truppen heraus, die früher unter Werneck gestanden, und die er vermöge des Vertrags dieses Generals für Gefangene der Franzosen erklärte. Aber gerade diese Reste machten die Hauptstärke des Erzherzogs. Klein wusste, dass er ihm mit diesem Theile die ganze Widerstandskraft nehme. Es hatte aber der Erzherzog auch den Vertrag Werneks nie anerkannt, und Hohenzollern war bereits auf dem Marsche gewesen und frei, als ihm gesagt wurde, dass er gefangen sey. Der Fürst entwickelte mit Gelassenheit dem französischen General die

Gründe, warum die Franzosen keinen rechtlichen Anspruch auf Hohenzollern und seine Truppe haben konnten, und diese Unterredung währte schon an anderthalb Stunden — ein Gewinn an Zeit, unschätzbar in der damaligen Lage! — Die hinter dem Orte stehenden Östreicher hatten indessen den Abmarsch geordnet und eröffnet. Jetzt begannen die Offiziere in Kleins Begleitung sehr hörbar ihre Unzufriedenheit auszudrücken. „Ne voit-„il pas que les Autrichiens défilent?" riefen sie aus, und wiesen auf den in der Entfernung sichtbaren Zug. Der Fürst schien nicht darauf zu achten. Klein, für die Aufrechthaltung seiner Würde besorgt, verwies sie einige Male zur Ruhe, bis zuletzt ein bestimmter Befehl Murats das Gespräch abbrach, das den Erzherzog an der Altmühl gerettet hatte.

Die Franzosen drangen unausgesetzt nach. Das Fussvolk, unvermögend der Reiterei zu folgen, fiel grössten Theils nach vergeblicher Erschöpfung aller Kräfte, in Feindeshand. Man war gezwungen, schon vor Nürnberg das schwere Geschütz stehen zu lassen, um das leichte fortzubringen. In Nürnberg selbst blieb noch ein Theil des letzteren zurück, da der Mangel an Pulver und Kugeln es nur zur unnützen Bürde machte. Von Nürnberg aus wählte der Erzherzog die Strasse nach Eger. Zu Eschenau, vier Stunden von der Stadt, machte er Halt. Aber die Franzosen, die letzte Anstrengung aufbietend, waren kaum eine halbe Stunde hinter den Östreichern her. Der Erzherzog und der Fürst sprangen zu Pferde, als der Feind schon in den Hof des Hauses eindrang, in welchem sie abgestiegen waren. General Mecsery, der die Nachhut führte, leistete heldenmüthigen Widerstand. Tödtlich verwundet, wurde er zuletzt des Feindes Gefangener, aber die Seinigen hatten Vorsprung gewonnen, und jetzt gab Murat die Hoffnung auf, seinen Gegner im Triumph nach Paris zu führen. Nur kleinere Abtheilungen folgten von hier an den Östreichern, die am 22. in Eger anlangten, also in acht Tagen, trotz beinahe täglicher Gefechte, über fünfzig deutsche Meilen geritten waren.

Mit Wehmuth musterte der Fürst auf vaterländischem Boden den Rest jener Schar von Braven, welche dem Unglücke von Ulm beklemmüthig entgangen waren. Anstrengung, Mangel und das Schwert des Feindes hatten sie unter die Hälfte herabgebracht, und ihr Anblick erregte Trauer. Unbekannt mit dem Schicksale ihrer zurückgelassenen Waffengenossen, fühlten sie sich von dem Bewusstseyn gehoben, Retter des königlichen Prinzen geworden zu seyn. Als aber die Botschaft gekommen war, welch' Ende die Bestrebungen des Heeres in Ulm gefunden hatten, priesen sie sich und die Gefallenen glücklich, und die Erinnerung an die Beschwerden ihres Zuges wurde ihnen zur Freude. Diese kleine Schar war es auch, welche bald darauf an dem glücklichen Gefechte bei Stetten glänzenden Antheil nahm. Ihr Muth war nicht gebrochen, ihre Faust noch kräftig genug, zu beweisen, dass das nach Deutschland geführte Heer eines besseren Schicksals würdig war, als ihm geworden ist. Was insbesondere diese Reiter betrifft, so lässt sich nichts Gewichtigeres zu ihrem Lobe anführen, als Murats eigene Äusserung, der nicht zu überreden war, dass die Zahl dieser Gegner nicht über 1800 Mann betragen habe. „Man schätzte sie auf 8000; ich

„weiss, das ist übertrieben, aber 5—6ooo wa-
„ren es gewiss." So äusserte er sich in späteren Zeiten gegen des Fürsten Bruder und
selbst gegen ihn; ein Beweis der trefflichen
Verwendung und der entschlossenen Haltung
dieser Truppe. — Jetzt, da der nahedrän-
genden Gefahr entwunden, Ruhe an die Stelle der Anstrengung gekommen war, befiel den
Fürsten körperliches Leiden, das ihn durch
einige Tage im Bette hielt. Hiezu gesellte sich
eine düstere Stimmung; sein Geist mahlte ge-
schäftig die drohenden Bilder der nächsten
Zukunft aus; er sah die Hoffnung des Vaterlandes durch den Unfall bei Ulm niedergetre-
ten, die Ehre der Waffen verletzt, den Kai-
serstaat dem Machtgebot eines Feindes bloss-
gestellt, der vom Glücke viel zu begünstigt
war, als dass man erwarten durfte, er werde
sich dessen mit Mässigung bedienen; endlich
den Mann, der vielleicht noch retten konnte,
zu entfernt, und die Frist zu kurz, um Einheit, Zusammenhang und Schnellkraft in die
zerstreuten, gelähmten Kräfte zu bringen. Nur
in der Erinnerung an die stille Welt seines
Hauses fand er Trost. „Für euch, meine Kin-

„der” rief er damals aus „nur für euch habe „ich noch Lust zu leben.”

Noch krank, folgte er den Truppen im Anfang Novembers nach Pilsen, wo er den Befehl erhielt, nach Wien zu eilen. In einem eigenhändigen Schreiben hatte ihm der Kaiser bereits für die wichtigen Dienste gedankt, die er dem Erzherzog sowohl als dem ganzen Heere und dem Staate in diesem Feldzuge geleistet. Er wiederholte mündlich, was er schriftlich gesagt, und behielt den Fürsten an seiner Seite. Der junge Beherrscher von Russland fand mit Vergnügen im Feldlager den ungern entlassenen Abgesandten wieder, der mit der Offenheit des Soldaten, mit der Gewandtheit und dem feinen Blicke des Weltmanns, die zarte Bescheidenheit des edlen Menschen verband. Schwarzenberg begleitete die beiden Monarchen nunmehr nach Mähren. Seine Meinung war unbedingt gegen den Versuch einer Hauptschlacht, bevor nicht aus Süden und Norden *) die befreundeten Kräfte nahe genug

*) Man erinnere sich, dass der Potsdamer Vertrag zur Aufrechthaltung des Lüneviller Friedens schon am 3. November geschlossen wur-

herbeigezogen, und zur Vereinigung gebracht werden konnten. Er hatte den Muth, den widrigen Ausgang einer solchen vorherzusagen.

Als der Tag kam, an welchem die Verbündeten sie dennoch, und zwar vor Austerlitz, zu geben Willens waren (2. December), ritt er mit Anbruch des Morgens hinaus zu den Abtheilungen des linken Flügels, von denen man die Entscheidung erwartete, und die im scheinbaren Vortheil ihrem Verderben entgegen gingen. Nebel lag über der Gegend, und verbarg noch die Veränderung, welche der Feind während der Nacht in seiner Stellung vorgenommen hatte, und die den Angriff der Verbündeten, der auf das Innehalten dieser Stellung berechnet war, scheitern machte. Der Fürst wollte eben längs den Höhen von Pratzen nach dem Schlosse von Sokolnitz sich wenden, als ihn das Feuer feindlicher Streifer überraschte, und er mit Erstaunen die eng vereinigten Kräfte des Gegners schon diessseits des Thales, hinter welchem man sie zu finden hoffte, und in Bereitschaft erblickde; dass Benningsen mit 30,000 Mann und der Erzherzog Carl mit 80,000 im Anzuge waren.

te, die Angriffsmassen in die ausgedehnte Stellung der Verbündeten einzuschieben. Er sendete alsogleich den Rittmeister Uginsky mit der Nachricht dieser Beobachtung an den Kaiser von Östreich, und folgte ihm mit seinem andern Begleiter, dem Obersten Grafen Ignaz Hardegg, selbst, sobald er das Anrücken mehrerer feindlichen Colonnen gegen Pratzen gewahrte. Er fand die beiden Kaiser vereinigt, und verhehlte ihnen nicht, dass er die Schlacht bereits für entschieden, für verloren achte. Er bat, alle Unterstützungstruppen augenblicklich vorführen, und die Höhen von Pratzen um jeden Preis nehmen zu lassen. Aber wie die Stellungsveränderung des Feindes und der daraus hervorgehende Angriff, die Hauptkraft der Verbündeten lähmten, und jenen Höhen den entscheidenden Werth gaben, so hatten sie auch die ursprüngliche Bestimmung der Unterstützungstruppen verwirrt; deren Verwendung war am rechten Flügel gegen jede Erwartung nothwendig geworden. Und so hatte der im Ganzen schwächere Feind an den entscheidenden Punkten eine seinem Gegner überlegene Streitmacht zu vereinen gewusst, und

dadurch die Schlacht zu dem Ausgange gefördert, welchen er wünschte.

Als der Kaiser von Östreich kurz darauf
mit seinem Gegner Zusammenkunft hielt, um,
so viel an ihm lag, dem Unglücke zu steuern,
womit der Tag von Austerlitz drohte, war
Schwarzenberg sein Begleiter. Damals sprach
er Napoleon zum ersten Male, der ihn mit
Achtung behandelte, weil er ihn, wie er sagte, obwohl er ihn jetzt zum ersten Mal sehe,
dennoch seit Längerem dem Rufe nach kenne.
Der Fürst wurde ein Anhaltspunkt in dieser
Zeit der Verwirrung für die Wünsche des
Heeres, und für das Wohl des einzelnen Kriegers. Mit Lebensgefahr unternahm er eine
Reise in das Hauptquartier des Erzherzogs
Carl, indem er auf einem elenden Nachen über
die mit Eise hochgehende Donau setzte. Nur
Vaterlandsliebe, nicht Drohung, noch Ge-
schenk, hatte aus der Zahl der mit dem Strome vertrautesten Schiffer Zwei bewegen können, die Überfahrt zu versuchen. „Mein Le-
„ben gilt mir nicht höher als mein Auftrag"
sagte der Fürst „ich setz' es willig daran." —
„Nun denn, in Gottes Namen" antworteten

die Schiffer „wenn Sie das Ihrige wagen, „was liegt an unserem." — Die wackern Leute traten voll Ergebung an ihre Arbeit, und brachten den Fürsten glücklich hin und zurück. Der Anblick der von Siegen kommenden, wohlgerüsteten, von dem besten Geiste beseelten östreichischen Truppen wirkte einerseits wohlthätig auf sein Gemüth und erheiterte sein Wesen um Vieles, obwohl andererseits wieder das Aussaugungssystem, nach dem der Feind die innehabenden östreichischen Provinzen behandelte, ihn jetzt um so tiefer verwundete, als er einen Theil der Kräfte sah, der, nun gelähmt, vereint mit den verlorenen, alle diese Übel von dem Kaiserstaate hätte abwenden können. Als selbst nach gänzlicher Beendigung der Friedensunterhandlungen die Erpressungen von Seite der Franzosen fortwährten, und die gedrückten Unterthanen mit wiederholten Klagen sich desswegen an ihren Monarchen wandten, sendete dieser den Fürsten an Berthier, Einsprache gegen solch vertragswidriges Benehmen zu thun; und dem Unfuge wurde Halt geboten.

Endlich zog das schwer über dem Lande

lastende Ungewitter fort; doch, wie nach Ha-
gelschlag auf dem Felde, blieben dessen Spu-
ren noch lange sichtbar, obwohl der Himmel
wieder rein geworden war. Der Kaiser wollte ohne jede militärische Begleitung in seine
Hauptstadt zurückkehren. Der Fürst verliess
daher am 14. Jänner Feldsperg, und traf vor
ihm in Wien ein. Das bald darauf eröffnete
Theresienordenskapitel veranlasste die Kürassiere, die unter dem Fürsten bei Jungingen
entschieden hatten, ihn aufzufordern, um das
Commandeurkreutz jenes Ordens anzuhalten.
Um gleicher Ursache willen schrieb ihm der
Erzherzog Ferdinand zu. Er bat ihn, aus Liebe
für ihn seine Bescheidenheit zu besiegen, und
diesen Schritt zu thun. Er sendete ihm unaufgefordert das ehrenvollste Zeugniss über das Gefecht vom 11. Oktober, und über sein ausgezeichnetes Benehmen während des Rückzuges
nach Böhmen. Ungerne wich der Fürst diesen
Aufforderungen. Der Tag von Cateau stand in
seiner Erinnerung mit so reinen Farben da;
das Gefecht von Jungingen war dagegen mit
so düsteren Verhältnissen verflochten; dass
es ihm Überwindung kostete, sich um eine

Belohnung zu bewerben, die jene frühere
That gleichsam unter die spätere setzte. Er
that es endlich aus Achtung für den Erzherzog und das Heer. Im Kapitel führte der Feldzeugmeister Graf Ferraris den Vorsitz. Als der
Sekretär, der Oberste Graf Neipperg, dem
Geschäftsgange gemäss, das Gesuch des Fürsten zur Hand nahm, und den Namen Schwarzenberg ablas, riefen von einem Willen belebt, und von der Schätzung des Bittstellers
durchdrungen, alle Anwesende ihre Zustim-
mung laut und unbedingt aus; dann erst wurde der Inhalt gelesen, und in der Ordnung vorgegangen. So that sich der Geist des östreichischen Kriegers, der in dieser Versammlung
seinen würdigen Ausspruch fand, auch in jener Zeit des Unglücks für wahres Verdienst
kund. Man konnte die vereinzelten Bataillone
erdrücken; aber die altangestammte Neigung
für Tapferkeit, und alles das, was den Krieger ehrt und auszeichnet, eben so wenig min-
dern, als den Hass gegen einen Feind, dessen glänzende Siege doch nur Stufen zu seiner endlichen Niederlage waren.

Ruhig verlebte der Fürst den Sommer des

Jahres 1806 auf seinem Gute in Böhmen. Körperliche Bewegung war eine unausweichliche Bedingung zur Erhaltung seiner Gesundheit; lange anhaltendes Sitzen der kürzeste Weg sie zu zerstören. Der Fürst erwirkte daher, dass ihn der Kaiser bald nach Beendigung des Krieges der Vicepräsidentenstelle des Hofkriegsrathes enthob (4. März 1806), und lehnte, als nicht lange darauf der Feldzeugmeister Graf Latour starb, auch die des Präsidenten ab. Mit Aufmerksamkeit folgte sein Auge den Rüstungen Preussens, die eben damals die Welt mit Erwartung füllten. Er verglich im Geiste die Kräfte, womit dem glücklichen Sieger von Ulm und Austerlitz Halt geboten werden sollte; aber dessen Feldherrngaben höher setzend, als man damals anzuerkennen sich herbeiliess, bekümmerte ihn die Sicherheit, mit der man dessen Sturz voraussagte, und aus welcher auch die Unzulänglichkeit der Mittel entsprang, mit welchen man den Krieg eröffnete. Kurz vor Ausbruch desselben nahm er noch zu Eisenberg in Böhmen von dem kühnen Prinzen Ludwig Ferdinand Abschied, den der Tod, welchen er ritterlich zu Saalfeld fand, vor dem traurigen Anblicke der Felder von Jena und Auerstädt und der schmählichen Zertrümmerung eines so fest geglaubten Werkes, bewahrte, an dessen Bau auch seine Hand so vielen Antheil genommen hatte. Erst im Jahre 1804 war dem Fürsten die Gelegenheit zur Bekanntschaft mit dem Prinzen geworden. Der glänzende Muth desselben, dessen flammende Entschlossenheit, und ein Zug von Grossartigkeit, der seinem Benehmen und Handeln eigen war, hatten den Fürsten mit Achtung für den Prinzen erfüllt, und er pries ihn glücklich, als der schmerzlichen Nachricht von dessen Tode, die schmerzlichere der Niederlage von Vierzehn-Heiligen gefolgt war.

Der Friede von Tilsit schien die Abhängigkeit des europäischen Festlandes von Frankreich unabänderlich begründet zu haben. Östreich verkannte nicht, dass der Boden unter ihm sich auszuhölen begann. Es beschloss zuvor zu kommen dem Sturze, mit dem es bedroht war, und das Glück der Waffen noch einmal zu versuchen. Es rüstete mit Kraft; alle Provinzen, alle Stände wetteiferten an Thätigkeit; der im Jahre 1805 erlittene Druck

schien das Vermögen des Widerstandes erst
entbunden, und zehnfach gehoben zu haben.
Der Fürst widmete sich mit dem angestrengtesten Eifer der Einführung der neu entworfenen Systeme für die Bewegungen der Reiterei und des Fussvolks, so wie der Bildung
der Landwehre, einer Einrichtung, damals von
Östreich zum ersten Male in Ausführung gebracht, in spätern Jahren von andern Völkern
nachgeahmt, und von weiter ausgreifendem
Einflusse auf das ganze Kriegssystem, als bei
dem Entstehen derselben wohl gedacht wurde. Überzeugt, dass nur die innigste Verbindung aller Kräfte zu dem wünschenswerthen
Ziele führen könne, ging der Fürst bei allen
seinen Bemühungen für die Landwehre von
dem Grundsatz aus, jede Trennung zwischen
dem Soldaten und dem Landwehrmanne zu
beseitigen, jeden Grund zur Eifersucht zwischen beiden hinwegzuräumen. Er erklärte sich
daher für unbedingte Gleichstellung der Landwehre mit dem stehenden Heere, um dieses
zum zweiten Mal in jener zu erzeugen; „ich
„wünsche,” schrieb er damals an den Erzherzog Maximilian, „dass Gross im Kleinen, und

„Klein im Grossen seyn, nicht die herrschen-
„de Krankheit des Zeitalters werde, welche
„allen hohen kräftigen Schwung hemmt, die
„erhabenen Gesichtspuncte verrückt, und so
„tändelnd den Körper der Auflösung näher
„bringt.”

Aber die Fürsehung wollte ihn nicht einen Zeugen der unglücklichen Eröffnung des
Krieges werden lassen, den er so thätig vor-
bereiten half. Nach der Zusammenkunft zu Erfurt wurde, zu Folge des ausdrücklichen Wunsches des Kaisers Alexander, Schwarzenberg
zum Botschafter in St. Petersburg bestimmt.
Er trat am letzten Tage des Jahres 1808 die
Reise dahin an. Am 2. Jänner ernannte ihn der
Kaiser zum Ritter des goldenen Vliesses, und
schickte ihm das Abzeichen dieses Ordens nach.
Die besten Wünsche des Vaterlandes begleiteten ihn bei dieser wichtigen Sendung, wo es
sich darum handelte, Östreich, nur gegen
Frankreich gewaffnet, vor einem Angriffe Russlands zu sichern.

Durch zwölf Feldzüge den Anblick des La-
gers, die rückhaltslose Sprache des Kriegers,
Stolz und Kampf gegen den Feind gewohnt,

stimmte die Verwendung auf einem Gesandtschaftsposten wenig mit der Neigung des Fürsten überein. Da er aber, seine Wünsche den
Forderungen des Staates unterordnend, schon
im Jahre 1801 dem Rufe nach St. Petersburg
gefolgt war, so gestand er in der jetzigen un-
heildrohenden Zeit, um so weniger, wie viel
es ihm koste, diese Reise zu wiederholen.
Seine Gesundheit war gerade damals nicht die
beste; er befand sich vielmehr völlig unwohl,
als er Wien verliess. Aber er glaubte, desswegen seine Abreise nicht hinaussetzen zu dürfen. Über Krakau und Lublin näherte er sich
dem russischen Gebiete, das er zu Brześć betrat. Dort empfingen ihn, wie es Sitte ist, die
an der Gränze verlegten Truppen mit kriegerischen Ehren. Einige Meilen hinter Brześć
verschlimmerte sich sein Zustand sehr. Keine
Hülfe, keinen Ruheplatz findend, ging er noch
bis Wilna, wodurch das Übel so arg wurde,
dass er dort anhalten musste. Er stieg im Hause des Grafen Rzewusky ab, wo die sorgsame
Pflege, die er fand, ihm bald wieder Kraft
gab, die Reise fortzusetzen. In Riga vernahm
er, dass der König von Preussen, den er noch

in Petersburg zu treffen hoffte, und auf dessen Gegenwart er sehr gezählt hatte, so eben in sein Reich zurückkehre. Dennoch traf er ihn, obwohl nur zu ungenügender Unterredung; denn auch diessmal war alles schon ent-, schiedne Sache, bevor der Fürst kam. Mit solch schlimmen Vorzeichen langte er am letzten Jänner in St. Petersburg an.

Mit Auszeichnung wurde er von dem Kaiser selbst, wie von allen Gliedern des kaiserlichen Hauses empfangen. Er sah den Beherrscher Russlands, den er als Jüngling auf dem Throne gefunden, nun zum Manne herangereift. Zur Gerechtigkeitsliebe war geworden, was sonst Milde hiess; zur Festigkeit, was man vormals eigenen Willen nannte; zur Einsicht, was einst als Scharfsinn sich offenbarte. Der zarte, schonende Sinn des Kaisers legte in die Behandlung des Fürsten eben darum eine Art von Innigkeit, weil seine Ansichten von denjenigen verschieden waren, die zu vertheidigen der Fürst gesendet wurde. Der russische Hof war durch die eingegangenen Verpflichtungen gebunden. Er verkannte die drohende Bahn nicht, die der Riese im Westen sich vorgezeichnet hatte; aber er hielt die Zeit noch nicht reif zu einem glücklichen Widerstande, und glaubte, dass einzig durch Nachgiebigkeit in der Gegenwart der Weg zu einer zahlenden Zukunft führe. — So war die Stellung der Verhältnisse als der Fürst erschien. Vermög diesen Verhältnissen musste der erste feindselige Schritt, den Östreich gegen Frankreich that, die Verbindung jenes Staates mit Russland brechen. Diess geschah der Form nach, sobald die Nachricht von dem Einmarsche der östreichischen Truppen in das Warschauische zu Petersburg anlangte. Der Minister Graf Romanzof gab dem Fürsten kund, dass ihre gegenseitigen Geschäfte zu Ende seyen; aber er trug auf dessen Entfernung nicht an, und obwohl ihm der Kaiser den Hof versagen lassen musste, so verhinderte diess nicht, dass der Fürst mit ihm manche vertraute Stunde in Gesellschaften theilte. Caulaincourt, durch die edle und feine Art, mit welcher ihm der Fürst begegnete, zur freundlichen Entgegnung gezwungen, war nicht ohne verhaltenen Ärger der Fortschritte Zeuge, welche Schwarzenberg in den ersten Kreisen

der Hauptstadt und in seiner Gegenwart machte; Fortschritte, die dieser allein der Sache
zuschrieb, die er vertrat. Der Hass gegen Napoleon verschmähte endlich auch jeden Rückhalt, als die Nachricht von dem Ausbruche
des Krieges kam. Feste wurden von den Häuptern des Adels dem östreichischen Botschafter
gegeben, Strassen wurden verziert und erleuchtet, als man den Einmarsch des östreichischen Heeres in Baiern erfuhr. Der Kaiser
selbst versagte nicht, einer Beleuchtung beizuwohnen, die der Fürst (freilich nicht in
seiner Eigenschaft als Botschafter) zur Ver-
mählungsfeier der Grossfürstinn Katharina mit
dem Herzoge von Oldenburg gab, und wo eine ungeheure Menge Volkes sich versammel-
te, welches diese Gelegenheit benützte, um
im lauten Jubel ihre Gesinnung für Östreich
auszusprechen.

Viel war gewonnen, dass Russland mit dem
vertragsmässigen Theile seiner Streitkräfte nicht
gleichzeitig mit Napoleon in die Schranken gegen Östreich trat, und diess war des Fürsten
Werk. Aber wer berechnet den Einfluss, den
ein Sieg der Östreicher auf das geflissentlich

zögernde, mit seinem Entschluss zurückhal-
haltende Kabinet von St. Petersburg haben
konnte? —

Der Fürst hatte das Seinige gethan. Da
riss wie ein Donnerschlag die Nachricht von
dem Ausgange der Gefechte bei Regensburg
das ganze Gebäude nieder. Der Kaiser Alexander sah seine Ansicht von der Unmöglichkeit des Widerstandes im damaligen Zeitpunkte bestätigt, und der Fürst erhielt die Weisung, die Hauptstadt von Russland zu verlassen. Diess geschah erst einige Tage darauf
(23. Mai). Ganz Petersburg sah mit Wehmuth
ihn scheiden. Selbst der Kaiser beklagte den
traurigen Gang der Verhältnisse.

Der Weg durch Warschau war ihm verschlossen. Er kehrte durch das türkische Gebiet, Siebenbürgen und Ungern nach Östreich
zurück. Zwei Tage vor der Schlacht von Wagram traf er in Wolkersdorf ein, wo das Hoflager des Kaisers sich befand. Dieser sowohl
als der Generalissimus Erzherzog Carl empfingen ihn mit Huld. Er übernahm alsogleich,
obwohl nur halb erst für den Feldzug gerüstet, einige Regimenter Reiter in der Heeres-

abtheilung, die der Fürst Johann Lichtenstein, einer seiner frühesten Freunde, befehligte. In kräftiger Unterstützung der verschiedenen Truppen, die in erster Linie fochten, gingen die Tage von Wagram, und die des meisterhaften Rückzuges nach Znaym vorüber, wo der Fürst im Augenblicke der eröffneten Schlacht den Befehl über alle Unterstützungstruppen nahm, und während er die Reiterei des feindlichen rechten Flügels zurückwarf, mit seinem eigenen rechten den Anmarsch und die Aufstellung der noch zurückgebliebenen Heerestheile deckte. Eine rasche Vorwärtsbewegung, welche der Fürst am folgenden Tage mit vier Reiterbrigaden und in dem Augenblicke ausführte, als der Feind den Angriff gegen den linken Flügel zu wiederholen drohte, bewirkte, dass er anhielt, und dieser Flügel nicht weiter beunruhigt wurde.

Unterhandlungen, denen bald der Wiener Friede folgte, endeten die kurze Kraftanstrengung Östreichs, die, wenn sie auch nicht glücklich war, es zu seyn gewiss verdient hätte. Mit der Ernennung zum General der Cavallerie belohnte der Kaiser die Thätigkeit des

Fürsten (22. September), und wies ihm schnell eine neue, schwere, künstliche Rolle zu.

Schwarzenberg war es nämlich, welcher zum Botschafter am Hofe des Siegers ernannt wurde. Mit stummer Unterordnung seiner Wünsche ging er über Nürnberg, Karlsruhe und Strassburg nach Paris, wo er in den letzten Tagen des Novembers anlangte. Er sah den Mann, den er bis jetzt nur im Feldlager gesehen hatte, nun in der Sonnenhelle des Hofes, umgeben von Königen und Fürsten, in der Stadt, die gleichsam nur die Unterlage seines Thrones bildete, und über die der kaiserliche Glanz in stolzer Fülle strömte. Er sprach zu ihm, gegen dessen aufstrebende Gewalt er bis jetzt nur die Sprache der Waffen geführt, in den friedlichen Formen des Gesandten, und vernahm, an die Antwort im Kanonendonner gewohnt, nun in freundlicher Entgegnung Worte der Achtung und Mässigung. Neu war ihm diess Verhältniss; aber es raubte ihm seine Unbefangenheit nicht. Er erkannte seine Stellung bald, und sein grosses unberechenbares Verdienst bestand vor Allem in der nie verläugneten Würde, mit welcher er in einer so ungünstigen und doch so wichtigen Zeit, wie die nach einem unglücklichen Kriege, den Staat, dessen Botschafter er war, vertrat. Er beobachtete ohne jene Mühe, die Absicht verräth, Kaiser, Minister, Günstlinge und Gefallene, und keine Begebenheit von Einfluss ging unbemerkt an ihm vorüber. Sein Schweigen bewirkte mehr, als künstlich eingeleitete Täuschungen vermögen. Er lernte die moralischen und physischen Hülfsquellen des grossen Gegnerstaates und jenes Mannes kennen, der aus den Trümmern des zerschlagenen Königsthrones den hohen Kaiserthron sich aufgebaut, und den Gedanken gefasst hatte, alle Völker unter's Joch zu werfen.

Die Scheidung des französischen Kaisers von seiner Gemahlinn Josephine, und die Vermählung mit der Tochter des Kaisers von Östreich, Marie Louise, beschäftigten in den ersten drei Monaten des Jahres 1810 die Welt. In Prunk und Jubel und Festen waren damals Deutschland und Frankreich vereinigt. Als ein Hoffnungsstern des Friedens und Glücks zog die erlauchte Prinzessinn über den Rhein und in die Hauptstadt des gefürchteten Eroberers.

Man erwartete, dass der milde zarte Frauen-
sinn bändige, was bis dahin das Schwert in
der Faust der Männer nicht zwingen konnte.
Der Hof von St. Cloud und jener von Wien
beschenkten den Fürsten in jenen Tagen mit
Zeichen der Gunst. Zum Grossadler der Eh-
renlegion wurde er von Napoleon ernannt,
zum Grosskreutz des Stephansordens von seinem Kaiser und Herrn.

Napoleon liebte Prunk. Alle Gesandten beeiferten sich, die Würde ihrer Staaten durch
Aufwand zu vertreten. Der Fürst stand nicht
zurück, weil er den Einfluss dieser blenden-
den Aussendinge kannte. Mit dem ihm eigenen Geiste geschmackvoller Anordnung eröffnete er sein Haus, und wusste den Festen und
Bällen, die er gab, einen besonderen Reitz
der Neuheit zu verschaffen. So strich der Winter und ein Theil des Sommers von 1810 vorüber. Des Fürsten Gemahlinn und seine Kinder waren indessen nach Paris gekommen; sein
Bruder, der regierende Fürst und dessen lie-
benswürdige Familie besuchten ihn dort, und
er gewann nun auch als Mensch mehr Ruhe
und Zufriedenheit in der rauschenden Haupt-

stadt, als plötzlich ein schweres Unglück, ein Schlag aussergewöhnlicher Art, ihn traf, der auf das tiefste ihn und die Seinigen verwundete.

Es war am 1. Juli, dass der Fürst zu Ehren der Kaiserinn Marie Louise ein glänzendes Fest gab. Geschmack und Pracht sollten in die Wette eifern, den Aufwand zu verherrlichen. Einen Saal liess er im Garten des Pallastes, den er bewohnte, eigens bauen, geräumig genug, um die grosse Zahl der Gäste zu fassen, und prächtig ausgeschmückt, wie es ihrem hohen Range geziemte. Die Holzwände waren mit zarten Stoffen zierlich bekleidet; der Boden erhob sich an dem einen Ende, um die Sitze zu fassen; ein herrliches Portal lud an dem anderen zum Eintritt ein. Tausende von Lichtern und Lampen erhellten Saal und Garten. Es war eilf Uhr vorüber. Napoleon in der Mitte des Saales, umgeben von vielen der Höchsten, sah dem Tanze zu. Marie Louise mit ihren Frauen sass an der oberen Seite. Hier war der Fürst und eben im Gespräche, als in einem offenen Gange, der von der unteren, der Eingangsseite des Saales, nach dem Pallaste führte, der leichte Stoff der Überkleidung Feuer fing. Ein Offizier der Garde, diess ersehend, sprang hinzu, und wollte den Stoff herunterreissen; aber die Flamme stieg an die Decke, und eilig an dem Gesimse fort- laufend, war sie beinahe gleichzeitig im Saale. Kaum gewahrten diess die Musiker, die auf der halben Höhe der entgegengesetzten Wand ihren Platz hatten, so rissen sie die Thüre hinter sich auf, sich zu retten. Ein Gewitter lag eben schwer am Himmel. Der Wind stürm- te alsogleich heftig in den Saal, und eh' we- nige Minuten vergingen, stand dieser rings- um in Flammen. Die Verwirrung, die jetzt er- folgte, war unbeschreiblich. Der Fürst eilte auf Napoleon zu, den die Offiziere der Garde, im ersten Augenblicke Verrath und etwas Un- geheures, das noch kommen werde, befürch- tend, mit gezogenen Degen umstanden. ,,Ich ,,kenne den Bau meines Saales" rief der Fürst ,,und halte ihn für verloren; aber es gibt der ,,Ausgänge genug, Niemand wird sich beschä- ,,digen. Mit meinem Körper, Sire! deck' ich ,,den Ihren!" Er trat an des Kaisers Seite, der, ohne irgend ein Zeichen des Schreckens oder der Bangigkeit, seine Gemahlinn in den Garten,

'von dort eine Strecke Weges nach St. Cloud
führte, und dann nach der Stelle des Brandes
zurückkehrte. Der Fürst, der ihn begleitet
hatte, war vor ihm dort eingetroffen. Er fand
den Saal bereits zur Hälfte niedergebrannt, und
die Entsetzen erregenden Opfer fesselten seinen Blick. Er suchte nach seiner Gemahlinn;
(seine Kleinen wusste er zu Hause) er sah sie
herbeibringen ohnmächtig, doch wenigstens
vom Brande unversehrt. Er sah seinen Bruder, und vernahm die Nachricht, dass man
die Gemahlinn desselben, Pauline, geborne
Fürstinn von Aremberg, vermisse. Noch wusste man nicht, dass sie mit der Rettung ihres
Kindes beschäftigt, ein Opfer mütterlicher
Sorgfalt, in den Flammen den Tod gefunden
habe!..... Man suchte, man erwartete, man
hoffte noch, und erst einige Stunden darnach
erhielt man davon die schreckliche Gewissheit.
Eine Frau mit hohem Geist und einem reichen Herzen; die Tochter und Verschwäger-
te einer Familie, die mit inniger Liebe an ihr
hing; die Gattinn eines Mannes, dessen höch-
stes Glück sie war; die Mutter von neun lie-
benswürdigen Kindern, und einem zehnten,

das sie unter dem Herzen trug, ging in dieser hohen Fürstinn unter!.... Es war Verhängniss, was über ihr an diesem Tage waltete; denn ungerne, nur aus Rücksicht für ihren Schwager, setzte sie die bereits bestimmte Abreise weiter hinaus, und wohnte diesem Feste bei. — Als das Feuer den Saal ergriff, fasste sie behende ihre zweite Tochter (die mit ihr gleichen Namen trug; die erste, Eleonore, war bereits gesichert), welche eben in einer Reihe tanzte. Sie führte sie der Treppe an dem brennenden Hauptausgange zu, durch den die Menge im fürchterlichen Gedränge sich schob. Besonnen hielt sie hier einen Augenblick an, gelangte endlich auf die Treppe, die in den Garten führte, und schon war sie der Rettung nahe, als ein stürzender Balken Mutter und Tochter trennte, und die Treppe unter dem Gewichte der Fliehenden einbrach. Entsetzen, Verwirrung, die Nähe der Gefahr, das Geheul der Fallenden, der Brand, der wie Wogen im Sturme daher zog, der Dampf, der Alles verhüllte; — genug, der Gesammteindruck, der die Besonnensten überwinden musste, betäubte vielleicht jetzt schon zum Theil die edle

Fürstinn. Sie hatte wahrscheinlich in diesem Augenblicke kein drängenderes Gefühl, als dass ihr Kind ihr entrissen sey. Eine ungeheure Angst für diess theure Leben mag sie bewogen haben, umzukehren. Sie stürzte in den Saal zurück. Des Morgens fand man sie am anderen Ende desselben — wahrscheinlich (so qualvoll war die Art des Verlustes, dass sogar in solcher Wahrscheinlichkeit Trost lag!) von einem fallenden Armleuchter erschlagen. Eine goldene Kette mit krystallnen Herzen, worin sie Haare von ihren Kindern zu bewahren pflegte, und die sie während des Festes am Halse trug, diente zum Erkennungszeichen.

Ihr Gemahl hatte, als der Brand ausbrach, unferne der Kaiserinn im Gespräche gestanden. Er wandte sich auf den ersten Ruf der Gefahr hin nach dem Raume, wo die Reihen der Tanzenden so eben zerstoben, und wies noch, da ihm die Gemahlinn des Prinzen Eugen entgegen kam, dieser und dem Vicekönige selbst eine nahe Seitenthüre, durch welche beide entkamen. Im Saale kämpften bereits Flammen und Dampf um die Herrschaft. Er eilte hinauf, hinab; er fand seine Gemahlinn nicht. Er gelangte glücklich über die Treppe in den Garten; er fragte Diesen, Jenen; man wollte sie gesehen haben; man versicherte endlich sogar mit Gewissheit, sie sey bereits im Garten. „Dort ist sie!" rief eine Stimme ihm zu. Er stürzt nach dem Orte hin, und — es ist eine Dame, die ihr ähnlich sah. Da fasst seine Seele unnennbares Grauen. Die Folter der Ahnung, die ihn ergriffen hatte, war alle Grade durchgelaufen, und die Gewissheit leuchtete, ein schrecklicherer Brand, vor ihm auf. Er kehrt zurück zum Saale. Die Treppe ist gestürzt. Über einander wälzt sich die fallende Menge. Man bringt sein Kind halb verbrannt in schonender Verhüllung vorbei. Man schleppt die Gemahlinn seines Bruders, der aller Schmuck vom Haupte getreten war, an ihm vorüber. Sein Blick fällt, in der fürchterlichen Beleuchtung des Brandes, auf eine winselnde Gestalt, der das Kleid am Leibe verzehrt, und das goldene Diadem tief in die Stirne geglüht war. Es ist die Fürstinn Leyen. Ein schwedischer Offizier, der diese so eben aus dem Saale getragen hatte, versichert, mit-

ten in den Flammen eine Gestalt wandeln gesehen zu haben, wunderbar zugleich und ent-
setzlich! — Fürst Joseph kömmt an den Ein-
gang. Er will hinauf klettern über die brennenden Stufen. Da stürzt mit dumpfem Geras-
sel die ganze Fussdecke des Saales ein, und
wie aus hohler Esse wallt Rauch und Glut aus
den Trümmern empor. Alles ist verloren.

Napoleon hatte sich indessen in unermüdeter Sorgfalt mit den Löschanstalten beschäftigt.
Er war überall; leitete alles selbst. Der Was-
serstrahl einer Pumpe, der ihn in ganzer Fülle traf, schlug ihn beinahe zu Boden; er achtete nichts. — Aber Alles vergeblich!

Dieses grauenhafte Ereigniss legte Grund
zu einem seltsamen Gefühle von Unruhe und
Schauer auch in unserem Fürsten. Es loderte
gedämpft im Herzen fort; aber es verlosch nie
ganz wieder, und trat in düstern Augenblicken
mächtig hervor. Den entschiedensten Einfluss
hatte dasselbe ohne Zweifel auf seine Körperkräfte, und die Zerrüttung, welche sich später darin kund that, fand zum Theil wohl in
diesem Ereigniss seine Quelle. Der Gedanke,
das Weib seines geliebten Bruders bei ihm,

durch ihn, solchen Todes gestorben zu wissen, war ein Gespenst, das ihn nie wieder verliess. Wenn man auch seine spätere Krankheitsentwicklung nicht bestimmt bis auf diese Epoche zurückführen will, so ist doch gewiss, dass jene Abspannung und jener unnatürliche halbe Schlaf, der des grössten Vorzugs, womit die Natur diese allen Wesen verliehene Gabe ausrüstet, der Erquickungsfähigkeit, beraubt war: dass jene Zeichen, welche späterhin der Hauptausdruck seiner Krankheit waren, seit dieser Zeit öfters und nach kürzeren Zwischenräumen sich zeigten, und Herr seines überaus starken und kräftigen Körpers wurden. Die Spur dieser Erscheinungen weiset jedoch in frühere Zeit, und zwar bis auf den Sturz zurück, den er im Jahre 1793 gemacht, und dessen oben erwähnt wurde.

Diese mit ihm gleichsam grossgewachsene Krankheit, das Geschöpf vieler Jahre und Ereignisse, erklärt Manches in den Äusserungen seines Wesens. Sie war gleichsam ein Schleier, hinter dem die Seele sich verbarg. Untergeordnete Dinge gingen daran vorüber, ohne ihn aufzurollen; aber vor jeder grossen Erscheinung hob sich der Schleier, und die Kraft trat unbeschränkt hervor. Da jede Grösse nur vergleichungsweise eine solche ist, Vieles daher dem Auge des Einen gross scheinen muss, was dem des Andern es nicht ist; so berührte den Fürsten Manches weniger, was Andern wichtig schien. Nach diesem nicht unnothwendigen Absprung zurück zur Geschichte.

Hauptsächlich von diesem Unglückstage schreibt sich die offne Neigung her, welche Napoleon für den Fürsten fasste. Er hatte ihn anfänglich zwar höflich, doch oft, wie das in seiner Art lag, absprechend behandelt. Die Feinheit und die würdevolle Haltung, die der Fürst ihm entgegensetzte, machten ihn jedoch bald aufmerksam und geneigter. Seit diesem Tage aber, wo er die Seelenstärke des Fürsten nicht genug loben konnte, war seine Neigung entschieden. Auf Fahrten und Jagden musste Schwarzenberg den Kaiser begleiten, bei allen Gelegenheiten ihn besuchen. Er sprach mit ihm über die Geschäfte der Welt, über Krieg und Politik, über Vergangenheit und Gegenwart, über seine Plane für die Zukunft, über den Werth und Unwerth seiner Umgebung lang, oft und lebendig, und die Äusserungen des Fürsten waren ihm geltend. Unter die Sonderbarkeiten gehört, dass sie eines Tages lange mit einander abhandelten, wie man Paris angreifen, wie vertheidigen könne. —

Bald umzog sich der europäische Himmel wieder. Die Herrschsucht des Monarchen Frankreichs war durch die zarte Hand der Gattinn nicht gebändigt. Festen Schrittes dem Ziele folgend, das er sich im Untergange Englands gesteckt hatte, verwirrte er auf's Neue die Mächte des Festlandes, und bereitete den Sturz sich selbst. Wie der Pressburger Friede Übergang zum Kriege gegen Preussen war, so der Friede von Wien zu jenem gegen Russland. Seit dieser Zeit sah der Fürst das Einvernehmen der Höfe von St. Petersburg und St. Cloud, das, zu Tilsit gegründet, zu Erfurt so fest geknüpft zu seyn schien, mehr und mehr schwinden. Er kannte aus des Kaisers Munde den Aufwand der Mittel, um den lange vorberechneten Krieg zu beginnen, der, aus dem Continentalsystem nothwendig hervorgehend, gleichsam die letzte Hand an diess

ungeheure Werk legen sollte. Die wunderbar-
sten Bilder reihten sich im Kopfe Napoleons
an diesen neuen Krieg. „Ne croyez pas," sagte er dem Fürsten, „que je veuille faire le
„Don Quichotte et renverser l'Empire russe."
Aber zurückdrängen in die Gränze, welche
dieser Staat unter Katharina hatte, Polen auf-
richten zum selbstständigen Mittelstaat, und
die Küsten der Ostsee in Hände geben, die
sie sorglicher den Engländern sperren würden, das wollte er. Levantischer Handel, Aus-
rüstung von Schiffen in den Elbemündungen,
innere Gestaltung der pyrenäischen Halbin-
sel, Umwandlung und Abrundung der verschiedenen Staaten des Festlandes, Angriff
auf England als Ziel, wohin alle seine bishe-
rigen Massregeln nur als Vorkehrungen streb-
ten; das trieb sich gleichzeitig in ihm herum.
Die Ruhe, womit er Russland zwang, dem
Zeitpuncte der Entscheidung entgegen zu
schreiten, beweist die Gediegenheit seines
Umwälzungsplanes, und die vermeinte Sicherheit seiner Berechnung. Endlich war dieser
Zeitpunct da, und für Östreich blieb bei der
Unmöglichkeit, Verbündeter Russlands zu

seyn, nichts als der Wunsch, sich ganz un-
entschieden bei diesem Kampfe zu verhalten.
Es bewarb sich fortwährend für die Erhaltung seiner friedlichen Verhältnisse, und zögerte mit dem Entschlusse zur Theilnahme
noch bis gegen Anfang des Jahres 1812, als
diese lange schon für unvermeidlich anzusehen war. Nicht früher erhielt Schwarzenberg,
obschon er im Herbste nach Wien gerufen wurde, um dort die nöthigen Weisungen zu ver-
nehmen, die Vollmacht in die Verhandlungen
einzugehen. Diess geschah am 3. Februar, und
am 14. März unterzeichnete er mit dem Herzog von Bassano den Vertrag, in welchem
Östreich sich verpflichtete, mit der verhältnissmässig geringen Zahl von 30,000 Mann
dem Zuge gegen Russland beizutreten. Die
Schwierigkeit, in diesem Vertrage erträgliche
Bedingungen dem französischen Hofe abzuge-
winnen, war nicht gering. Der Anblick der
verwendbaren Kraft in den so weit gediehe-
nen Rüstungen, gleichzeitige bedeutende Vortheile in Spanien (die Gefangennehmung von
20,000 Mann in Valencia, die durch den Fall
von Ciudad-Rodrigo nicht aufgewogen war),

und der eben von den Türken neu eröffnete
Feldzug gegen die Russen, schienen Hülfs-
truppen eigentlich entbehrlich zu machen.
Nur sichern wollte sich Napoleon durch Östreichs Beitritt. In dessen endlicher Annäherung, deren einzige Quelle er ganz richtig errieth, konnte er kein Verdienst sehen. Der
Fürst hatte immer noch sowohl Napoleons
Misstrauen, als auch Bassano's Bedenklichkei-
ten zu überwinden. Strenge Sorgfalt den erhaltenen Weisungen nachzukommen, viele Ruhe, und klare, auf die damalige Lage gegrün-
dete Berücksichtigung des Wohles seines Vaterlandes, bezeichnen das Benehmen des Fürsten in diesen wichtigen und schweren Verhandlungen. Niemand konnte darüber ein rich-
tigeres Urtheil fällen, als der Minister, dessen
Instructionen ihn leiteten, und der, mit dem
Charakter des französischen Kaisers und dem
Geiste seines Kabinets gleich bekannt, den
Gang und das Resultat der Verhandlungen am
besten zu würdigen wusste. Auch ward dem Fürsten die vollkommene Zufriedenheit seines Monarchen zu Theil. — Schwieriger war es Preussen geworden, die Bürgschaft eines Vertrages

mit Frankreich zu erhalten. Schon seit März 1811 hatte es sich bemüht, die Gesinnungen des französischen Kaisers zu erforschen, der sehr entschlossen schien, Preussen mit Russland zugleich den Krieg zu erklären, oder sich dessen gehörig zu versichern, und es im Marsche mitzunehmen. Napoleon äusserte sich mit der ihm eigenen Offenheit (das sprechendste Zeichen, wie fest er seine Gewalt gegründet, wie unabänderlich er sich zum Herrscher des Welttheils bestimmt glaubte) oftmals darüber gegen den Fürsten; und die Wärme und Freimüthigkeit, womit dieser Napoleons persönliche Empfindlichkeit gegen Friedrich Wilhelm, dessen Misstrauen gegen das preussische Kabinet, dessen Hass endlich gegen das Volk, das er gewöhnlich mit dem Titel: „les „Jacobins du Nord" zu beehren pflegte, in jeder Gelegenheit bekämpfte, blieb nicht ohne Einfluss auf den Entschluss des Kaisers, der endlich, wenn auch nach langem Zögern und unter Forderungen, die im offenbaren Missverhältnisse mit den Kräften Preussens standen, in das angesuchte Bündniss einging.

Sehr unerwartet sah sich der Fürst selbst

zum Befehlshaber der östreichischen Hülfs-
truppen ernannt; eine Stelle, nach der ihm
eben so wenig verlangte, als er sie erwartete.
Er hätte vielmehr vorgezogen, sich ferne zu
halten von dem Spiele, in das er sich bis jetzt,
so sehr es den allgemeinen Wünschen und
seinen eigenen entgegen lief, nur aus Pflicht
und mit klarer Überzeugung der Nothwendigkeit eingelassen hatte. Der bestimmte Befehl
seines Kaisers, dieser neuen Verwendung sich
zu unterziehen, liess jedoch keiner persönlichen Rücksicht Raum. Der Fürst nahm in den
ersten Tagen des Mai's Abschied von Napoleon, und ging, während dieser nach Dresden eilte, nach Wien, wo er am 12. eintraf.
Gar nicht gerüstet für jene überraschende Bestimmung, fand er hier das Nöthigste schon
durch die Sorgfalt seines Bruders vorbereitet, verliess am 25. die Hauptstadt wieder, und
langte fünf Tage darauf in Lemberg an. Aus
dem Vertrage, den er am 14. März mit Bassano unterzeichnet hatte, war ihm bekannt, wie
weit überhaupt die Verbindlichkeiten Östreichs in dem Kriege gegen Russland, worin
es zwar die Pflichten des Vertrages streng er-

füllen, nicht aber als ein Haupttheil erscheinen wollte, gehen sollten. Er wurde in allem, was kriegerische Unternehmungen be-
traf, wie er es zur Ehre der östreichischen
Waffen selbst bedungen hatte, nur dem unmittelbaren Befehle des französischen Kaisers
untergeordnet.

Der Fürst, von dem Grundsatz durchdrungen, dass der Soldat keine eigene Meinung, sondern nur die der Regierung haben
dürfe, der er dient, strebte nun seine Pflicht
als Befehlshaber einer dem französischen Kaiser zugewiesenen östreichischen Schar strenge zu erfüllen. Er bemühte sich zunächst be-
schwichtigend auf seine Truppe zu wirken,
die seit einem Jahrzwanzig feindlich den französischen Adlern entgegen stehend, nun in
die Verbindung mit denselben sich nicht ohne inneres Missbehagen eingewohnen konnte.

„Des Monarchen unausgesetzte Sorgfalt für
„das Wohl seiner Staaten bewog ihn, mir und
„euch die Bestimmung zu geben, für einen
„Zweck zu kämpfen, den wir mit anderen
„Mächten gemein haben. Diese Mächte sind
„unsere Verbündete; wir kämpfen mit ihnen,

„nicht für sie. Wir kämpfen für uns selbst.
„Unzertrennlich bleibt diese auserlesene Trup-
„pe, und einzig und allein ihren Generalen
„anvertraut; für beides bin ich der Bürge.
„Die vorzüglichste aller kriegerischen Tugen-
„den, die Anhänglichkeit an Herrscher und
„Vaterland, lässt sich durch nichts besser er-
„proben, als durch unbedingte Aufopferung
„für alles Dasjenige, was der Monarch den
„Zeitumständen angemessen erachtet und be-
„schliesst. Wir wetteifern mit allen Völkern
„an Tapferkeit, an Muth, an ausdauernder
„Geduld in jedem Kampfe. Selbst dort, wo
„die Treulosigkeit der Verbündeten uns tiefe
„Wunden schlug, traten wir mit Würde und
„erneuter Kraft hervor. An jener Anhänglich-
„keit aber an Kaiser und Vaterland übertrafen
„wir alle unsere Zeitgenossen, und geboten
„ihnen selbst im Unglücke Achtung.”

Diess war der Tagsbefehl, den der Fürst
an sein Heer erliess. Dadurch wies er auf den
Gesichtspunkt, aus dem die Theilnahme an
diesem neuen Kampfe deutlich wurde. Durch
das Band der Pflicht für das eigene Vaterland,
knüpfte er den östreichischen Krieger an den

französischen, und stärkte die zweifelnden Kräfte. So vorbereitet, setzte sich das Heer dem erhaltenen Befehle gemäss, nunmehr den Feldzug zu eröffnen, in Bewegung.

Wir sehen den Fürsten um die Mitte Juni Galizien verlassen, über Lublin nach dem untern Bug ziehen, mit Anfang Juli über den Fluss gehen, und als letzte Masse des staffelweise vorrückenden rechten Flügels des grossen Heeres über Wisoki-Litewski nach Pruszani marschiren; während General Graf Reynier mit den sächsischen Truppen der Richtung über Bialystok nach Slonim, der König von Westphalen aber der über Grodno nach Nowogrodek folgt. Bald sperren die Östreicher die ganze Linie von Brześć bis an den Oginskischen Kanal, und nehmen in Pinsk grosse Vorräthe. Tormassow, und der von Bagration zurückgelassene Graf Kamensky, hielten ihre Truppen (nach Guillaume de Vaudoncourt Mémoires pour servir à l'histoire de la guerre en 1812, 32,000 Mann Fussvolk, 19,000 Reiter) zwischen Kowel und Luck versammelt. Am 14. Juli erhält der Fürst den Befehl, nach Nieswiesz in der Richtung von Minsk aufzu-

vom Grafen Reynier wird dagegen
... der Stellung der Östreicher
... damit beabsichtigte Deckung War-
... aufgetragen. Der Fürst unterlässt nicht,
... Meinung, welche damals im französischen
Hauptquartiere herrschend war, als seyen die
Russen in Volhynien ganz ausser Stande etwas
Ernstliches zu unternehmen, zu bekämpfen
und zu berichtigen. Er zögert noch bis zum
20. mit dem Aufbruche. Jetzt zwingt ihn ein
wiederholter Befehl dazu. Am 24. ist die Stellung an dem Muchawiec, zwei Tage früher
die längs der Pina an die Sachsen übergeben.
Indessen hatte Tormassow eine Vorrückung
zu Gunsten Bagrations, der eben nach dem
Dnieper gedrängt wurde, in der Ausführung.
Er bricht in drei Abtheilungen gegen die
Sperrpunkte der sächsischen Linie, Brześć,
Kobryn und Pinsk vor, überrascht sie, und
zwingt nach heftiger Gegenwehr dritthalb tausend Sachsen das Gewehr zu strecken. Der
Fürst empfängt die Nachricht dieses Unfalls
in Nieswiesz, als er eben den Marsch nach
Minsk fortsetzen will. Er entschliesst sich au-
genblicklich Reynier aufzunehmen, der sich,

von Tormassow verfolgt, auf ihn zurückzieht.
Ein Befehl Napoleons, des Inhalts, die Russen nach Volhynien zu werfen, billigt die Bewegung nach Slonim, rechtfertigt das Selbstvertrauen des Fürsten, und setzt zugleich die Sachsen unter seine Oberleitung. Der Fürst wirft den Feind aus den Engwegen der Jasiolda, lässt die russische Nachhut am 8. August bei Sienewice, am 10. bei Pruszani angreifen, erzwingt noch an diesem Tage den Übergang der hartnäckig vertheidigten Moräste bei Kozibrod, schlägt am 12. die vereinigte Macht Tormassow's bei Podubnie, drängt sie in unausgesetzter Verfolgung über den Muchawiec, den Przipiec, die Wyszowka, die Turia, den Stochod und den Styr, eine Strecke von 36 Meilen weit, in 18 Tagen. Jetzt ist er durch den Anmarsch des Donauheeres (Admiral Tschitschagow) gezwungen, anzuhalten. Zu schwach, um zu schlagen, hält er wenigstens die Linie hinter dem Styr bis zum 23. September, wo Tormassow und Tschitschagow vereinigt, über den Fluss brechen. Nun weicht er fechtend über die Turia, überzeugt sich in der Ebene von Luboml von der Anwesenheit

der gesammten Truppen des Admirals, die
mit dem aus dem Innern des Landes verstärk-
ten Heere von Volhynien, eine Masse von nahe
an 80,000 Mann bilden. Mit den 33,000 Mann,
die er ihnen entgegensetzen kann, darf er sich
in nichts Ernstliches einlassen, und dennoch
muss es seine Sorge seyn, diese Masse fest zu
halten, und sie dadurch von der über alles Verhältniss vorgedrungenen Mitte des grossen Heeres, die schon seit einem Monate in Moskau
steht, zu entfernen. Er weicht bei Luboml
der angebotenen Schlacht im letzten Augenblicke aus, geht durch einen höchst kühnen
Marsch im Angesichte des Feindes über den
Bug, eilt nach Brześć, und erscheint wieder
hinter dem Muchawiec, noch ehe die Russen
auf dem geraden Wege daselbst anlangen. —
Jetzt macht er Miene, als wolle er sich hinter
Verschanzungen setzen, trotzt dem gesammten feindlichen Heere durch acht Tage, lässt
dasselbe alle Vorbereitungen zu einer Schlacht
wiederholen, und entweicht ihm wieder in
der Nacht, — zwei Stunden vor der Zeit, da
alle russischen Heerestheile zum Angriffe aufbrechen. Durch einen eben so kühnen Seiten-

marsch gewinnt er die Leszna, die er gegen
die Anstrengungen des Feindes vertheidigt.
Auf seiner Verbindung mit Warschau bedroht,
eilt er über den Bug, schlägt bei Biala eine
russische Abtheilung, die sich von Brześć vor-
gewagt, säubert das Gebiet von Warschau,
und zieht aus Galizien und aus Frankreich kom-
mende höchst nöthige Verstärkungen an sich.
— Einstweilen hat der Admiral Tschitschagow seine Truppe getheilt. Mit der einen Hälfte bricht er nach Minsk auf, die andere ver-
weilt zu Brześć unter dem Befehle des General-
Lieutenant Sacken. Der Fürst geht schnell über
den Bug, und wendet sich nach Wolkowysk.
Dort von der Richtung des Admirals genauere
Kenntniss erlangend, eilt er nach Slonim, und
sein Vortrab stösst eben auf die Nachhut des
Admirals, als Reynier, zur Deckung der Seite
und des Rückens bei Wolkowysk zurückgelas-
sen, von Sacken angegriffen wird. Wolkowysk
geht durch Überfall verloren, und Reynier ist
in Gefahr, unter der Macht des Feindes zu
erliegen. Da wendet sich Schwarzenberg mit
dem grösseren Theile seiner Kräfte, und bricht
nach den angestrengtesten Märschen bei Iza-

belin im Rücken Sackens heraus. Die Russen
werden über die Narew, den Muchawiec geworfen. Mit dem Verluste von 12,000 Mann,
alles Gepäckes und der Mehrzahl ihrer Kanonen flüchten sie nach Kowel. — Nun geht der
Fürst wieder nach Slonim. Da erreicht ihn die
Nachricht von den Vorfällen an der Berczyna
und der Auflösung des Hauptheeres. Er zieht
sich nach Bialystok, rettet die Vorräthe sowohl
dort als zu Grodno durch Vertrag, und geht
mit Ende Decembers, während die Reste des
grossen Heeres nach der Weichsel fliehen,
nach Pultusk. Durch ein mündlich mit den
Russen geschlossenes Übereinkommen, wofür
ihm Murat, der nach Napoleons Rückkehr in
seine Hauptstadt, den Oberbefehl übernahm,
in einem eigenen Schreiben dankt, hält er
sich in dieser Stellung unangegriffen, bis zum
Anfange des Februars, und deckt dadurch
Warschau, wo Napoleon die Errichtung seines fünften Armeekorps betreiben lässt. Durch
die weitere Flucht der Franzosen an die Oder,
und das Vorrücken des russischen Hauptheeres an die Weichsel, zum Rückzuge genöthigt,
geht er nach Warschau, übergibt die Stadt,

und unterhandelt auf Befehl seines Hofes um
den weitern Rückzug nach Krakau, der ihm
bereits gefährdet ist. Dieser wird angetreten,
sobald den Polen und Sachsen ein hinlängli-
cher Vorsprung zum Marsche nach Schlesien
gesichert ist. Hinter der Pilica nimmt der
Fürst Abschied von dem Heere, vertraut die
Führung der Östreicher dem Feldmarschall-
Lieutenant Baron Frimont, fertigt in der letzten Stunde noch ein Schreiben an den König
von Sachsen aus, worin er ihm das Benehmen
der sächsischen Truppen rühmt, und das Vergnügen äussert, sie unter seinem Befehle gehabt zu haben, und eilt dann nach Wien.

Kaum angelangt, vernimmt er den Unfall,
den Reynier bei Kalisch erlitten. Er veranlasst,
dass die sächsischen und polnischen Truppen,
welche sich gegen Krakau gerettet hatten, hinter die Linie der Östreicher gezogen, und dadurch unangreifbar wurden. Dann geht er von
Wien auf seinen Gesandtschaftsposten nach
Paris zurück.

Der allen Anhängern des französischen Kaisers so unvermuthete Ausgang des in seinen
Erscheinungen, wie in seinen Folgen, ausser-

ordentlichen Feldzugs von 1812, hat von Seite französischer Militärs manchen Tadel gegen das Benehmen des Fürsten veranlasst. Viele, die keine Einsicht in die Berechnungen
und Entwürfe des Major-Generals des gesammt-
ten kaiserlichen Heeres hatten, glaubten, der
Marsch Schwarzenbergs im Juli nach Nieswiesz sey eine von ihm frei gewählte Bewegung gewesen, und gaben den Östreichern
daher den Verlust der Sachsen bei Kobryn
Schuld. Aus ähnlicher Quelle entsprangen die
Vorwürfe, die dem Fürsten, wegen der im
Jänner 1813 mit den Russen mündlich geschlossenen Waffenruhe, von Leuten gemacht
wurden, die zu ferne von dem französischen
Hauptquartiere standen, um zu wissen, dass
man dort eben in einem solchen Übereinkommen das alleinige Heil des rechten Flügels
sah *). Wichtiger ist die Frage: warum der

---

*) Murat schreibt (am 23. December 1812): „J'ap-
„prendrai surtout avec plaisir que vous avez
„conclu un armistice, tacite et non par écrit,
„qui vous mettrait à même de bien asseoir vos
„quartiers d'hiver et de vous y refaire de vos
„grandes fatigues." — Tags darauf schreibt Berthier an den Fürsten: „Le Roi me charge de

Fürst nicht den Admiral von dem Marsche nach der Berezyna abhielt? — Aber die Antwort dürfte, schon aus rein militärischem Gesichtspunkte genommen, nicht schwer fallen, wenn man sich entschliessen will, die Lage des Fürsten um diese Zeit nicht erst durch das Mittel der Ereignisse an der Berezyna, sondern so wie sie ihm damals erscheinen musste, zu betrachten. Die erste Hindeutung auf eine gemeinschaftlich von Wittgenstein und Tschitschagow auszuführende Bewegung in den Rücken des Hauptheeres, erhielt Schwarzenberg durch Bassano am letzten Oktober *). Er folg-

„vous mander qu'il sera charmé d'apprendre „que vous soyez parvenu à conclure un armis- „tice tacite et non par écrit, qui vous permet- „trait de faire reposer vos troupes et celles du „général Reynier et qui deviendrait nul, si „les corps ennemis que vous avez en opposi- „tion, marchaient sur un autre point."

*) „On m'écrit de plusieurs points, que l'attaque „de Wittgenstein est combinée avec un mou- „vement que vos adversaires doivent tenter de „leur droite, s'il fait des progrès. Voilà une „chance possible *avant la marche du Duc de* „*Bellune.* Si l'Empereur bat Koutousow, la „grande armée russe peut vouloir attirer des „renforts, ou Tschitschakoff s'inquièter et vou-

te dem Admiral alsogleich mit allen östreichischen Truppen, und holte seine Nachhut,
wie wir wissen, in Slonim ein. Reynier, mit
den Sachsen und Franzosen gegen Sacken zu-
rückgelassen, und von diesem im nachtheili-
gen Gefechte gehalten, begehrte in dringenden Schreiben Unterstützung. Erlag Reynier,
so hatte der Fürst keinen Rückzug mehr. Das
Gebiet des Niemens stand dem Feinde offen
da; alle Verbindungen, auch die des grossen
Heeres, waren gefährdet oder verloren. Seine
Truppen nochmals theilen, um mit der einen
Hälfte den Admiral festzuhalten, mit der anderen Sacken zu schlagen, war, der verhältnissmässig geringen Macht wegen, unthunlich.
Der Fürst, ohne die Verfolgung des Admirals
aufzugeben, nahm daher den grösseren Theil
mit sich, und entschied Sackens Niederlage.
Hätte er am Tage nach dem Treffen von Iza-
belin, wie Einige wollen, ablassen und auf
die Spur des Admirals rückkehren sollen? —

„loir se rapprocher. Cette chance est possible."
(Extrait d'une lettre du Duc de Bassano à S. A.
M. le Prince de Schwarzenberg. Wilna le 29
Octobre 1812.)

Aber dann wiederholte Sacken, den nicht das
Treffen, wohl aber die Verfolgung aufrieb,
das alte Spiel, und nichts war gewonnen. Bei
der Unmöglichkeit, den Admiral vor Minsk
einzuholen, stimmte der Fürst in des erfahr-
nen Reyniers Meinung, wenigstens die Gelegenheit nicht aus der Hand zu geben, Sacken
gänzlich aus dem Felde zu schlagen. Hierin
bestärkte ihn die militärisch richtige Voraussetzung: dass man Minsk, den ersten grössten
Vorrathsplatz, den Ort, wo der Kaiser Lebensmittel auf sechs Monate für 100,000 Mann
aufzuhäufen befohlen hatte, der aus dieser
Rücksicht sowohl, als auch in strategischer
Beziehung, die Bedingung der Fortsetzung des
Krieges in sich schloss: dass man diesen Kno-
tenpunkt der über alles Verhältniss verlän-
gerten Angriffslinie vertheidigen werde, und
Sorge getragen habe, dass an der Berezyna, oder selbst bei Minsk, eine Truppenmasse
sich sammle, stark genug, den Bestrebungen
Tschitschagows und Wittgensteins so lange
zu widerstehen, bis von der einen Seite der
Fürst, nachdem er vorerst sich Sackens ent-
lediget, von der anderen der Kaiser selbst

kommen, und sie vollends scheitern machen
würden. Hiezu genügten aber die bis jetzt
einzeln im Gebiete zwischen der Düna und
dem Dnieper herumziehenden Heerestheile
der Marschälle Oudinot, Victor und St. Cyr,
die Menge der von Wilna bis Smolensk zerstreuten Truppen, die Besatzung von Minsk
selbst, und Dombrowski. Diese vereinigt, boten eine Masse von 80,000 Streitern: nicht
mehr aber zählten Wittgenstein und Tschitschagow.

Man könnte sagen: der Fürst sollte in einem so ausser aller Berechnung liegenden
Falle, wie der, in welchem sich Napoleon auf
diesem Rückzuge befand, in einem so ausser-
ordentlichen Augenblicke, wie der damalige,
auch das Ausserordentliche thun; gleichgültig über den verfolgenden Feind, seine Verbindungen aufgeben, sich einsenken mit versammelten Kräften in das dreimal verheerte Land,
— trotz dem, dass zwei Dritttheile seiner Truppen durch Hunger, Nässe, Kälte und Anstrengung aufgezehrt werden würden; dass die Reiterpferde ohne Nahrung dahinfallen; dass die
Geschütze und Kanonen stehen bleiben müss-

ten, dennoch dem Admiral nacheilen, ihn angreifen, wo er ihn erreiche, und, auf den Eindruck der Kühnheit zählend, das Unmögliche vorerst versuchen, bevor er das kaiserliche Heer aufgebe *). Aber kannte der Fürst diese Lage, kannte er das ganze Gewicht des Augenblicks? Er, der durch keine Zeile aus dem grossen Hauptquartiere seit dem Einmarsche in Moskau berichtet war, und dem Bassano nur Siege verkündigte? Er, der hundert

*) Die 9 östreichischen Reiterregimenter, am 2. November noch 6200 Pferde stark, zählten am 20. kaum 4000 dienstbare Pferde. Das östreichische Fussvolk hatte in diesem Zeitraume einen Abgang von nahe an 6000 Mann; die Division Bianchi allein war seit zehn Tagen um 1200 Mann verringert. — Reynier, der am 1. November noch 10,000 Mann sächsische Truppen führte, hatte am 25. nicht mehr 6000 Mann. In der Division Durutte war vollends die Sterblichkeit auf einen Schauer erregenden Grad gestiegen. Die jungen, der Beschwerden eines Winterfeldzugs ungewohnten Leute, überdiess zum Theil Söhne eines südlicheren Himmelsstrichs, Spanier und Portugiesen, starben vor Kummer, Kälte und Entbehrung täglich zu Hunderten. Am Anfang Novembers 12,000 Mann stark, war zwanzig Tage darauf ein Dritttheil davon aufgerieben.

Stunden von der Berezyna entfernt stand, während drei Marschälle mit ihren Truppen an den Ufern dieses Flusses in einem Raume von zehn Meilen in's Gevierte sich befanden: er sollte dem Kaiser einen Übergangspunkt sicher stellen? Konnte er bei der Schilderung der vortrefflichen Haltung der Mitte und ihres siegestrunkenen Jubels, die Bassano in keinem seiner Schreiben auszumalen vergass, die Eile des Rückzuges voraussehen, und den wirklichen Zustand dieses gepriesenen Heeres erkennen? Wie sollte er nicht überzeugt seyn, dass es vereinigt mit den drei Marschällen zureiche, die vereinzelten Abtheilungen Wittgensteins und Tschitschagows aufzureiben? — Kleinherzige Eitelkeit der Besiegten! Wer den Vorgängen bei Minsk und bei Borisow an der Berezyna mit prüfendem Auge folgt, kann nicht von dem Erstaunen über die Fehler der französischen Führer zurückkommen; Fehler, die sich den ärgsten an die Seite setzen, über welche die Franzosen jemals mit spöttelnder Weisheit lachten.

Die Zartheit, mit welcher der Fürst während dieses Feldzugs den französischen Gene-

ral Grafen Reynier behandelte, hatte diesen
mit inniger Achtung an den Fürsten gebunden. Beinahe von gleichem Alter, war auch
Reynier in frühester Jugend in den Stand des
Kriegers getreten. Als Jüngling von zwanzig
Jahren schon eine Brigade führend; bei Moreau's denkwürdigem Rückzug im sechs und
zwanzigsten Jahre der Leiter seines General-
stabs; in Ägypten als Divisions-General voll
glänzender Verdienste; in den Jahren 1804
und 1805 abermals dem Generalstabe vorgesetzt: reifte durch die Wichtigkeit der Verhältnisse sein Wesen früh zu einem tiefen,
stillen Ernste, und gab seinem Charakter die
beruhigende Würde, die ihn auszeichnete.
Talent, Muth, Erfahrung, Alles sprach für
ihn; dennoch konnte er sich der Gunst Napoleons nicht erfreuen. Es bedurfte nur des Unfalls bei Kobryn, und schnell setzte ihn der
Kaiser unter den Befehl des Fürsten. Dieser
aber, bei dem Billigkeitsgefühl, das ihn belebte, suchte auszugleichen, was des Kaisers
schonungslose Laune über Reynier verhängte.
Offenherzig, achtungsvoll trat er diesem entgegen; er versäumte dessen Rath in keiner

Lage; er suchte ihn, auch wo er dessen nicht
bedurfte, und verwandelte das Verhältniss,
wenigstens der Wirklichkeit nach, aus dem
der Unterordnung in das der Gleichstellung.
Reynier fühlte tief diese edle Schonung, und
der Fürst hatte sich in ihm einen Freund erworben, der seiner werth war.

Aber eben so bewunderungswürdig ist die
Klugheit, mit welcher der Fürst, als Führer
der Hulfstruppe, sein Verhältniss zu Napoleon,
dem Oberfeldherrn, auf der Gränzlinie zwischen der Pflicht des Bündnisses und jener
der Würde des östreichischen Namens, so
fein als edel zu nehmen verstand. Wir sehen
ihn fest jede Zumuthung zurückweisen, welche aus dem Umfange des Vertrages heraus-
schreitet, aber dagegen strenge jeder Weisung folgen, die ihm rechtlich gemacht werden darf. So lehnt er schon im Juli, und dann
im September und Oktober, was ihm aus Wilna und Warschau, bald als Meinung, bald
als Bitte, bald als Wunsch und Rath, drän-
gend und wiederholt darüber zugeschrieben
werden mag, und wie viel seine Lage militärisch dadurch gewänne, jede Bewerbung in

Bezug auf das Heranziehen von Verstärkungen aus dem nahen Galizien ab, und verweigert selbst das Aussprengen darauf hindeutender Gerüchte; aber er wendet sich eifrig an seine Behörde nach Wien, um den schleunigen Ersatz des Abganges zu erwirken. So erklärt er sich im Jänner und Februar bestimmt gegen jede Verwendung seiner Truppen zur Besatzung der Weichselfestungen; aber er hat sie während des ganzen Feldzugs pflichtgemäss dem Feinde, der Entbehrung, der Anstrengung und der verderblichen Jahrszeit ausgesetzt, und treulich die Opfer gegeben, welche die Theilnahme am Kriege forderte. Er allein war es, der an der Weichsel durch mehrere Wochen die Rüstungen der Polen deckte. Er benützte das annähernde Benehmen, welches die Russen damals für die Östreicher beobachteten, ganz im Geiste seiner Pflicht zum Wohle seiner Verbündeten. Als Befehlshaber von Truppen, die einen Theil des Heeres Napoleons ausmachen, hören wir ihn die Anträge der Russen zurückweisen, so sehr sie auch mit seinen Wünschen als Östreicher übereinstimmen. Der Staatsrath von Anstädt

kömmt mit der Vollmacht, Waffenruhe auf
drei Monate abzuschliessen. Er verlangt: das
östreichische Hülfsheer solle Yorcks Beispiel
folgen, und Warschau an die Russen übergeben; er sagt dafür das vormalige Westgalizien
dem östreichischen Hause zu; der Fürst könne, sobald er wolle, Lublin und Krakau besetzen, und längs der Gränze desselben sich
aufstellen, kein Russe werde diesen Boden
betreten. Der Fürst antwortete hierauf: „Er
„zweifle zwar, ob unter seiner Truppe ein
„einziger Mann stehe, der nicht mit Wider-
„willen in den Krieg für Frankreichs Sache
„gegangen; er sey aber überzeugt, wenn er
„schon fähig wäre, einen Schritt wie Yorck
„zu thun, dass gerade die Allermissver-
„gnügtesten beim Ausbruche des Krieges ge-
„gen Russland, die Ersten wären, ihn zu ver-
„dammen. Der Östreicher sey gewohnt, den
„Befehlen seines Monarchen zu folgen, und
„nicht eigenmächtig zu handeln, — übrigens
„von der Ansicht durchdrungen, dass es nicht
„rühmlich ist, Waffengefährten, mit welchen
„man gestern noch Noth und Gefahren ge-
„theilt hat, heute plötzlich aufzugeben, ihrem

„Schicksal zu überlassen, oder gar feindlich
„gegen sie zu stehen. Er glaube, es könne in
„dem Interesse der Staaten liegen, ihren Verbin-
„dungen zu entsagen, und andere zu knüpfen;
„allein diess müsse offenkündig, und niemals
„hinterlistig geschehen. Dass der Kaiser, sein
„Herr, keinen Krieg mit Russland wolle, be-
„weise die Neutralität, so er für die Gränze sei-
„ner eigenen Staaten bedungen, und das ruhige
„Verhalten der Beobachtungstruppen unter
„dem Fürsten von Reuss, welche den Marsch
„des Admirals nach der Berezyna hätten ver-
„eiteln, und ihn wahrscheinlich schlagen kön-
„nen. In Rücksicht dieser Grundsätze des Kai-
„sers sey er wohl bereit, um förneres Blut-
„vergiessen zu verhüten, nicht mehr feind-
„lich vorzugehen; allein er erkläre: dass der
„Schutz seines Kaisers sich auch auf die Sach-
„sen ausdehnen müsse, indem er Reynier auf
„keine Weise opfern könne."

Die Russen glaubten, auf diese Bedingung
die angetragene Waffenruhe nicht eingeben
zu dürfen, und griffen Reynier kurz darauf an.
Als dem Fürsten die Meldung davon zukam,
liess er in der Nacht noch die Sachsen in

ihrer Stellnng durch Östreicher ablösen. Am nächsten Morgen entspann sich gleich wieder das Gefecht. Die Russen gaben es jedoch auf, sobald sie wahrnahmen, dass sie mit Östreichern zu thun hatten. So schützte der Fürst die sächsischen Truppen durch seine Stellung, und dass Reynier bei Kalisch angegriffen wurde, war allein dessen eigene Schuld; denn Schwarzenberg hatte mit ihm selbst berechnet, wie er marschiren müsse, um sich dem Angriffe zu entziehen. Reynier glaubte nicht, dass die Russen so schnell folgen würden, und verlor, während Schwarzenberg nach Krakau zurückging, zwei Tage für seine Bewegung. Aber nicht nur allein die Sachsen, auch die Rüstungen der Polen, und die Sammlung der sechsten französischen Heeresabtheilung, der Baiern, in Plock an der Weichsel, deckte der Fürst durch seine Stellung bei Pultusk, und durch das mündliche Einvernehmen, welches er nach Murats Wunsche mit den Russen schloss. Ohne dieses war Warschau um einen Monat früher verloren.

Dieses strenge und kluge Benehmen, gegen den Feind sowohl als gegen den Verbündeten, diese Aufrechthaltung der Würde als Soldat und als Östreicher, hatten den günstigsten Einfluss auf die Truppen, die, so gering ihre Zahl war, durch diesen Feldzug ganz eigentlich zum Kern des östreichischen Heeres gebildet wurden, das einige Monate später bei Kulm und Leipzig schlug. Die ausgezeichnete Art, womit Schwarzenberg sein Heer im Jahre 1812 behandelte, erleichterte diesem die Ausübung der Pflicht. Das ungewohnte Verhältniss, Gehülfe eines Feindes zu seyn, heiterte sich durch das erhebende Bewusstseyn auf, nicht als sein Söldner zu fechten, und seines Lohnes entbehren zu dürfen. Stolz und weise war daher die Antwort Schwarzenbergs, als nach der Schlacht von Podubnie Napoleon die Namen der einer besondern Auszeichnung Würdigen zu erfahren wünschte, um sie mit seinem Legionsorden zu schmücken: „das gan„ze Heer habe sich trefflich geschlagen; die „eine besondere Auszeichnung Verdienenden „würden von ihrem eigenen Herrscher nie „übersehen, und genügend belohnt."

Aber der Feldzug von 1812 hatte auch den Fürsten zum Feldherrn des Jahres 1813 gereist. Er gab seinem Scharfblick die Gelegenheit, ganz in das Wesen der französischen Kriegsführung einzudringen, ihre Vorzüge, wie ihre Mängel zu erkennen. Die Sicherheit in der Leitung des ungeheuren Getriebes musste ihn ansprechen; desto weniger sagte ihm die häufige Einmischung diplomatischer Personen in die Regelung der kriegerischen Vorgänge zu. Merkwürdig war in dieser Beziehung, wie schon aus dem früher Gesagten sich entnehmen lässt, sein Verhältniss zu dem Herzog von Bassano, durch welchen ihm, als das Hauptheer schon tiefer in Russland eingedrungen war, alle Befehle aus dem Hauptquartiere zukamen. Der Herzog war ein thätiges Werkzeug bei Ausführung der Plane, ein treuer Übersetzer des Willens seines Kaisers. Er stand nicht neben, sondern unter Napoleon. Dessen sich bewusst, und jeden Anderen untergeordnet an Geist betrachtend, glaubte er auch Jeden nur geschaffen, um Napoleon zu dienen. Er hatte keinen bestimmten Kreis der Geschäfte, in welchem er sich mit Vorliebe bewegte; er war Alles, was der Kaiser wollte. So spielte er jetzt die Rolle eines Generalquartiermeisters für die gegen die Düna, sowohl als gegen Volhynien gerichteten Heeresabtheilungen. Stets von der Unüberwindlichkeit seines Herrn überzeugt, beobachtete er in den wichtigen Augenblicken des entschiedenen Rückzugs von Moskau noch die Zurückhaltung, die ihm zur Natur geworden war. Nicht im Stande, gegen irgend Jemanden im dienstlichen Verhältniss, war der Gegenstand der Verhandlung auch noch so unbedeutend, ganz offenherzig zu seyn, blieb es ihm auch hier unmöglich, die Wahrheit zu gestehen, und wenn auch der einzige Weg zur Rettung nur durch sie führte. Daher nur Sieg auf Sieg von Moskau bis an die Berezyna. Selbst diese Niederlage wurde als ein neuer Vortheil geschildert, und so beobachtete er die eitle Sprache der Bülletins, die man allenfalls für die Menge zweckmässig finden konnte, gegen Schwarzenberg und Reynier, Feldherren, die in jenem Augenblicke der Zertrümmerung der französischen Streitmacht, die einzige geordnete Masse noch führten, und nur nach seinen Mittheilungen ihr Benehmen regeln konnten.

Ganz verschieden von Bassano, benahm

sich der Fürst von Neuchatel, der Major-General des grossen Heeres; ganz verschieden auch der damalige Vicekönig von Italien, der nach Murats Entfernung in der Oberleitung folgte. Das Andenken an diese Männer war dem Fürsten bis in seine letzten Tage werth *).

*) Persönlich hatte der Fürst sich allem Ungemache eines Feldzugs ausgesetzt, in dem nicht allein der Feind, sondern Boden und Klima zugleich überwunden werden mussten, und in welchem schon die Verpflegung Schwierigkeiten nach sich zog, die alle Kraft und Zeit des Feldherrn aufzuzehren drohten. Folgender Zug seiner Menschlichkeit möchte in dieser Note Platz finden dürfen. Stets gewohnt mit eigenen Augen zu sehen und zu beurtheilen, machte der Fürst, als er im November den General Sacken über den Muchawiec warf, auf einem Hügel am Ufer Halt, während die Nachhut des Gegners noch über den Fluss zog. Die Russen am jenseitigen Ufer erkannten kaum die Gegenwart des feindlichen Heerführers, als sie die Kanonen einer Batterie auf ihn richteten, und zu feuern begannen. Der Fürst sah ruhig den Bewegungen des Feindes zu. Eine nah einfallende Kugel überschüttete ihn eben mit Erde, als er auf eine am jenseitigen Ufer stehende grosse Scheune aufmerksam wurde, die von den östreichischen Granaten in Brand geschossen war. Die Russen liefen hin und zu.

Durch ein eigenes Schreiben hatte Napoleon den Kaiser von Östreich während des Feldzugs ersucht, den Fürsten zum Merkmal der Anerkennung seiner Verdienste zum Feldmarschall zu befördern. Diese Beförderung geschah am 2. Oktober. Es bleibt eine seltsame Fügung, dass Napoleon gleichsam selbst seinen Gegnern das Werkzeug in die Hand geben musste, das den Bau seiner Siege zerstörte. Diess scheint er auch gefühlt zu haben; darauf weisen zum wenigsten die Worte, die er im Jahre 1813 am Abende des ersten Tages der Schlacht von Leipzig dem gefangenen General der Cavallerie Grafen Merveld sagte: „C'est moi, qui ai fait apprécier Schwarzen-„berg à votre Empereur." Aber ernst setzte

Man sah ihre vergeblichen Anstrengungen, die Flammen zu löschen; man sah sie Leute wegschleppen. — Daraus schloss der Fürst, dass diess ein Verbandplatz oder ein Schutzort für ihre Verwundeten und Kranken seyn dürfte. „Halt!" rief er aus, indem er die Seinigen darauf aufmerksam machte, „die Scheune dient zu Spital; augenblicklich sollen meine Kanonen schweigen." — Es geschah, und die Russen retteten ihre Verwundeten.

er hinzu: „Croit-il qu'il me battra?" — Und als Merveld ihm antwortete: „Sire, personne „n'admire plus que lui Vos talents militai-„res, et il reconnait bien Votre supériorité; „mais il fera ce qu'il pourra," schloss der Kaiser mit den Worten: „Allez: il ne s'y prend „pas mal."

Schwarzenberg war, wie oben erwähnt wurde, nach Paris gegangen, wo er am 7. April eintraf. Er hätte diese Reise verzögern können, bis sie unnöthig geworden wäre, wenn er Vorwürfe zu besorgen gehabt hätte. Aber die Freundlichkeit und Achtung, mit der ihn Napoleon empfing; das Lob, das er in kräftigen Ausdrücken dem Verhalten des Fürsten zuwog, widerlegt hinlänglich den Tadel über die Kriegsunternehmungen der Östreicher und Sachsen im Jahre 1812, womit die gekränkte Eitelkeit der Franzosen im Jahre 1813 gegen den Sieger von Leipzig zu Felde zog. Die frühere Offenheit bezeigte der Kaiser dem Fürsten auch jetzt noch. Er gestand frei die Fehler, die er in diesem Feldzug begangen hatte; denn er glaubte sich noch stark genug, sie zu verbessern. „Vous avez fait une belle Cam-

„pagne" rief er dem Fürsten beim Eintritt zu, und wiederholte lächelnd: „V o u s !"

Die letzten Worte, welche der Fürst mit dem Manne wechselte, dem nun, ohne dass er noch davon die Ahnung trug, das Glück schon auf immer Lebewohl gesagt, sind um der Anwendung willen, die sie in Kurzem auf ihn selber bewiesen, wahrhaft bedeutend. Der Fürst, in der Uniform eines östreichischen Feldmarschalls, trug den Stab, der dieser Würde zukömmt. „Vous avez le bâton de Ma-„réchal" sagte Napoleon in einem Tone, der den Fürsten errathen liess, der Kaiser lege Gewicht darauf, dass er es gewesen sey, der ihm denselben verschaffte; „le bâton:" fuhr er fort, „cela veut dire s c h l a g e n celui qu'on „a devant soi." — „Oui, Sire," antwortete der Fürst, „il faut le désirer; il s'agit de le „pouvoir."

Der Ankunftsbesuch war auch der seines Abschieds; denn Napoleon ging nach Deutsch-land, und durch die Vermittlung Östreichs sollte zu Prag der länderverheerende Kampf beigelegt werden. Anfangs Mai war der Fürst bereits wieder in Böhmen. Der Gang der Unterhandlungen, und des Krieges selbst, bewies den verbündeten Monarchen, so wie dem Kaiser von Östreich, wessen man sich von der gehofften Nachgiebigkeit und ausgerufenen Friedensliebe Napoleons zu versehen habe. Östreich rüstete mit Kraft und Schnelligkeit, denn seine mannigfachen Völker jubelten einem Kampfe entgegen, den sie für unvermeidlich ansahen, und der es war.

Wem aber beschloss Östreich die Führung seines Heeres in einem Streite anzuvertrauen, der, wenn er misslang, das Bestehen des alten Baues dieser Monarchie bedrohte? — Wessen Arm wählte es aus, gemeinschaftlich mit den Siegern vom Jahre 1812 und mit dem Volksheere von Preussen, die Östreicher in die Schranken gegen den Mann zu führen, der, selbst ein Heer an Werth, abermals mit hundert Tausenden herbeieilte, den Ruhm und die Frucht zwölfjähriger Siege zu retten? — Schwarzenberg war es, den der Kaiser von Östreich zu seinem Feldherrn in diesem Kampfe der Entscheidung ausersah: ihn, der Denk- und Handlungsweise seines Gegners kannte; der seinerseits von Alexander, dem Haupte der

nordischen Verbindung, gekannt, geschätzt
war. Und alle Monarchen kamen überein, ihm
die Oberleitung ihrer Heere zu vertrauen, damit ein und derselbe Geist durch alle Glieder
herrsche. Von ihm erwarteten sie, dass er die
widerstrebenden Stoffe binden, und zum gemeinschaftlichen Ziele führen werde. Seiner
ruhigen Besonnenheit und seinem starken Arm
übergaben sie hoffnungsvoll die aufgebotene
Kraft, das Heil der Völker, die Sicherheit ihrer Throne.

Schwarzenberg erkannte im ersten Augenblicke die ungeheure Last der zugedachten
Rolle, aber er folgte willig dem Rufe, der ihm
ein Wink der Vorsehung war. Einig darüber,
wie er es mit sich zu halten gedenke, hatte er
von nun an keine Rücksicht, keine Thätigkeit,
als die für seine grosse Bestimmung.

Oberflächliche Beurtheilung auch der ein-
flussreichsten Ereignisse scheint der Mehrzahl
der Menschen angeboren, und ist vielleicht eine
Bedingung ihrer Zufriedenheit. Noch ist keine
genügende Darstellung des Feldzuges vom Jahre 1813 erschienen. — Um den Gesichtspunkt
zu entdecken, aus welchem der Fürst Schwar-

zenberg bei Übernahme der obersten Leitung die Lage der Sachen betrachtete, ist vor Allem nöthig zu sagen, dass er die Feldherrngaben Napoleons in ihrem ganzen Umfange anerkannte. Die früheren Feldzüge desselben hatten diese Anerkennung begründet, und die persönlich erworbene Kenntniss seines Charakters sie nicht vermindert. Schwarzenberg war daher fern von der Ansicht derjenigen, die aus Gefühl ihres Unvermögens und aus gekränkter Eitelkeit, die Stärke des Feindes verkannten, oder besser gesagt verläugneten, und auf bequeme Weise das unbestimmte Glück an die Stelle des Verdienstes setzten. Er unterschied den Feldherrn von dem Kaiser, und nur weil er jenen achtete, schlug er diesen.

Das Schicksal der Staatenbündnisse hat zu oft die davon gehegten Erwartungen getäuscht, als dass ein Mann, dessen Blick den Gang der Weltbegebenheiten und ihren Zusammenhang auffasst, sich in sorgloser Sicherheit dem Übergewichte vertrauen sollte, das sie durch Zahlenstärke oft ausweisen, aber selten geben. Jetzt, wo der Erfolg so glänzend die Besorgniss des Fürsten widerlegt hat; wo er selbst es war, der alles Misslautende in Einklang brachte: warum sollte man es jetzt verschweigen, dass gerade des Fürsten Vertrauen auf eine glückliche Beendigung des Krieges gegen Napoleon vor dem wirklichen Beginne desselben nicht das festete gewesen ist *)? — War Napoleons Lage schlimmer als die Friedrichs II. im Jahre 1757, als dieser gleichzeitig von Frankreich, Deutschland, Östreich, Russland, Schweden und Polen angegriffen, am Pregel, an der Weser, an der Elbe und Oder, in vier grossen Schlachten geschlagen, der Hälfte seiner Länder beraubt, kaum 100,000 Mann einer viermal stärkern Macht entgegen zu setzen hatte? Man weiss, welchen Umschwung dennoch das Verhältniss der gegenseitigen Stärke damals in den dreissig Tagen von Rossbach bis Leuthen nahm. — Napoleon hatte den unberechenbaren Vortheil, alleiniger Leiter und Herr sei-

*) Einem vertrauten Freunde, der ihn kurz vor Ausbruch des Krieges über seine Hoffnungen befragte, gab er zwar die merkwürdige Antwort: „Wir werden vier gegen einen seyn; „rechne ich zwei weg, weil wir so viele sind, „so bleiben immer noch zwei."

ner Truppen zu seyn. Die Feldherren der Verbündeten waren durch gegenseitige Schonung,
durch unvermeidliche wechselseitige Rücksichten gebunden, und wenn gleich eine Unterordnung bestand, so liess sie doch in tausend Beziehungen keine Anwendung zu. Napoleon hatte zehn Feldzüge als oberster Feldherr gemacht. Welcher General der Verbündeten konnte dieser Erfahrung sich rühmen?
Seine Truppen waren geübt, ganz sein eigen,
ihm fest ergeben, auf seine Einsicht so wie
auf die des Kriegsgottes bauend, von vortrefflichen Unterfeldherren geführt. Zwei Siege,
der von Lützen und jener von Bautzen, hatten
die jungen Krieger schnell in alte verwandelt,
und das Glück, das dem General Buonaparte
in Italien, wie dem Kaiser Napoleon in Deutschland und Polen, zur Seite gestanden, und ihn
selbst bis Moskau begleitet hatte, schien auch
jetzt wieder der gewohnten Fahne folgen zu
wollen. Die Zahl der französischen Truppen,
die in dem Augenblicke, als sich Östreich gegen Frankreich erklärte, zwischen der Oder
und Elbe und in Franken standen, betrug
360,000 Mann; die der Verbündeten in Böh-

men, Schlesien und in der Mark 486,000 Mann, eingerechnet die grosse Zahl ungeregelter Reiterei, die in offener Schlacht der französischen nicht gleichgestellt werden konnte. Dem französischen Heere bot aus seiner Stellung sich der Vortheil dar, dass es, wo es gesammelt angriff, die Überzahl für sich hatte. Die Festungen der Elbe, Oder und Weichsel waren ihm theils sichere Anlehnungs- und Übergangspunkte; theils bereiteten sie Unternehmungen vor, und bedrohten und schwächten den Gegner.

Aus Allem dem geht hervor, dass bei Wiedereröffnung der Feindseligkeiten, der Gang des Krieges keineswegs ein so leichtes Spiel war, als man es damals zur Ermunterung und Beruhigung der deutschen Völker zu schildern für gut fand, und woran aus Unkenntniss des grossen Zusammenhanges Viele geglaubt haben, und noch glauben. Die Kriegsgeschichte ist mit Beispielen von Planen überfüllt, die trotz dem Übergewichte an Streitkräften scheiterten, weil ihre Ausführung auf das Zusammentreffen zu weit entfernter Kräfte, wovon keine der andern zur Unterstützung und Aufnahme dienen konnte, berechnet wurde, oder weil übergrosse Zuversicht des Sieges die Aufmerksamkeit der Befehlshaber der einzelnen Heerestheile minderte, und ihre Thätigkeit lähmte: Fälle, deren Wiedererscheinen, bei der Ausdehnung der Linie, auf welcher die verschiedenen Heere den Feldzug zu eröffnen hatten, bei der Ungleichheit ihrer Bestandtheile und der Denk- und Handlungsweise ihrer Führer, zum wenigsten möglich war. So durchbrach einst Ferdinand von Braunschweig, als nach dem Siege bei Crefeld zwei neue feindliche Heere gegen ihn rückten, mit 30,000 Mann alle Pläne und Berechnungen von 100,000 Mann, die nicht einmal Verbündete waren, und ging siegreich über den Rhein, während man in Paris die Nachricht seiner Gefangennehmung erwartete, und Jeden mitleidig belächelte, oder mit Spott bewarf, der daran zweifelte.

Ohne Rückhalt gab der Fürst seine Grundsätze in Bezug der Führung dieses Krieges kund. Nur das innigste Zusammengreifen Aller, nur die unabweichlichste Strenge in der Haltung des einmal angenommenen Kriegsplanes, nur die Unterordnung der Persönlichkeit jedes Einzelnen, konnte nach seiner Überzeugung zum gewünschten Ziele führen. Wer der Lockung ausschliessender Ruhmsucht nicht widerstehen konnte, den verglich er jener mythischen Atalante, die, schwach genug die goldenen Äpfel, die man ihr in die Bahn warf, während des Wettlaufs aufzuheben, besiegt sich selbst verlor. Nur die Strenge in der Befolgung der aufgestellten Grundsätze liess eine Berechnung des wahrscheinlichen Erfolges zu; eine einzige Abweichung, wenn auch mit einem vorübergehenden Vortheil verknüpft, versetzte dem Bunde den gefährlichsten Schlag, und warb dem Feinde den thätigsten und wirksamsten Verbündeten mitten in den Reihen des Gegners.

Zur Zeit der Waffenruhe stand die Hauptstärke des französischen Heeres in Schlesien und in der Lausitz; zur Rechten das Riesengebirge, hinter sich die Brückenköpfe der Elbe zur Sicherung des Rückzugs, vor sich die der Oder zur Fortsetzung des Angriffes. Das ganze Landesgebiet zwischen beiden Strömen, was auch die Verbündeten vermög Waffenstillstands-Vertrag davon noch besitzen mochten, war strategisch in den Händen der Franzosen, und alle Wahrscheinlichkeit des weitern Erfolgs auf ihrer Seite, da zu den grossen Vortheilen ihrer Stellung noch die Überzahl der Truppen kam; denn alle verwendbaren Kräfte eingerechnet, konnten Russland, Preussen und Schweden im damaligen Zeitpunkte nicht über 3oo,ooo Mann geregelter Truppen ihnen entgegenstellen.

Anders wurde die ganze Lage durch den Beitritt Östreichs. Ausserdem, dass 15o,ooo geübte Krieger das Übergewicht, der Zahl nach, auf die Seite der Verbündeten neigten, war auch die Grundlage der vorbereiteten Unternehmungen des französischen Kaisers durch den Verlust der Elbe gänzlich erschüttert, indem die Sicherheit seiner rechten Seite aufgehoben, und das Gebiet von der Oder zur Elbe nun strategisch von den Verbündeten gewonnen war. Es mochte sich der französische Kaiser sträuben, wie er wollte; er konnte sich von nun an, und so lange 25o,ooo Mann an der Eger standen, in diesem Gebiete nicht halten. Was ihm bis dahin die Oder war, musste ihm jetzt die Elbe werden, nämlich nur künftige Grundlinie. Aber er hatte auch ausserdem bis zum Rhein keine zweite, die der verlornen Elbe glich. — Noch blieb ihm der Ausweg eines glücklichen Schlages. Dieser allein konnte den französischen Kaiser aus der beengenden Lage ziehen. Darauf also musste das Hauptbestreben Napoleons zielen, und zwar um so mehr war er dazu eingeladen, als er gegen jedes der getrennten verbündeten Heere die Wahrscheinlichkeit des Sieges für sich hatte.

Auf diese Betrachtung fusste sich der Plan des Feldzugs, über welchen die Verbündeten am 12. Juli zu Trachenberg in Schlesien einig wurden. Schon im Juni schrieb der Fürst an den Kaiser, dass man den Feind durch Bewegungen auf seine Verbindungslinien zum Rückzuge nöthigen, gegen die überlegene Gesammtkraft desselben aber nur drohen, und so lange jedem Schlage ausweichen müsse, bis die Vereinigung der sämmtlichen Streitkräfte möglich und zeitgemäss sey. Er hielt es nicht für unwahrscheinlich, dass Napoleon anfänglich eine Stellung am linken Elbeufer in der

Gegend von Leipzig nehme, und dort erwarten wolle, dass irgend ein Missgriff und Mangel an Zusammenhang im Benehmen der aus
Süden und Norden heranrückenden Verbündeten ihm die Gelegenheit verschaffen werde,
den einen Theil aufzureiben, bevor dieser von
dem anderen unterstützt werden könne. „Nur
„Einheit in dem Geiste der Bewegungen füh-
„ret zum Sieg": so schloss er damals sein
Schreiben, und die Nachwelt wird ihm hof-
fentlich verzeihen, dass er diesen bekannten,
doch nicht jederzeit erkannten Satz, als Grundlage des ganzen Kriegsvorganges recht oft zu
wiederholen für gut fand.

In Trachenberg wurde die Theilung der
Streitkräfte in drei Heere, und die Übertragung der grössten Stärke derselben von
Schlesien nach Böhmen entschieden. Es standen, dieser Anordnung zu Folge, am Tage der Wiedereröffnung der Feindseligkeiten
237,000 Mann unter Schwarzenberg an der
Eger, 95,000 Mann unter Blücher an der Katzbach, und 150,000 Mann unter dem Kronprinzen von Schweden an der Havel und Spree.
Gegen welches dieser drei Heere Napoleon

immer sich wende, so sollte, während diess eine der Schlacht ausweicht, jedes der beiden andern, die gegen sich gelassenen feindlichen Abtheilungen überwältigen, und mit Vereinigung aller Vorsicht und Thätigkeit dem Kaiser in Seite und Rücken marschieren. Man kam sonach überein, dass, wenn Napoleon den Marsch gegen das böhmische Heer erwählte, Blücher unaufgehalten nach der Elbe gehe, zwischen Dresden und Torgau über sie setze, und vereinigt mit dem Kronprinzen, der indessen nach Leipzig vorgerückt seyn würde, den Feind im Rücken angreife; wendete Napoleon sich gegen Blüchern, so sollte das Hauptheer entweder gegen Leipzig oder Dresden vorbrechen, der Kronprinz auch jetzt der Richtung nach Leipzig folgen, und beide sich dann im Rücken des Feindes festsetzen; wendete er sich aber gegen den Kronprinzen, so hätte auch dieser langsam zurückzugehen, während Schwarzenberg und Blücher dem Feinde auf dem Fusse folgen würden.

Es gehörte ohne Zweifel zur Ausführung dieses Planes eine grosse Gewandtheit und Sicherheit in den Bewegungen, schnell treffende Beurtheilung der Absichten des Feindes, und endlich ein Wegblicken über alle Nebenvortheile und Lockungen bei unverwandtem Hinarbeiten nach dem einen festgehaltenen Ziele. Wovon die Kriegsgeschichte so wenige Beispiele gibt, es geschah in diesem Jahre. Die Bewegungen der Verbündeten griffen, der Hauptsache nach, ordnungsmässig in einander, wie sie verabredet waren; augenblickliche Vortheile wurden willig dem Zusammenhange des Ganzen geopfert, und so lohnte auch der Erfolg das kluge und würdige Streben. Die Nachwelt wird den vereinenden und versöhnenden Geist nicht verkennen, dem dieses Riesenwerk gelang; der unbekümmert die Aufmerksamkeit der Welt, bald hieher bald dorthin eilen sah, und der, überzeugt dass wer etwas Grosses im öffentlichen Leben bewirken wolle, vor allem sein eigenes Ich zum Schweigen bringen müsse, bescheiden sich zurück zog und verhüllte. Die Wirkungen wurden sichtbar, selten aber der Wirkende.

Die ersten Bewegungen der Franzosen nach Aufkündigung des Waffenstillstandes gaben die Absicht des Angriffes auf das schlesi-

sche Heer kund. An dem böhmischen stand
es, ohne Zögern dem Plane gemäss zu handeln. Es beirrte den Fürsten nicht, dass am
19. August 50,000 Franzosen aus der Lausitz
in Böhmen einbrachen, und Napoleon selbst
Tags zuvor in Zittau war. Am 20. setzte sich
das ganze Heer zum Marsche auf die Verbindungslinie des Feindes in Bewegung. Man beschloss, diese bei Dresden zu durchschneiden.
Die Bewegung dahin war am wenigsten aus-
greifend, und darum am schnellsten auf Napoleon wirkend. Der Besitz von Dresden als
Hauptstadt Sachsens, und dann als Hauptver-
bindungspunkt der Franzosen zwischen beiden Ufern der Elbe, versprach ausserdem mancherlei nicht zu verkennende Vortheile. Schon
am 21. August wünschte der Fürst, die Spitzen
aller Abtheilungen über das Erzgebirge zu
bringen. Nicht vorherzusehende Hindernisse
liessen diess erst am 22. geschehen. Vor Dresden angelangt, ordnete der Fürst noch am 25.
den Angriff. Die Ermüdung der Truppen, die
Nachmittags vier Uhr noch nicht alle auf ihren gegebenen Plätzen eingetroffen waren,
und die darauf sich stützende bestimmte Er-

klärung des russischen Feldherrn, heute nicht
angreifen zu können, machte das Unternehmen auf den 26. verschieben.

„Dieser Aufschub" sagt ganz richtig Plotho *)
„war es, welcher dem beabsichtigten Angriff die
„Möglichkeit eines glücklichen Erfolges ent-
„riss": denn am 26. stand Napoleon bereits mit
dem grössten Theile seines Heeres in Dresden, und so wurde, was am 25. noch geschehen konnte, Tags darauf unmöglich. Noch waren die unter dem Fürsten verbundenen Kräfte zu neu unter sich, zu wenig eingewohnt in
diese Verbindung, als dass sie leisten konnten, was eine gleiche Zahl Truppen von einem und demselben Volke geleistet haben
würde. Die verunglückten Angriffe auf Dresden, die Nachricht, dass Vandamme die
Hauptrückzugsstrasse durch seinen Marsch von
Stolpe über Königstein nach Pirna gewonnen
habe, und das höchst ungünstige Wetter,
brachten das böhmische Heer in nicht geringe

*) Carl von Plotho, königlich preussischer Oberst-
lieutenant und Ritter etc. Der Krieg in Deutschland und Frankreich in den Jahren 1813 und
1814. — Berlin, 1817. 3. 8.

Verlegenheit, und es bedurfte der ganzen Ruhe und Klugheit des Fürsten, Herr über die erschütterten Massen zu bleiben, und sie geordnet im Angesichte des Feindes durch die Gebirge zurück zu führen. — Der Tod Moreau's hatte den Fürsten um eine bedeutende Stimme im Rathe ärmer gemacht. Der Einfluss desselben in die damaligen Angelegenheiten war diesem werth und wichtig, und zwar als Stütze und Bürgschaft seines Kriegsplanes, weil eben Niemand mehr als Moreau des Feldmarschalls Schätzung der Feldherrngaben Napoleons theilte, und vor übergrosser Zuversicht im Kampfe gegen dieselben warnte. Bald nach Empfang der tödtlichen Wunde trug Moreau mit schwacher Stimme einem vorbeieilenden Adjutanten noch Gruss und Abschied an den Fürsten auf.

Trotz des Verlustes vor Dresden, war doch der strategische Zweck der Bewegung dahin erreicht. Er würde es nicht gewesen seyn, wenn Blücher am 21. und 22. weniger zweckmässig gehandelt hätte. Aber, ganz im Geiste des entworfenen Planes, zog sich dieser, sobald er die Ankunft des Kaisers bei dem ihm

gegenüber stehenden Heere erfuhr, durch
mehrtägige Vortheile nicht verlockt, ohne die
Schlacht anzunehmen, zurück, bis am 23. die
Nachricht von dem Einbruche des Hauptheeres in Sachsen den Kaiser und einen grossen
Theil der Truppen aus Schlesien abrief. Diese zwei Tage würden hingereicht haben, das
schlesische Heer aufzureiben, und das Benehmen Blüchers verdient um so grösseres Lob,
als er nur durch einen Sieg über sich selbst
diesen strategischen Sieg erringen konnte.

Wäre Napoleon dem Fürsten nach Böhmen gefolgt, so würde sich dieser langsam und
fechtend selbst bis Prag zurückgezogen haben.
An dem Kronprinzen und an Blüchern hätte
das Weitere gestanden. Der Umstand, dass
Vandamme zur Schlacht von Kulm Gelegenheit gab, änderte früher schon die ganze Lage. An der Nichtbefolgung der Richtung, welche der Fürst dem Grafen Barklay auf dem
Schlachtfelde vor Dresden gab, hatte es gele-
gen, dass Vandamme über Nollendorf in Böhmen eindringen konnte *). Nur die grossen

*) Plotho, im oben angeführten Werke, Theil II.,
   Seite 62, bemerkt diesen Umstand sehr richtig.

Märsche, mit welchen Schwarzenberg das Heer aus Sachsen zurückführte, und der Heldenmuth Ostermanns waren es, was die verbündeten Truppen vor den sehr möglichen und verderblichen Folgen dieses Zuges bewahrte.

Am 29. Nachmittags nah an sechs Uhr erschien der Fürst, von Altenberg her, in der Ebene von Kulm. Ein General der Verbündeten kam ihm mit der Meldung der Vortheile entgegen, die Vandamme bis jetzt errungen hatte. Er beschrieb ihm die Lage des Heeres als hoffnungslos; denn man nahm für entschieden an, dass Napoleon seinem Marschall folge. „4000 Garden liegen auf „dem Schlachtfelde. Ostermann ist so gut als „todt; eine Kanonenkugel hat ihm den Arm „zerschmettert. Alles ist verloren!" „Halten „die Garden noch?" fragte der Fürst. „Ja," antwortete der General, „jetzt noch." „Nun „denn," fuhr jener fort: „nichts ist verloren; „denn wir sind wieder da. Eilen Sie zum Kai„ser Alexander. Sagen Sie ihm, dass ich ihm „Glück wünschen lasse; denn Morgen wird ei„ner der schönsten Tage seyn." — Vandamme brach, als es dunkel wurde, das Gefecht ab, und bezog ein Lager bei Kulm. Die Meinung, dass er den Kaiser erwartete, hat viel für sich; den Truppen liess er dessen Kommen zum wenigsten verkünden, und befahl, wie es in solchem Falle bei den Franzosen üblich war, am nächsten Morgen in ganzer Parade zum Empfange des Kaisers und zur Schlacht bereit zu seyn. Der Fürst erkannte noch am Abend des 29. Stärke und Stellung des Feindes. Die östreichischen Divisionen Colloredo und Bianchi zog er in der Nacht von Dux näher an das Schlachtfeld. Den General Kleist, der mit seinen Truppen sich noch auf dem Erzgebirge befand, liess er zur Beihülfe an der Schlacht einladen, die er am nächsten Tage zu liefern entschlossen war. Er machte nun die nöthige Anordnung in Bezug des Angriffes, vermög welcher Vandamme auf seinem linken Flügel umgangen, zwischen Kulm und das Gebirge eingeengt, und aufgerieben werden sollte, und, den Irrthum Barklay's zu versöhnen, übertrug er eben ihm die Leitung an diesem ruhmvollen Tage.

Der Gewinn der Schlacht von Kulm war von unberechenbaren Folgen; nicht allein um des Verlustes wegen, den der Feind erlitt; sondern auch der Innigkeit willen, mit welcher er die Sieger verband. Nach den Vorfällen bei Dresden war der Sieg von Kulm der öffentlichen Meinung nothwendig, vielleicht unentbehrlich geworden.

Im Allgemeinen blieb das strategische Verhältniss der gegenseitigen Aufstellungen nach der Schlacht vor Dresden dasselbe, wie vor derselben; aber das Verhältniss der gegenseitigen Mittel hatte sich durch dieselbe gewaltig geändert. Die Nothwendigkeit, in der sich Napoleon befand, die Hauptstärke seiner Truppen nach Dresden zu ziehen, verringerte die Kraft der gegen den Kronprinzen von Schweden und gegen Blüchern entsendeten Abtheilungen. Beide Feldherren benützten den günstigen Augenblick; die Siege von Grossbeeren und an der Katzbach wurden errungen, und während Napoleon noch unschlüssig war, wohin er sich wende, hatte das böhmische Heer die 30,000 Franzosen unter Vandamme vernichtet, und vor den Waffen der Nordarmee beugten sich die fränkischen Adler wenige Tage darauf auf den Feldern von Dennewitz.

So war in einem Zeitraume von vierzehn Tagen das französische Heer um 80,000 Mann geschwächt. Hätte eine Hauptschlacht in dieser Zeit dieselbe Wirkung gehabt? — Kaum! — Wollte man sicher gehen, so mussten dem Adler erst die Flügel gebrochen werden, bevor man ihn fasste.

Das französische Hauptheer gab in dem Zeitraume von der Schlacht vor Dresden bis zu jener von Leipzig ein merkwürdiges Beispiel der Beweglichkeit, welche geübten Truppen inwohnen kann; aber, wie an Ketten liegend, war diese Thätigkeit unzureichend. Napoleon konnte sich des Glaubens nicht erwehren, es werde endlich das eine oder andere der vereinzelten Heere seiner Gegner sich dennoch zur Schlacht hinreissen lassen. Das war es, was er wünschte; dahin zielten die, mit bewunderungswürdiger Schnelligkeit ausgeführten Märsche. Aber an der Strenge, mit welcher die verbündeten Feldherrn an dem Kriegsplane hingen, scheiterten alle seine Anstrengungen. Diese Beharrlichkeit machte ihn vergeblich Kräfte und Zeit verlieren, und reifte endlich seine Niederlage. So sehen wir ihn in den beiden ersten Tagen des Septembers im Vormarsch gegen Böhmen. Da vernimmt er, dass Blücher, seinen Sieg über Macdonald benützend, schon in die Lausitz breche. Noch in der Nacht zum 3. geht er mit allen seinen Garden, und was er an Truppen entbehrlich glaubt, bei Königstein über die Elbe, und während Blücher am 4. die Trümmer des Feindes bei Hochkirch angreift, erscheint Napoleon plötzlich, und bereitet sich vor, das Nachhutsgefecht in die ersehnte Schlacht zu umwandeln. Aber Blücher bricht mit Klugheit ab, und geht hinter die Neisse und bis über die Queiss zurück. Indessen sendet der Fürst auf die erste Nachricht von dem Marsche des Kaisers die Vortruppen aller Abtheilungen nach Sachsen, und, da man diess nicht für genug hält, so bricht er mit 60,000 Mann durchaus östreichischer Truppen nach Leitmeritz auf, um über Rumburg den Kaiser in der rechten Seite zu fassen. Dieser vernimmt kaum den Einfall in Sachsen, so führt ihn seine Hoffnung wieder blitzschnell nach Dresden. Am 6. noch mit Blüchern beschäftigt, ficht er zwei Tage darauf schon wieder auf der Stras-

se von Dresden nach Pirna, und als ihm jetzt
die Meldung von dem Marsch in der Richtung
nach Rumburg zukömmt, so beschliesst er auch
schnell den Einbruch nach Böhmen, um den zurückgelassenen Theil des böhmischen Heeres
zu schlagen, bevor er unterstützt werden könne.
Doch schon am 7. war Schwarzenberg von der
Rückkehr des Kaisers berichtet. Die 60,000 Östreicher hielten, und wandten sich um. An die
Vortruppen in Sachsen erging der Befehl zum
langsamen Rückzug. In den verschanzten Engpässen des Erzgebirges empfängt man den
Feind, bereit, ihm den Einbruch zu verweh-
ren, ihn anzugreifen, wenn er mit verhältnissmässig geringeren Streitkräften in die Ebene
dränge, oder sich hinter die Eger zu ziehen,
wenn taktische Nachtheile den strategischen
Vortheil überwiegen sollten. Die Gefechte vom
10. und 11. bedeckten die verbündeten Truppen mit Ruhm. Noch flammen in der Nacht
zum 12. die Wachfeuer der Franzosen auf den
Gipfeln des Gebirges. Herab von ihren Höhen
das Thal von Töplitz und die ganze Aufstellung der Verbündeten weithin übersehend,
haben sie am 12. den peinlichen Anblick des

Festes, das die Souveraine von dem ganzen, in Waffen stehenden Heere, des Sieges von Dennewitz wegen, feiern lassen. Napoleon wankt in der Hoffnung, den Marsch in's Thal zu erzwingen. Seine Garden schickt er nach Dresden. Er ruft sie, als sie kaum dort angekommen sind, wieder nach Pirna zurück, da ihm in der Heftigkeit der Verfolgung die Hoffnung einer Schlacht abermals leuchtet. Mit Aufbietung aller Anstrengung wird der Versuch, in Böhmen einzudringen, wiederholt, und glückliche Vorgefechte am 15. und 16. sind dem Feinde günstige Zeichen. In der Nacht zum 17. stellt der Fürst das gesammte Heer zur Vertheidigung der Ebenen in Schlachtordnung auf. Das erste Treffen bildet eine zusammenhängende Linie; die übrigen Treffen stehen in geschlossenen Abtheilungen dicht hinter dem ersten. Die Angriffe des Feindes bei Nollendorf am entscheidenden Tage misslingen. Auf zwei Kuppen des Erzgebirges stehen sich der Fürst und Napoleon gegenüber, und beobachten sich gegenseitig. Dieser wandte sich plötzlich, und scherzend sagte der Fürst zur Umgebung: „Nun hat er den Entschluss, in Böh-

„nen einzubrechen, für immer aufgegeben."
Aber es war auch so. Am 19. kehrt Napoleon
nach Pirna zurück, wo er noch am 20. ver-
weilt; dann geht er wieder Blüchern entgegen, der indessen, dem Plane gemäss, bis
über Bautzen vorgerückt war. Kaum sieht sich
der preussische Heerführer von Napoleon angegriffen, so macht er Anstalten zum Rückzug,
und der französische Kaiser kehrt am 24. zum
zehnten Male verdrüsslich und erschüttert
nach Dresden zurück.

Was die Stellung von Dresden dem Feinde, das war die Stellung von Töplitz dem Fürsten. Manche glaubten damals, man thue nicht
gut daran, sie zu halten, und so hatte der Fürst,
bald nach Übernahme seines schweren Amtes, schon manche nicht ermuthigende Prüfung zu bestehen. „Wenn ich die Fäden des
„ganzen Gewebes, wie sie jetzt liegen in mei-
„ner Hand, hinübertragen könnte in eine
„fremde, ich thäte es, und ginge." So sagte
er damals; aber seine Festigkeit überwand,
und der Erfolg rechtfertigte ihn noch zur
rechten Zeit. — Für die Stellung von Töplitz
sprachen am gewichtigsten Napoleons Äusse-

rungen selbst, die man nach der Hand aus
dem Munde eines gefangenen französischen
Generals vernahm. Sie bestätigten den strategischen Werth; der taktische konnte von Niemand bezweifelt werden.

So viele blutige Treffen, so viele erschö-
pfende Gewaltmärsche, hatten endlich die
Stärke des französischen Heeres zu einem
Grade verringert, dass die Zeit herangenahet
war, es nun mit vereinten Kräften anzugreifen. Schwieriger schien die Aufgabe, dasselbe
bis zur Ausführung des Schlages festzuhalten.
Der Kronprinz von Schweden hatte den ver-
abredeten Marsch nach Leipzig noch nicht
bewirkt, und die Bewegungen, welche zur
Umfassung des französischen Heeres nöthig
waren, konnten dieses vor der Zeit zum Rückzug über die Saale bewegen. Aber fest hielt
Napoleon an die Elbe. Die Vortheile der Stellung von Dresden fesselten ihn, und als Ursache
des zurückhaltenden Benehmens der Verbündeten nur die Scheu, in offener Schlacht ihm zu
begegnen, voraussetzend, verkannte er den
Zweck desselben gänzlich. Schon am 13. September wollte der Fürst mit dem grösseren Thei-

le des böhmischen Heeres über Zwickau und Chemnitz die Erfurter Strasse gewinnen. Damals hielten ihn die Angriffe des französischen Kaisers von der Ausführung dieses Vorhabens noch ab, und alles was er thun konnte, war, Sachsen bis über die Saale mit Streifabtheilungen zu überschwemmen. Als am 25. Benningsen, von der Oder herbeigerufen, mit dem polnischen Heere bei Leitmeritz erschien, durch ihn und Barklay nunmehr Böhmen hinlänglich gedeckt war, so wurde der beabsichtigte Marsch nicht länger verzögert. Während Blücher, voll Kühnheit im Entschlusse und Übereinstimmung mit dem Ganzen, gegen Wittenberg sich wandte, und durch eine herrliche Waffenthat über die Elbe sich Bahn brach, waren bereits 150,000 Verbündete unter dem Befehle des Fürsten von Chemnitz bis Altenburg aufgestellt, und so der Feind auf beiden Flügeln umgangen. Nun war Napoleon gezwungen, seinen Anhaltspunkt loszulassen. Er hatte lange gezögert; jetzt, wo er es nicht länger konnte, sehen wir ihn mit der früheren Thätigkeit beharrlich.das frühere Ziel, die einzelnen Theile einzeln zum Schlagen zu zwingen, verfolgen. Während er dem böhmischen Heere den König von Neapel mit 40,000 Mann entgegenwirft, wendet er sich mit 120,000 Mann gegen das schwächere schlesische. Dieses, vereint mit der Nordarmee, weicht ihm abermals, und zwar durch den Marsch hinter die Saale aus: diese Bewegung, einem Siege an Werth zu vergleichen, fesselt den Feind an die Ebene von Leipzig. Nun ist Napoleon entschlossen, den Schlag auf das böhmische Heer zu versuchen. Während er zwei seiner Marschälle nach Wittenberg und Dessau sendet, Gerüchte von einer beabsichtigten Bewegung nach Berlin, von einer gänzlichen Veränderung seiner Basis, ausstreuen lässt, rückt er endlich am 14. Oktober in das verhängnissvolle Leipzig. Zwei Stunden darauf weiss es der Fürst. Auf beiden Ufern der Elster und Pleisse breitet sich im Bogen das böhmische Hauptheer aus, das immer mehr und mehr den Raum beengt, den der Gegner in vergeblichen Gefechten gegen Süden zu erhalten strebt. Der Fürst wollte früher, als Napoleon noch gegen Blüchern stand, die Mehrzahl seiner Truppen gegen die Saale schieben, und

dort mit diesem sich vereinigen. Jetzt aber,
da er die Ankunft des Kaisers in Leipzig
vernahm, und der Anblick der enggedrängt
aus der Stadt ziehenden französischen Massen ihm dessen Absicht errathen lässt, wi-
derruft er die bereits hinausgegebenen Befehle; Offiziere eilen zu Blüchern und zu dem
Kronprinzen von Schweden, um Beiden mit-
zutheilen, dass er gesonnen sei die Schlacht
am 16. zu geben, und Beide zur Mitwirkung
einzuladen.

So war denn die Frucht zur Reife gebracht,
und die Zeit der Ernte da. Napoleon scheint
gleichmässig vom Tage der Eröffnung der
Feindseligkeiten bis zu dem jetzigen, von dem
Vortheile fest gehalten worden zu seyn, den
eine Stellung im Vereinigungspunkte der An-
griffslinien getrennter Gegner dem Vertheidiger verspricht. Seine Absichten scheiterten im
August und September: weil ihre Ausführung
auf zu weite Entfernung unternommen wurde,
und die Gegner klug genug waren, zu erkennen, dass eben ein voreiliges Schlagen mit
vereinzelten Kräften das Einzige war, was ihn
retten konnte. Sie scheiterten in den letzten

Tagen des Septembers und in den ersten des Oktobers, obwohl die geringe Entfernung nach Bautzen und Düben nun leichter Überraschung und Vernichtung zuliess: weil Blücher zu sehr auf seiner Hut war; und wie sollte dieser auch von dem bis jetzt befolgten Plane lassen, wo ihm die Früchte desselben so deutlich vor Augen lagen? Und so sollte Napoleons Bestreben, die Verbündeten theilweise zu schlagen, auch auf dem Felde von Leipzig zu nichte werden, weil die Anordnungen dieser Theile zu innig in einander griffen, und sie selbst einander zu nahe standen, um dem Gegner Zeit zur Ausführung zu lassen.

Die Schlacht von Leipzig ist oftmals beschrieben worden. Ob aus dem Gesichtspunkte, aus dem sie die Feldherren sahen, und der allein in der scheinbaren Verwirrung des Kampfes den waltenden Geist der Ordnung schauen lässt, ist wohl erlaubt zu bezweifeln. In unser Gemälde gehört das Einzelne nicht. Im Blick auf das Ganze begegnen wir einem ähnlichen Geiste, wie er in allen Anordnungen des Feldmarschalls bis dahin und nachher herrschte. Dieselbe Umsicht, dieselbe

Ruhe, dasselbe Festhalten des Hauptzweckes jetzt, da das Schlachtfeld kaum einige Meilen fasste, wie vormals, da es über Länder sich ausbreitete. Wie Napoleon bis dahin strategisch in jeder seiner Bewegungen gelähmt wurde, und nie zur Ausführung dessen, was er wünschte, kommen konnte: so auch hier; und wie die Nothwendigkeit, in die man ihn gesetzt hatte, bei Leipzig zu schlagen, ein strategischer Sieg war, so folgte aus den ähnlichen Massregeln jetzt der taktische.

Wenn Friedrich bei Rossbach über 80,000 Mann mit 22,000 einen entscheidenden Sieg erfocht; wenn er, wenige Wochen darnach, mit kaum 30,000 Mann 86,000 treffliche Soldaten, durch seinen überwiegenden Geist bei Leuthen auf das Haupt schlug: waren 170,000 Mann in der schlachtenerfahrenen Hand des französischen Kaisers gegen 300,000 Verbündete, wovon das Dritttheil am 16. noch gar nicht in der Linie stand, so unbedeutend, dass man sie, wie Einige im Wahne stehen, nur geradezu erdrücken konnte? — Was der Geist werth ist, haben uns die grossen Feldherren aller Zeiten gezeigt, und wer wäre klein genug, Buonaparten diesen abzusprechen? Schon vor dem Feldzuge von 1809 setzte ein Diplomat, der dem russischen Kaiser eine Vergleichung aller geistigen und materiellen Kräfte, die Frankreich sowohl als dessen Gegnern zu Gebote standen, in Zahlen ausgedrückt vorlegte, darin den einzigen Mann Napoleon 100,000 Soldaten gleich. Der Vortheil der Einheit ist unberechenbar, und in dem Treiben der Schlacht noch fruchtbringender, als in strategischen Bewegungen, wo der Gegner, wenn er anders klug ist, noch meist die Zeit zur Ausgleichung irgend eines Missgriffes finden wird. Diese Einheit, dieser Vortheil der unbeengten Leitung, war bei Leipzig ganz auf Napoleons Seite. Der Muth seiner Truppen und ihre Geübtheit gab denen der Verbündeten nicht im Geringsten nach: seine Stellung war taktisch nicht ohne Vortheile, seine Kräfte endlich nicht so unansehnlich, wie Zahlenvergleicher meinen; denn 170,000 Mann in der Hand eines grossen Feldherrn sind eine Kraft, hinlänglich, um Kaiserthrone umzuwerfen und den Bau von Jahrhunderten zusammen zu stürzen. 170,000 Mann sind auch weit mehr als zweimal 85,000 Mann; denn ein anderes Gesetz der Reihe befolgt bei vermehrter Zahl die vermehrte Kraft, und während jene geometrisch wächst, möchte diese bis zu einer gewissen Höhe nach Potenzen steigen.

Eben darum, weil es sich hier nicht um eine unentschiedene Schlacht, nicht um einen vorübergehenden Sieg allein handelte, sondern weil der Augenblick, der jetzt kommen sollte, gleichsam die Blüthe aller vorhergegangenen Bestrebungen, das nie wiederkehrende, durch seine Benützung für Alles entschädigende, oder für immer verlorene Ziel war, bestand der Fürst darauf, alle nur immer verwendbaren Truppen heranzuziehen. Nur seinem ausdrücklichen Verlangen ist es zuzuschreiben, dass am 16. die russischen Kerntruppen nicht mangelten, die man als überflüssig, anfänglich in Altenburg zurücklassen wollte.

Die Schlacht vom 16. hatte nur zwei gefährliche Augenblicke; der eine, als Napoleon um die Mittagsstunde von Wachau aus mit zwei Divisionen der jungen Garde, dem ersten Reiterkorps und mit 150 Kanonen den linken Flügel der diessseits der Pleisse stehenden verbündeten Truppen angriff, und gleichzeitig durch die übrige Garde, das zweite Reiterkorps und den eilften Heerestheil unter Macdonald den rechten Flügel derselben umgehen wollte. Offiziere, auf dem Thurm von Gautsch zur Beobachtung aufgestellt, meldeten zuerst die Vorbereitungen und Bewegungen des Feindes, die auf diesen Hauptangriff deuteten. Während Graf Barklay, dem der Fürst alle auf dem rechten Pleisseufer fechtenden Truppen untergeordnet hatte, mit diesen den Feind zu empfangen sich bereit machte, zog Schwarzenberg die östreichischen Unterstützungstruppen, die zwischen der Elster und Pleisse standen, ebenfalls auf das rechte Ufer dieses Flusses. Der Angriff der Franzosen gegen den linken Flügel Barklay's geschah mit eben so viel Kraft als Einsicht. Die russischen Grenadiere konnten dem Andrang zwar stehen; aber sie brachen ihn nicht. Die französischen Gardedragoner, vereint mit polnischen Lanzenreitern stürzten, geführt durch den kühnen General Letort, der späterhin bei Chärleroi fiel, zwischen den Vierecken vor, und gerade gezen Gröbern, den Bindepunkt zwischen beiden Ufern der Pleisse. Einige Minuten früher, und die östreichischen Unterstützungstruppen erreichen im entscheidensten Augenblicke nicht mehr das rechte Ufer. Aber in eben diesem Augenblicke brechen die östreichischen Kürassiere unter dem Feldmarschall-Lieutenant Grafen Nostitz aus Gröbern heraus. Ohne anzuhalten, ohne eine jetzt viel zu kostbare Zeit zum Anschliessen und Ordnen zu benöthigen, fallen sie auf die französische Reiterei, und werfen sie gänzlich. Sie stossen auf die in dichten Massen nachrückenden Garden, die vielleicht die Absicht hatten, durch die Wegnahme von Gröbern die Schlacht zu entscheiden. In diese hauen die Kürassiere alsobald ein, und zwingen sie zum Rückzuge. So ist der Angriff auf diesem gefährlichsten Punkte der Stellung abgeschlagen; die Franzosen werden bis in ihre Linie von den Kürassieren verfolgt; die östreichische Division Bianchi, zu den Unterstützungstruppen gehörig, bewerkstelligt ihren Übergang, rückt aus Gröbern längs dem rechten Ufer vor, und fasst, da der Kampf indessen gegen die Mitte am heftigsten entbrann-

te, die aus Wachau vorrückenden feindlichen
Streitmassen in der Seite.

Jetzt trat der zweite gefährliche Augenblick ein. Napoleon, durch die Kraft, mit welcher der Angriff auf den linken verbündeten
Flügel abgeschlagen worden war, gegen die
Mitte sich zu wenden bewogen, liess sein hinter Wachau stehendes Fussvolk Kolonnen bilden, warf die verbündeten Abtheilungen, die
eben Wachau angriffen, zurück, und während
er ihnen mit seinen Kolonnen und 16o Geschützen heftig nachdrängte, stürzte zu seiner
Linken der König von Neapel an der Spitze
von 10,000 Pferden gegen die Mitte der Verbündeten vor, jagte zwischen den Vierecken
derselben hindurch, nahm an Geschütz, was
er fand, und warf die russische leichte Garde
zu Pferd, die ihm entgegen kam, über den
Haufen. Flüchtige und Sieger eilten gegen
Gossa; die verbündete Mitte war durchbrochen; der französische Kaiser rückte mit seinem Fussvolk gegen die im doppelten Feuer stehenden Massen derselben heran. Die Schlacht
schien verloren.

Ein an sich untergeordneter Umstand war

es, auf den Schwarzenberg im damaligen Augenblicke der grössten Gefahr zunächst seine
Hoffnung baute. Oftmals hat er davon in späteren Tagen Erwähnung gethan; und als er
im Jahre 1820 das Schlachtfeld wieder besuchte, stieg von allen Erscheinungen der
Schlacht diese am lebendigsten vor ihm empor.
Murat war mit jener ungeheuren Reitermasse,
unter deren Gewichte die Erde zu erzittern
schien, schon von Wachau aus im schnellsten
Ritte vorgebrochen; über Sturz- und Stoppel-
felder flog die Masse mit losem Zügel hin;
aber obschon selbst der Eindruck dieser Eile
für sie focht, und Alles vor ihr zu brechen
schien, so sagte der Feldmarschall, mit Rei-
terdienst aus früher Zeit bekannt: „Sie sind
„athemlos, wenn sie da seyn werden; ihre
„beste Kraft geht verloren,” und der Erfolg
hat das Treffende dieser Bemerkung bestätigt.
Als Murat dennoch die russische Gardereite-
rei, gegen die Erwartung des Fürsten, und vielleicht nur, weil er sie eben in der Bewegung
des Aufmarsches fand, geworfen hatte, und
der Feind bereits hinter dem ersten Treffen
der Verbündeten anzuhalten und sich zu bil-

den anfing, gab der Fürst doch die Hoffnung nicht auf, ihn durch Reiterei zu werfen, obwohl er ihm in diesem Augenblicke nur die Minderzahl entgegen führen konnte. Zunächst wandte er sich an die beiden Monarchen, den Kaiser von Russland und den König von Preussen, an deren Seite er eben stand, da der Feind kaum noch einige hundert Schritte entfernt war, und bat sie, sich rückwärts zu begeben, ihm aber zu erlauben, dass er sie verlasse, „indem es seine Pflicht sei, in solch dunk„len Augenblicken der Schlacht persönlich „die Ordnung herzustellen." Er zog den Degen, und sprengte hinab nach der Schlachtlinie *). Er führte die wenigen Schwadronen der russischen Garde, welche die Begleitung der Monarchen ausmachten, selbst in den Feind. Dieser, durch die wieder gesammelten russischen leichten Reiter, durch preussische Kürassiere und Dragoner gleichzeitig angefallen, wich, und stürzte zwischen den Vierecken des Fussvolks mit grossem Verluste zurück. Einstweilen zog der Fürst auch schnell die Unterstü-

*) Auch: Plotho, II. 378.

tzungen heran, die seine Vorsicht der Zuversicht abgerungen hatte. Mit unerschütterlicher Ruhe ritt er nunmehr an der wiederhergestellten Schlachtlinie hinauf, über die der Feind nur vertheidigungsweise allen Hagel des Geschützes ausgoss, und die beabsichtigten Angriffe aufgab.

Der 16. Oktober gewährte den Verbündeten die Vortheile nicht, die sie bei einem mehreren Zusammengreifen ihrer Kräfte errungen haben würden. Blücher hatte ganz die Erwartung erfüllt. Dagegen erschien der Kronprinz von Schweden, vielleicht durch die Scheinbewegungen der Franzosen gegen Dessau irre geführt, an diesem Tage in der Linie nicht, wie der Fürst wohl gewünscht hatte.

Dennoch war es der 16. Oktober, der Napoleons Niederlage entschied, und den Stab über ihn brach. Er hatte bei Leipzig die Verbündeten zu erwarten beschlossen, um mit ganzer Kraft über denjenigen Theil derselben herzufallen, der zuerst erscheinen würde. War dieser Schlag gelungen, so nahm der ganze Feldzug eine andere Wendung, die Plane seiner Gegner waren zertrümmert, und Napoleon, an der Spitze seines vereinten Heeres, hatte eine Siegesbahn vor sich geöffnet, an deren Ende vielleicht für ihn der ruhmvollste Friede, für seine Gegner die empfindlichste Demüthigung harrte. Nun erscheinen wirklich, wie Napoleon voraussah, am 16. nur Theile des gesammten verbündeten Heeres: das schlesische und das böhmische. Er wirft sich auf dieses, als das stärkere. Der Augenblick der Entscheidung ist da. Aber in fruchtlosen Kämpfen geht er vorüber. Die letzte Hoffnung des Kaisers scheitert; denn das böhmische Heer steht seinem Angriffe. Er siegt nicht, und entschieden ist es, dass er erliegen werde.

Der Fürst hielt am 17. jede Stunde, in welcher der Angriff verschoben wurde, für eine verlorne. Aber noch fehlte ihm Nachricht, in wie ferne der Kronprinz seiner Einladung zu folgen gedenke, und erst wollte er Benningsen, Colloredo und Bubna erwarten, die, schon an dem Tage in Marsch gesetzt, da Napoleon zum letzten Male Dresden verlassen hatte, nun 40,000 Mann den Verbündeten zuführten. Der Fürst berief Nachmittags sämmtliche Feldherren auf den Hügel von Gossa, und als er hier die Meldung von dem Heranrücken der Truppen, und die Nachricht erhielt, dass der Kronprinz bereits auf den Höhen von Breitenfeld aufmarschire, so gab er in Gegenwart der Monarchen die Anordnungen und Befehle für den Tag der Entscheidung.

Dieser weltgeschichtliche Tag, der 18. Oktober, brach an; die Treffen ordneten sich; der Fürst war auf dem Schlachtfelde. Er ritt von Führer zu Führer, von Abtheilung zu Abtheilung; und endlich, nachdem er von den Höhen bei Gossa die feindliche Stellung sehr nachdenkend und ernst besehen hatte, gab er um sieben Uhr des Morgens das Zeichen zur Schlacht. Der Donner von tausend Geschützen erschallte auf der menschenbedeckten Ebene. Die Massen bewegten sich ihrem Ziele zu; der wilde Kampf war im ganzen Umfange von Leipzig losgelassen: doch die scheinbar ungeregelten Kräfte dienten gehorsam dem leitenden Geiste. Die Ruhe des Fürsten im Überblicke des Ganzen blieb unerschütterlich. Unbefangenheit und Zuversicht waren auf seinem Antlitz. Ohne Zeichen von Mühe betrieb er das grosse Werk. Er errieth die Gefahr in

ihrem Werden, und wo sie war, hatte er
schon die Mittel herbeigeführt, ihr zu begegnen. Ein strenges Gesetz der Ordnung sehen
wir durch alle Angriffe walten, welches den
Zufall beinahe gänzlich aus der Reihe der wirkenden Kräfte ausschliesst. Kein ausser der
Zeit liegender Vortheil, oft nur das kurze Vorspiel einer Niederlage, verlockt. Schritt für
Schritt, aber unaufhaltsam, rückt die Schlacht
ihrem Ziele zu.

Schwarzenberg befand sich Nachmittags
die grösste Zeit hindurch mit den drei Monarchen bei der Ziegelscheune von Meusdorf,
links der Strasse von Borna nach Leipzig, auf
einem Hügel, den die Bewohner der Umgegend seither mit dem Namen des Monarchen-
hügels belegten *). Von dieser Höhe aus hatten die Monarchen den erhebenden Anblick
der Tapferkeit ihrer Truppen. Als es Abend
wurde, berief der Fürst die sämmtlichen Feldherren des Hauptheeres, ,,um ihnen münd-

*) Denselben, welchen der sächsische Major von
Winkler, als Besitzer, nach des Feldmarschalls
Tode der Familie des Erlauchten in Erbpacht
übergab.

„lich zu eröffnen, was er auf Morgen beschlos-
„sen habe. Und die Abendsonne, wenig Mi-
„nuten vor ihrem Untergange, überglänzte jetzt
„das seltene, noch nie gesehene Ganze. Rings
„umher um die alte Stadt die unermesslichen
„Kriegsheere; rings umher donnerte zahllo-
„ses Geschütz, und rückwärts standen noch
„beinahe 100,000 Mann kampfbegieriger Re-
„serven, die noch nicht Theil genommen an
„der unerhörten Schlacht. Die eiligen Boten
„des Sieges und der errungenen Vortheile von
„verschiedenen Punkten der Schlacht folgten
„schnell auf einander. Auf jedem Angesicht
„glänzte die Freude und Hoffnung des nahen
„entscheidenden Sieges; sie hob mächtig die
„Brust der hohen Versammlung" *).

Die Schlacht war von Nachmittags drei Uhr
an als gewonnen zu betrachten, und der Fürst
beorderte Abends schon einige Abtheilungen
vom Schlachtfeld weg, gegen die Rückzugsstrasse des Feindes. In der Nacht begannen
die französischen Truppen enggedrängt diese
Strasse zu füllen.

*) Von Plotho, Krieg in Deutschland und Frank-
reich etc. II. 414.

Der 19. Oktober war kein Tag des Kampfes mehr, wo um den Sieg gerungen wurde; es war der Tag der Niederlage des Feindes. Stürmend drangen die Verbündeten von allen Seiten in die Stadt. Was vom Feinde sich noch vertheidigte, gab sich nur heldenmüthig zum Opfer für die Übrigen hin, die flüchtig das Schlachtfeld verlassen hatten. Der Anblick des Erfolges, die Früchte des Sieges übertrafen jede Voraussetzung. Noch war die Stadt von feindlichen Truppen nicht ganz geräumt; noch überfüllt von der Menge, welche nicht mehr über die Elster zu fliehen vermochte; noch vom feindlichen Feuer beherrscht; als schon die Monarchen den Einzug hielten, mit Jubel und rührender Freude von den Bewohnern empfangen. Der Major eines Bataillons feindlicher Truppen, das in der Peterstrasse aufmarschirt stand, ritt auf den Fürsten zu, und mit gesenktem Degen erklärte er sich, der Vergeblichkeit des Widerstandes überzeugt, für seinen Gefangenen. Die Monarchen zogen vorüber an der seltsamen Erscheinung eines feindlichen Bataillons, das ihnen in Ehrfurcht die üblichen Ehrenbezeigungen erwies. —

So war die grosse Schlacht geschlagen; entscheidend, wie Feldherrn schlagen, die es sind. Hunderttausende jubelten rings um die wunderbar erhaltene Stadt, und Boten flogen nach den entferntesten Punkten des Welttheils, um auch dorthin die grosse Kunde zu tragen, und alle Völker in Jubel zu vereinen. — Und was that der Fürst, der dieses Jubels Schöpfer war? — Die ganze Grösse des Augenblicks stand vor seiner Seele, und Wolken umzogen seine Stirne. —

Die anwesenden Monarchen beeiferten sich, dem Fürsten die Anerkennung der Dienste zu beweisen, die der Schlag bei Leipzig so herrlich an's Licht rief. Der Kaiser von Östreich gab ihm das Grosskreutz des Theresien-Ordens. „Der Kaiser von Russland und der König „von Preussen, umgeben von einer grossen „Anzahl Generale und Offiziere aller Kriegs-„heere, wandten sich zu dem kommandiren-„den General Feldmarschall Fürsten Schwar-„zenberg, ihm freudig reichend den russischen „heiligen Georgs-Orden erster Klasse, und den „preussischen schwarzen Adler-Orden, und „ihn bittend: diese öffentliche Zeichen seiner

„Verdienste, und ihrer Dankbarkeit anzuneh-
„men, wünschten sie ihm Glück: einen sol-
„chen Sieg erfochten zu haben, über den so
„viele Völker jauchzen, und der seinen Na-
„men in späten Jahrhunderten verherrliche."

„Da sprach der Oberfeldherr: wie er nur
„Geringes beigetragen; den Befehlen der Mo-
„narchen, die er treu erfüllt, den Feldherren
„und den Kriegsheeren sei der Sieg zu dan-
„ken, und so gebühre der Ruhm nicht ihm.
„Er sei hoch belohnt durch die Zufriedenheit
„der Monarchen, und dass Deutschland, auch
„sein Vaterland, befreiet, und eine schöne
„Zukunft nahe sey."

„Also den grossen Feldherrn mit den er-
„habenen Monarchen in wahrhaft edler Grös-
„se wetteifern zu sehen, erfüllte die Anwesen-
„den mit Bewunderung und hoher Rührung" *).

An diese aus dem Innersten des Fürsten
hervorgegangenen Worte, die uns schon Plotho
überliefert, wollen wir eine Thatsache gleicher
Art reihen. Mitten im Tumulte der Schlacht
vom 16., als das ungeheure Gewicht der Frage,

*) Plotho, der Krieg in Deutschland und Frank-
reich etc. II. S. 417, 418.

die auf dem Boden, auf dem man jetzt stand,
gelöset werden sollte, auf einmal riesengross
vor den Geist des Fürsten trat, die ganze Zukunft mit ihren Folgen gestaltenreich an ihm
vorüberzog, und er mit einem Gefühl des
Schauers jetzt bedachte, dass alles diess in seinen Händen lag; — damals wiederholte er sich
das Versprechen geheim im Herzen, gerne jedem Ruhme zu entsagen, wenn sein Arm den
Sieg erringen würde. Daher die Sehnsucht,
sich zurückzuziehen; daher die Scheu, mit
der er Lobpreisungen entfloh; daher das Missbehagen, das sich in seinen Zügen mahlte,
wenn Liebe und Freundschaft ihn oft sorg-
los gegen sein eigenes Verdienst schalt. Aber,
dass solch Gelühde in solchem Augenblicke
ihm möglich war, — braucht es mehr, um seines Herzens Grund uns aufzudecken?

Bescheidenheit zu üben, wo es sich der
Mühe verlohnt, wo sie wirklich zur Entsagung
wird, ist eine weit seltenere Tugend, als es
der Menge scheint. Grosse Verdienste sind ge-
waltige Dränger in dieser Welt des Putzes, wo
Jeder sein Thun zum höchsten Preise geltend
machen will. Die Hand, die stark genug war

sie zu erwerben, ist meistens kraftlos sie zurück zu halten; und darum wird eben zur Quelle des Hasses oft, woraus nach dem Gesetze der Wahrscheinlichkeit nur Liebe für uns fliessen sollte. Die Geschichte ist voll dieser Beispiele, und der Undank der Völker, wie der Einzelnen, gegen ihre Retter, wovon sie uns so viel erzählt, hat seinen Ursprung meistens darin, dass Männer, welche Verdienste zu erringen wussten, nicht eben so geschickt waren, sie zu ertragen.

Nur wer das Glück gehabt, näher und länger um den verewigten Fürsten gestanden zu haben, die Gleichmässigkeit seiner Gesinnung zu erfahren, und seinen, der leisesten Berührung empfänglichen Sinn zu erkennen: nur der wird jene Grundstimmung seines Wesens richtig erfassen, die ihn zum geeignetsten Werkzeug der Vorsehung, zum Schutzgeist des Bundes machte. Wie dürftig steht jene Alltagsgüte, der matte Schein, mit dem die Unvernunft wie die Trägheit schillert, neben jener hellen reinen Flamme da, mit der sie nichts als den Namen durch einen spottartigen Missverstand gemein hat. Wir wollen diese Züge nicht weiter ausführen, —

in dem Wesen des Verewigten wie klar und
deutlich zu erkennen; hier aber, herausgeris-
sen und vereinzelt, wie schwer zu geben! —
Der Fürst hielt es nicht für unmöglich, dass
Napoleon hinter Erfurt eine zweite Schlacht
wage. Nicht als dürfte dieser dadurch hoffen, dem gesammten verbündeten Kriegsheere
Trotz zu bieten; wohl aber um über irgend
einen bedeutenden Theil desselben Vortheile zu erringen. Eine ungeordnete Verfolgung
(Napoleon rechnete vielleicht darauf) konnte
ihn hiezu einladen, und es lag solch überra-
schendes verwegenes Benehmen im Unglücke
so ganz im Charakter des französischen Kaisers. Der Fürst benahm ihm hiezu die Gelegenheit, indem er seine Streitkräfte stets in
der Hand hielt, dem höheren Zweck auch
jetzt die unwesentlichen Vortheile aufopfernd.
Manches Versäumniss der einzelnen Abtheilungen in Benutzung von Zeit, Raum und Umständen, hatte zwar während der Verfolgung
sowohl, als vor und selbst während der
Schlacht von Leipzig, gegen den Willen des
Fürsten statt, dem natürlich die Ausführung
solcher Einzelnheiten nicht oblag, und dem

die höhere Rücksicht der Erhaltung des guten
Einvernehmens unter den verschiedenen Feldherren und Truppen oft zu übersehen gebot,
was er sah, und besonders jeden Eingriff in
die von ihm selbst bezeichneten Wirkungs-
kreise der Feldherren versagte, deren unver-
letzte Stimmung und aufrichtige Theilnahme
des Enderfolges unerlässlichste Bedingung war.

Da der Fürst nicht zweifeln konnte, dass
Napoleon von der Bewegung der östreichisch-
bairischen Truppen unter Wrede berichtet
sey, so folgte nothwendig daraus die Vermu-
thung, es werde der Kaiser die offene Strasse nach Coblenz der gesperrten nach Mainz
vorziehen. Daher die Richtung, die er Blüchern und Wittgenstein gegen die Lahn gab,
während er selbst nach dem Main sich wandte.
— Er besichtigte das Schlachtfeld von Hanau,
wo vor wenig Tagen Östreicher, Baiern und
Franzosen sich so heldenmüthig geschlagen
hatten; dann begleitete er den Kaiser von Östreich in die alte Wahlstadt der römischen Kaiser, Frankfurt. Der Jubel, der hier den Kommenden entgegen schallte, lässt jede Beschrei-
bung hinter sich. Es war mehr als Siegesjubel;

es war die Begrüssung des Monarchen, der hier zuletzt die tausendjährige Krone erhalten hatte. Alexander, Tags zuvor schon in Frankfurt eingetroffen, kam seinem hohen Verbündeten bis zum Schlage entgegen. —

Mit dem Gefecht von Hochheim, wo der Fürst wie zum Siegesfeste das gesammte Hauptheer auf die Höhen führte, von denen es jauchzend nach dem lang ersehnten Rheinstrom endlich hinunter sah, wurde gleichsam die letzte Hand an den Bau des Jahres 1813 gelegt.

Mit welchem Gefühle mussten nicht die Krieger der verbündeten Völker auf jenen Höhen stehen; hinter sich die breite Länderstrecke im Siege durchzogen; vor sich Feindesland, das Land, dem seit zwanzig Jahren allein die Gunst gegeben war, alle übrigen Länder mit Verderben zu überziehen! Ein Blick nach rückwärts gab die Vergangenheit wieder; ein Blick nach vorwärts wies die Zukunft; aber der Rhein, der sie beide trennte, deutete darauf hin, dass noch manches Hinderniss bis zur gänzlichen Vollendung bezwungen werden müsse. Wenn der Fürst, von der Fülle dieses Augenblicks überwunden, seine

Blicke im Bewusstseyn seiner ganzen Leistung um sich geworfen hätte: welches Herz wäre berechtigt gewesen, ihn desshalb zu tadeln? Er aber that es nicht; nur mit dem Dienste schien sein Geist beschäftigt; kein anderes Wort kam über seine Lippen.

Schnell über den Rhein zu gehen, war des Fürsten nächster Wunsch. Blücher machte sich hiezu schon bereit. Aber Verhandlungen, welche die Kabinete vorhatten, nöthigten zur Aufschiebung der Eröffnung des neuen Feldzugs, und Schwarzenberg sorgte in der Zeit der Ruhe, dass im Verhältniss, als Napoleon die Widerstandskräfte hob, auch die Angriffsmacht der Verbündeten gehoben wurde. Er verweigerte die Ausführung des Vertrags, welcher der Übergabe von Dresden wegen abgeschlossen worden war, weil er die Überzeugung hatte, dass Napoleon die von dem Marschall St. Cyr eingegangene Verbindlichkeiten nicht erfülle, und weil nach der ganzen Stimmung, welche damals in den Hoflagern herrschte, dadurch die ungesäumte Fortsetzung des Angriffs aufgehoben werden konnte. Viele, die im Rathe der Verbündeten sassen, waren nämlich für die Belagerung von Mainz, und gänzlich gegen den Versuch eines Winterfeldzuges. Napoleon selbst schien ihn nicht zu besorgen. In einer eigenhändigen Denkschrift sprach sich der Fürst für denselben aus, und wandte alles an, um die Ausführung zu beschleunigen. Er ging dabei von der Wahrheit aus, dass jeder Tag der Ruhe Gewinn für den französischen Kaiser sei. Erlaubte man ihm, aus seinen Aufgeboten ein schlagfähiges Heer zu bilden, so hatte man im Frühjahre so viele Tausend Arme mehr zu bekämpfen. Griff man ihn während des Winters noch an, so bedurfte er seiner Kerntruppen auf dem Schlachtfelde; die Neugehobenen blieben sich selbst überlassen, und der ganze Betrieb der Aufstellung des neuen Heeres verlor an Übereinstimmung, an Umfang, an Erfolg. Sollte auch die Jahreszeit das Vorrücken der Verbündeten nur langsam geschehen lassen, so gebot doch die Klugheit, um mit Ende Hornung zu jedem rascheren Unternehmen stark genug zu seyn, so viel Land in Frankreich zu besetzen, als bei der damaligen Schwäche des Feindes zu nehmen seyn würde. Liess man die günstige

Gelegenheit jetzt entschlüpfen, so musste
man gefasst seyn, später mit doppeltem und
dreifachem Kraftaufwande nachholen zu müssen und vielleicht gar nicht mehr zu erreichen, was jetzt, aller Wahrscheinlichkeit nach
bald und mit verhältnissmässig wenigen Opfern,
erreicht werden konnte. — Die Gründe des
Fürsten überzeugten; die Unterhandlungen zu
Frankfurt zerschlugen sich, und der Winterfeldzug ward beschlossen.

Hier dürfte der angemessenste Ort seyn,
auf die für das Gedeihen des grössten und
letzten Kampfes so heilsame Übereinstimmung
zwischen Östreichs Feldherrn und Östreichs
Minister hinzuweisen. Wie Schwarzenberg an
dem Fürsten Metternich im Jahre 1812 den
Mann fand, der in jener Zeit des Zwistes zwischen Pflicht und Neigung seine Ansicht in
Beurtheilung der Weltangelegenheiten theilte; so fand er im Jahre 1813 in diesem Staats-
manne die festeste Stütze für sein Wollen und
Handeln. Metternich hatte nach dem Ausgange des Feldzugs von 1812 den Augenblick verstanden; er riss die Fesseln der Abhängigkeit
entzwei, in welche unglückliche Kriege Öst-

reich geschlagen hatten, und gab ihm mit seiner Würde als vermittelnde Macht auch seine Kraft wieder. Er legte die vereinzelten Pfeile zum Bündel fest an einander, welche Schwarzenberg dann mit starkem Arme verbunden erhielt, und verbunden gebrauchte. Er war es, der das Wesentlichste beitrug, den Oberbefehl in diesem Kampfe Aller um Alles dem Fürsten Schwarzenberg zu übergeben. Er legte mit der ganzen Ruhe der Überzeugung sein eigenes Werk, das Geschöpf und die Forderung freithätiger Staatsklugheit, in die Hand des Mannes, der durch die Vollendung, in welcher er seine Aufgabe löste, dem Blicke des Ministers das unwiderlegbarste Zeugniss gab. Er reinigte dem Feldherrn, so viel er vermochte, die Bahn, half ihm das Band der Eintracht festhalten, stellte seine gerechte Zuversicht offen der Ungeduld und dem Misstrauen entgegen, und verminderte nach Möglichkeit das Wachsthum der Übel, welche so gemengtem Stoffe, aus allen Ländern Europa's zusammengetragen, nothwendig entsprossten.

Schwer ist es, einzelne Anlässe als Beweise heraus zu heben, weil deren zu viele sind.

Diese allgemeine Bemerkung mag hier ihren Platz finden dürfen, weil eben der Bruch der Verhandlungen zu Frankfurt ein thätiger Beweis dieser Übereinstimmung war *).

*) Als erklärender Beleg für die Ansichten des Fürsten in Bezug der schleunigen Fortsetzung des Krieges und der Art, ihn zu führen, kann folgendes Gespräch dienen, das er mit einem der Generale führte, welche diessmal mit ihrer Meinung ihm entgegen standen. Vertraulich fragte ihn Schwarzenberg, wie er dazu käme, gegen ihn zu stimmen? „Weil" antwortete dieser, „jeder General dagegen stimmen muss, „eine dreifache Festungsreihe hinter sich liegen „zu lassen, um in einem feindlichen Lande vorzu-„dringen." — „Richtig," erwiederte der Fürst, „wenn diese Festungen besetzt sind; da aber „diess nicht der Fall ist, so sind sie gerade viel-„mehr à charge, als zum Nutzen der Franzosen; „ich bürge dafür, dass wir nichts zu fürchten ha-„ben bis Langres. Haben wir aber diesen Punkt „erreicht, so sind wir an den Quellen der Mar-„ne und Seine, haben die Gebirge im Rücken, „und die Plaine für den Krieg, statt des er-„schöpfenden Gebirgskrieges. Dagegen, was soll „ich thun diesseits des Rheins mit solchen „Massen? In einem Lande Winterquartiere be-„ziehen, welches durch den feindlichen Durch-„zug und frühere Anstrengungen ganz erschöpft „ist? — Wie soll ich mich aufstellen? Mich zer-

Paris, in jeder Beziehung der Mittelpunkt
Frankreichs, musste das Ziel aller strategi-

„streuen bis nach Östreich zurück, um leben zu
„können, und diesen fürchterlichen Druck auf
„Deutschland ruhen lassen?" — „Ja, was wol-
„len Sie denn thun," fiel ihm sein Gegner in's
Wort, „wenn Sie in Langres sind? Etwa nach
„Paris gehen?" — „Allerdings;" sagte der Fürst,
„eben so wie ich nach Frankreich gehen will,
„und wäre es bloss darum, um in Frankreich
„zu seyn (denn diess halte ich der Art des Krie-
„ges, und dem Geiste, der ihn belebt, für an-
„gemessen), eben so nehme ich keinen An-
„stand, zu sagen: ich will nach Paris. Meine
„Basis ist Europa vom Eismeer bis zum Hel-
„lespont. Für diese wird doch Paris das Ope-
„rationsobjekt seyn dürfen?" — „Wenigstens
„würden weder Eugen noch Marlborough so
„gehandelt haben, die auch an den Thoren von
„Frankreich standen, und grosse Männer waren," äusserte der General. Schwarzenberg gab
ihm das zu, „aber" setzte er bei, „in ihrer
„Lage hätten sie auch Unrecht daran gethan.
„Nur ein Thor kann aus den Niederlanden
„nach Paris vordringen wollen, wenn die drei-
„fache Festungsreihe besetzt ist, wie sie es seyn
„muss. Zudem stand Eugen mit 50,000, Marl-
„borough etwa mit 30,000 Mann, während ich
„400,000 Mann gegen einen vernichteten Geg-
„ner führe. Dass Eugen, wo die Verhältnisse
„mit den meinigen ähnlicher waren, auch auf

schen Bewegungen werden; gleichgültig, ob
man den Krieg wirklich bis dahin tragen,
oder ihn früher beendigen werde. Zwei Wege kamen in Betrachtung: der eine durch
Lothringen und längs der Marne, der andere
durch die Franche Comté und längs der Seine. Viele stimmten für den ersten, und glaubten, dass diese Richtung allein zu wählen sey,
weil das Bestreben der Verbündeten dahin gehen müsse, ihre Kräfte jederzeit vereinigt zu
halten; ausserdem auch dieser Weg der kürzeste ist. Der Fürst erklärte sich bestimmt
und fest gegen diesen Kriegsentwurf. Seine aus-
gesprochenen Gründe waren folgende: „Der
„Einmarsch in Frankreich darf nicht ohne gros-
„se Vorsicht unternommen werden: denn noch
„kennt man die Gränze nicht genau, wie weit
„Napoleon die Vertheidigungsfähigkeit dieses
„Landes treiben könne. Die Senatsbeschlüs-
„se vom 9. Oktober und 15. November riefen
„550,000 Mann zu den Waffen. Der Volksauf-
„stand wurde im ganzen Lande anbefohlen, und

„sein Objekt losgegangen ist, ohne sich durch
„Festungen paralisiren zu lassen, beweiset sein
„Marsch nach Turin u. s. w."

„Hand an's Werk gelegt, ihn zu bewirken. Der
„schnellerregbare Sinn der Franzosen stimmt
„vielleicht in die Absichten des Kaisers. Krän-
„kung, Angst und Nöthigung: wer kann sagen,
„wie weit sie führen? — Ausserdem ist man mit-
„ten im Winter, ohne gesicherte Zufuhr, mit
„einer halben Million Menschen nur auf die
„Lebensmittel beschränkt, die der feindlich ge-
„sinnte Bewohner auf der e i n e n Strasse zu ge-
„ben den Willen oder den Besitz hat. Je tie-
„fer man sich in das feindliche Land einsenkt,
„desto gesicherter sollte, der Regel nach, jeder
„weitere Schritt werden; desto unsicherer wird
„er aber der That nach; denn vor sich hat man
„einen bewährten Feldherrn, der für sein Al-
„les ficht, ringsum vielleicht ein in Aufstand
„begriffenes Volk, und hinter sich einen Fe-
„stungsgürtel, den man bis auf unsere Tage
„für undurchdringlich gehalten hat. Zu allen
„diesen Hindernissen biethet der Rhein den
„strategischen Unternehmungen der Verbün-
„deten keine Grundlage dar: er, der mit Festun-
„gen belegt, von Festungen gedeckt, mehr ei-
„ne Verschanzung des Feindes ist, hinter wel-
„cher dieser den günstigen Augenblick zum

„entscheidenden Schlage erwartet. Eine kühne
„Bewegung des Kaisers durch die Schweiz,
„würde das nach Lothringen vorrückende Heer
„seiner Gegner auf einmal von allen Verbindun-
„gen abschneiden, und es zwingen, statt den
„Sieg nach der Hauptstadt des Feindes zu tra-
„gen, seiner Rettung willen den Rheinüber-
„gang zurück zu erkaufen. — Wie Bewegun-
„gen nach einem von der Grundlinie sehr ent-
„fernten Punkte, auf einer einzigen Linie aus-
„geführt, wenn sie auch mit grosser Kraft un-
„ternommen worden, zu enden pflegen, be-
„weiset der Ausgang des Jahres 1812 wieder-
„holt und gewichtig.”

Schwarzenberg war der Meinung, dass der
Angriff auf das Herz Frankreichs gleichzeitig
durch die Franche Comté und durch Lothringen geschehe. Das böhmische Heer sollte durch
die Schweiz der ersten Richtung folgen, eilig
den Punkt Langres erreichen, dann gegen die
Marne und Aube vorgehen; das schlesische
sollte über die Mosel und Maas, ebenfalls an
die Marne rücken. Gegen Ende Jänner durfte
man hoffen, in der Champagne zusammen zu
treffen, und dann würde man, wenn bis da-

hin nicht andere Verhältnisse eingetreten wären, vereinigt auf die Hauptstadt des Feindes, auf Paris losgehen. Über die gleichzeitige Bewegung nach Holland und den Niederlanden, die bereits eingeleitet war, fanden
sich alle Ansichten einig.

Die Neutralität der Schweiz machte einen
Augenblick über die Annahme jenes Vorschla-
ges schwanken. Aber sollte das Spiel einer Neu-
tralitätserklärung, in dem Augenblicke versucht,
wo noch Tausende von Schweizern den französi-
sischen Fahnen folgten, und am eifrigsten ihnen zuströmten; wo die zum grösseren Theile
französisch gesinnten Behörden dieses Landes, auf die Gleichgültigkeit der Verbündeten
oder auf das Furchtgebilde der angeordneten
Bewaffnung bauend, die Kräfte des neutralen
Landes für Frankreich in Anspruch nahmen;
jeden Schweizer, der gegen Frankreich diente, seiner Rechte verlustig erklärten, und nicht
am freundlichsten gegen einzelne Soldaten der
Verbündeten verfuhren, welche, der Gefangenschaft entlaufen, das Gebiet der Republik
betraten: sollte das Spiel einer Neutralitäts-
Erklärung, das der Feind selbst, als einen

Behelf in seiner augenblicklichen Schwäche,
als einen Damm gegen die weitern Bewegungen der Verbündeten, und nur weil es ihm
zur Erhaltung dieses Bollwerks ein mehr sicheres Mittel schien, als ein offenes Bündniss diess seyn konnte, die Verbündeten bestimmen, so wesentliche Vortheile aufzugeben, wie man sich aus dem Marsche durch
die Schweiz versprechen konnte?

Der Übergang des Rheins wurde dadurch
gewonnen; dem Feinde die Vertheidigung dieses Stroms, der Vogesen, und überhaupt seiner Vorderseite gelähmt; die Bedeutenheit der
Rhein- und Moselfestungen gemindert; die
Verbindung mit Italien auf dem kürzesten Wege hergestellt, und dagegen die feindliche
Streitmacht in diesem Lande im Rücken bedroht; ferner dem Herzog von Wellington erleichtert, den übrigen verbündeten Heeren
die Hand zu bieten, was wenigstens im Kreise
der Möglichkeit lag, und endlich gewiss schnell
in einem grossen Theile Frankreichs der Widerstand in seinem Werden erstickt. Das Land
lag offen da; einige Märsche versprachen umsonst zu geben, was man durch Ströme Blutes

würde erkaufen müssen, wenn man den günstigen Augenblick versäumte. Der Canton Bern hatte die Neutralität förmlich missbilligt, die Beistimmung seiner Gesandten verworfen, und die Kundmachung derselben verbothen. Liess man den Beherrscher Frankreichs hinlängliche Kräfte sammeln: ihn würde die Neutralität der Schweiz nicht abgehalten haben, mit dem Anschein des Rechtes sogar, als Vermittler, Bern für verrätherisch zu erklären, und die Schweiz zu besetzen. Welchen Einfluss aber hätte ein solches Unternehmen von Seiten des französischen Kaisers, der erst ein Heer bilden musste, bevor er eine Bewegung durch die Schweiz ausführen könnte, während die Verbündeten mit dem ihrigen schon an der Gränze dieses Landes standen, auf die öffentliche Meinung gehabt?

Der Fürst sprach entscheidend und freimüthig für die Nichtachtung dieser feindseligen Neutralität. „Wir haben die Welt zum Richter," diess waren seine Worte, „und werden ein nur „zu wahres Urtheil der Völker zu erwarten ha- „ben, die der gemeinsame hohe Zweck mit uns „vereinigt. Ich würde mich an meiner heiligsten

„Pflicht als kommandirender General versün-
„digen, wenn ich nicht mit der grössten Frei-
„müthigkeit, mit aller Wärme, die der Ge-
„genstand erheischt, bestimmt zu versichern
„wagte: dass der Ruhm und Vortheil der Ver-
„bündeten, die Entscheidung des Heiligsten
„und Höchsten, hier auf dem Spiele stehen.
„Wenn wir uns über das eigentliche Verhält-
„niss der Schweiz zu uns täuschen; wenn wir
„den leeren Worten und Förmlichkeiten je-
„ner Regierung, die das Organ unseres Fein-
„des ist, den Sieg über unsere bessere Über-
„zeugung, und über die wahre Stimmung ih-
„res Volkes einräumen, und die Besetzung
„der Schweiz aufgeben; so haben wir nicht
„nur einen Fehler begangen, der nie verzie-
„hen, nie verbessert werden kann; sondern
„wir haben die herrlichsten Folgen unserer
„Siege, die Grundlage künftiger entscheiden-
„der Operationen, mit eigner Hand zerstört,
„und zugleich die Meinung der Welt, welche
„wir durch unser rasches Vordringen, durch
„unser kräftiges Erscheinen am Rhein, so ganz
„für uns gewonnen hatten, in eben dem Mas-
„se herabgestimmt, als wir die Hoffnungen

„unserer sich wieder erholenden Feinde kräf-
„tigen und neu beleben."

Der Marsch durch die Schweiz wurde beschlossen. In der Nacht vom 20. zum 21. Dezember führte Schwarzenberg das Hauptheer
über den Rhein. Schriftlich machte er die
Grafen Barklay, Wrede und Wittgenstein, so
wie auch den Kronprinzen von Würtemberg,
mit ihren verschiedenen Aufgaben bekannt. Es
hiess darin: dass als unverletzlicher Grundsatz auch für diesen Feldzug festgesetzt blei-
be, dass derjenige, gegen welchen die grösste Kraft des Feindes sich wende, sich durchaus in keinen ungleichen Kampf einlasse, sondern sich vielmehr so weit zurück zu ziehen
habe, bis die nächsten Heerestheile oder Unterstützungen sich mit ihm vereinigt hätten, um so-
dann zum kräftigen Angriffe umzuwenden; desshalb sey es nun vorzüglich nöthig, mit durch-
blickender Unterscheidungsgabe täuschende
Bewegungen von ernstlichen Angriffen des
Feindes zu unterscheiden, damit die Truppen
nicht durch nutzloses Hin- und Hermarschiren
erschöpft würden, und dagegen für die wesentlichen Unternehmungen Zeit gewonnen werde.

Diese Vorschrift erklärt den Charakter des Feldzugs. Sie war um so nothwendiger diessmal, als der Krieg von nun an auf einem mehr moralischen als strategischen Grunde ruhte; mehr darauf berechnet war, den Gegner in der Belebung seiner Widerstandskräfte zu überraschen, als diese schon in völliger Ausbildung zu bekämpfen. Jeder Nachtheil war daher diessmal von bedenklicheren, weiter ausgreifenden Folgen.

Dreissig Tage nach bewirktem Rheinübergange, während Napoleon noch kaum von dem Wahne zurückgekommen war, die Verbündeten würden sich an den acht und achtzig Festungen, welche die Nord- und Ostgränze seines Reiches deckten, verbluten, stand der Fürst mit 120,000 Mann auf den Höhen von Langres; Blücher mit 50,000 Mann im Thale der Maas; 30,000 Mann bedrohten Lyon; die Unterstützungstruppen rückten an die Saone. So war die Linie der Vogesen ohne Schwertschlag entwaffnet, und bevor Napoleon die verkündigte Aufstellung der vier Streitmassen zu Turin, Bourdeaux, Metz und Utrecht ausgeführt haben konnte, waren die letztern

Punkte schon von den Verbündeten besetzt
oder umstellt, und der erste strategisch beherrscht. Am 19. Jänner liess der Fürst das
Haupttheer an die Marne, am 24. an die Aube
rücken, wo es sich, wie vorherbestimmt war,
mit dem schlesischen vereinigte.

Der Eile, mit welcher der Fürst die ver-
wundbarste Strecke der französischen Gränze
überschritt, ist es zu danken, dass Napoleon
nicht durch die Besetzung der Engwege, welche aus der Schweiz nach Frankreich führen,
den Verbündeten, wie es in dieser Jahrszeit
wohl möglich war, und wie Diejenigen, die
gegen den Winterfeldzug gesprochen hatten,
befürchteten, unübersteigliche Hindernisse in
den Weg legte. Und doch war selbst diese
Eile noch hinter dem Wunsche des Fürsten
zurückgeblieben, der den Rheinübergang gerne früher bewirkt hätte, und seinen Feldzugsplan hauptsächlich auf Zuvorkommen und
Überraschung baute. Die Wahl einer Stellung
bei Langres, und der schnelle Marsch in dieselbe, räumten die letzten Hindernisse hinweg,
welche die Natur zur Deckung der feindlichen Gränze von dieser Seite bildete; dem

Feinde war dadurch die Möglichkeit benommen, Mittel zur Vertheidigung der Vogesen und jener Eingänge zu bereiten, die von Langres und Dijon aus, die grosse Ebene Frankreichs schirmen, und die letzte Schutzmauer dieser Fläche bilden. Die Verbündeten waren im Rücken gesichert. Die Saone wurde ihnen zu einer Zwischenlinie. Der rechte Flügel des Hauptheeres war durch Blücher gedeckt. Der Feind hatte nur die Ebene zwischen Paris, Troyes und Rheims für seine Aufstellung.

Nichts desto weniger war doch die Zeit vorüber, wo man auf das Nichtdaseyn einer feindlichen Streitmacht rechnen, und z. B. Bewegungen von der Art, wie jene von Frankfurt nach der Schweiz war, wagen konnte. Die drei Monate, die seit der Rückkehr des Kaisers nach Paris verflossen, konnte dieser nicht unbenützt gelassen haben, und man musste rechnen, dass Napoleon zu den 50,000 Mann, mit denen er die Stirne both, wenigstens 70,000 Mann Neugehobene gefügt, und folglich ein Heer von 120,000 Mann habe; ungerechnet die zahlreichen Besatzungen, die im

Falle der Noth oder des Vortheils ein Kern und Anhaltspunkt für neue Rüstungen werden konnten. Die Einschliessung der festen Plätze des Gegners, hielt dagegen die eine Hälfte der Verbündeten gefesselt. Das Hauptheer und das schlesische zählten zusammen um diese Zeit zwar noch 162,000 Mann, und konnten daher das Übergewicht zur Schlacht bringen; jedoch durfte die Möglichkeit des Verlustes nicht ganz ausser Acht gelassen werden, da der Ausgang einer Schlacht bey Troyes, Chalons, oder Paris, sicher mit weit geringerer Wahrscheinlichkeit, als der von Leipzig zu bestimmen war.

Ohne die Vortheile des raschen Vordringens einen Augenblick zu verkennen, war jedoch zu bedenken: dass von nun an jeder Schritt vermuthlich zu erfechten seyn werde; dass die Truppen, je näher sie an den Feind kommen, desto mehr sich vereinen, das heisst, zuletzt Tag und Nacht in Frost und Nässe auf freiem Felde zubringen müssen. Es musste daher auch der Abgang sich täglich vermehren, während im Verhältniss das Heer des Feindes wuchs.

Napoleon sammelte seine Hauptmacht bei Chalons an der Marne; einen Theil der Streitkräfte liess er bei Troyes an der Seine. Er konnte den Weg nach Paris frei geben, und aus seiner Aufstellung in der rechten Seite der Verbündeten, sobald diese den Marsch nach der Hauptstadt wagen sollten, in deren Rücken marschiren. Ihm erwuchs daraus kein Nachtheil; denn er war durch seine Festungen überall begründet; jene aber würden bei Paris schlimmer als er im vergangenen Jahre bei Leipzig gestanden haben. Sollte jedoch die Absicht des französischen Kaisers dahin gehen, den Verbündeten eine Schlacht zu liefern, und sollten diese sie gewinnen, so geriethen sie dadurch zu sehr in Vortheil, als' dass nicht von diesem Tage an der Krieg sich in einen Kampf für seinen Thron umwandeln würde. Vor der Schlacht hatte er viel, nach derselben nichts mehr von den Monarchen zu hoffen, und da ihm nichts mehr zu verlieren blieb, so musste er den Streit auf Leben und Tod fortsetzen.

Wie würde aber diese Lage auf die Verbündeten einwirken? Leicht und mit wenigen

Opfern den Sieg über den französischen Kaiser zu erringen, — davon gab die Geschichte
seiner Feldzüge noch kein Beispiel. Man musste erwarten, selbst durch den Sieg einen so
bedeutenden Verlust zu erleiden, dass die nach-
kommenden Unterstützungen kaum zureichen
würden, ihn zu ersetzen. Damals ging eben
die Nachricht ein, dass 10,000 Mann von den
gegen Wellington fechtenden Franzosen in Anmarsch seyen. Dieser Kern sammelte leicht
20,000 junge Leute aus den südlichen Depar-
tements, und vereint mit den an der Rhone
stehenden französischen Truppen, konnte sich
nun eine Masse bilden, stark genug, die Östreicher am äussersten linken Flügel zurück zu
werfen. Diese zu unterstützen, war bei einem
weitern Vormarsch des Hauptheeres nicht wohl
thunlich, und auf jeden Fall im rechten Zeitpunkte nicht zu bewirken. Da aber auch der
rechte Flügel nur auf eine geringe Unterstützung von Seite der Nordarmee zählen durfte,
so war daher jede weitere Vorrückung mit
dem Hauptheere nur ein Marsch aus der Mitte, bei welchem jede Verbindung mit beiden
Flügeln aufhört, da sie beide auf hundert Stun-

den zurückbleiben. Endlich kam auch noch die Verpflegung zu berücksichtigen, die mitten im Winter, in einem nichts weniger als ergiebigen Lande, die Verbündeten in nicht geringe Verlegenheit setzen konnte.

Vortheile und Nachtheile für Anhalten, für langsameres oder schnelleres Vormarschieren, wog der Fürst in den letzten Tagen des Jänners mit ruhigem Geiste ab, und er hielt es für seine Pflicht als Feldherr, die Monarchen darauf aufmerksam zu machen: dass man jetzt militärisch auf dem letzten Punkte stehe, von welchem aus ein Friede mit Napoleon denkbar sey. Ein Schritt über diese Gränze, — und der Kampf der rechtmässigen Regenten gegen den rechtmässigen Regenten, war in einen Vertilgungskrieg gegen den Aufkömmling verwandelt, wo man im nöthigen Falle auf das Äusserste gefasst, und ihm das Äusserste entgegen zu setzen bereit seyn müsse.

Die weitere Vorrückung wurde entschieden. Der Fürst beschloss nun, sich in die Ebene hinabzulassen und den Kampf zu beginnen. Die Vorrückung sollte auf den zwei Linien über Troyes und Arcis geschehen. Kaum waren die Befehle ausgegeben , so lief die Nachricht ein: dass Napoleon von Vitry die Marne aufwärts marschiert sey, dem schlesischen Heere in der Seite stehe , und die Verbindungslinie des Hauptheeres bedrohe. — Also war die erste der dem Kaiser zugedachten Unternehmungen in Erfüllung. Es schnitt diese kühne Bewegung den eben über die Maas heranmarschierenden Theil des schlesischen Heeres (Yorck) gänzlich von Blüchern ab, der seinerseits nicht stark genug war, dem Kaiser entgegen zu gehen. Sie drohte weiters grosse Verluste den keines Angriffs gewärtigen Unterstützungstruppen, welche den Heeren folgten. Sie war endlich zu gefährlich, um sie auf dem weniger schnellen und sichern Wege berechneter Märsche unschädlich zu machen. Es bedurfte hiezu einer Schlacht. Ungewiss noch, ob Napoleon sich gegen Blüchern wenden, ob der Strasse nach Chaumont und nach dem Rücken der Verbündeten folgen wolle, befahl der Fürst alsogleich den Angriff auf den Durchschnittspunkt dieser beiden Richtungen. Wittgenstein, erst Anfangs Jänner über den Rhein gerufen, und angewiesen, mit Ende des Mo-

nats an der Marne zu stehen, kam eben jetzt
zur rechten Zeit heran. Er und Wrede wurden mit diesem Angriffe beauftragt, während
drei andere Heerestheile zur Unterstützung
Blüchers sich bereit machten. Würde Napoleon auf der Strasse von Chaumont durchzu-
brechen versuchen, so sollten Wrede und
Wittgenstein sich ihm ohne weiters entgegensetzen; eine übereinstimmende Bewegung Blüchers in die entblösste Rechte, und die Besorgniss, durch die von der Maas heranmarschierenden preussischen Abtheilungen im Rücken
angegriffen zu werden, mussten ihn bald zum
Rückzuge nöthigen. Sollte er sich aber gegen
Blüchern wenden, so theilte der Fürst diesem
den gerne gehörten Wunsch mit, dass er die
Schlacht annehmen möge. Vorsichtig wurden
in der Nacht die Kerntruppen und Unterstützungen aus Chaumont an die Aube gerufen.

Blücher hatte überaus spät den Anmarsch
des Kaisers gegen seine bei Brienne ge-
nommene Stellung erfahren. Zu klug, um
übereilt zu schlagen, wollte er die Schlacht
erst am nächsten Morgen geben, und war
desswegen bestrebt, sich langsam in der Rich-

tung gegen das Hauptheer zurück zu ziehen; aber er sah sich wider Willen in's Gefecht verwickelt und festgehalten, weil die Zeit zur Ausführung seines Entschlusses schon zu kurz war. Der Umstand, dass er im Dunkel der Nacht auf dem Schlosse zu Brienne überfallen wurde, setzte das schlesische Heer, welches eiligst Stadt und Stellung verliess, in eine gefährliche Lage. Unangenehm überraschte diese Nachricht den Fürsten. Die Thätigkeit Napoleons kennend, befürchtete er viel; denn Blücher konnte in seiner gegenwärtigen Stellung früher angegriffen und geworfen werden, als das Hauptheer in der Sammlung seyn, ihm zu begegnen; und der Fürst hätte sich in diesem Falle gegen Chaumont zurückziehen müssen, um dem Feinde nicht Gelegenheit zu geben, sich zwischen ihn und die heranrückenden Unterstützungen hineinzudrängen. Aber Napoleon hatte am 3o. Morgens nicht angegriffen. Kaum konnte der Fürst diess glauben, und, froher Erwartung voll, setzte er sich zu Pferde. — Diese Unthätigkeit auf dem Hauptpunkte liess ihn zunächst vermuthen, sein Gegner beabsichtige dennoch mit dem grösseren Theile seiner Streitkräfte eine Bewegung gegen Chaumont; desshalb sandte er starke Reiterabtheilungen gegen die Marne vor, während er zu Blüchern auf das Schlachtfeld eilte. Die bei Troyes gerade vor ihm stehende feindliche Heeresabtheilung liess er einstweilen beschäftigen. Wirklich ging der Tag, einige drohende Bewegungen abgerechnet, ruhig hin. Napoleon wagte, weder das um die Hälfte schwächere schlesische Heer anzugreifen, noch dem seinigen eine günstigere Stellung zu geben *). Am Abend waren die Kern-

*) Dass diese in der Geschichte der Feldzüge Napoleons merkwürdige Unthätigkeit wirklich durch die Besorgniss veranlasst war, welche die starken Entsendungen des Fürsten erregten, bezeugt selbst der Verfasser des besten Werkes, welches in Frankreich bis jetzt über den Feldzug 1814 erschienen ist, der Bataillonschef Koch. (Mémoires pour servir à l'histoire de la Campagne de 1814. Paris 1819. I. Chap. 7.) Er sagt: „Le Feldmaréchal Blücher, moins „nombreux de moitié que son adversaire, resta „toute la journée du 31. immobile dans la po- „sition de Trannes, où il attendait des renforts „de la grande armée. Dans une autre circon- „stance, Napoleon se serait sans doute défié de „cette inaction; mais ayant été informé à faux

truppen von Chaumont angekommen, die ausge-
sandten Reiterabtheilungen grössten Theils zu-
rückgekehrt, der Kronprinz von Würtemberg
und Graf Gyulay in die Schlachtlinie eingerückt,
Wrede und Wittgenstein ihres Auftrags ledig,
und zur Theilnahme an der Schlacht bereit, und
Yorck befand sich auf zwei Märsche im Rücken
des französischen Heeres. Die gegenseitige Lage hatte sich also gewaltig geändert; Napoleon,
erst drohend, war nun von drei Seiten bedroht;
seine errungenen Vortheile brachten ihm nun
entschiedenen Nachtheil, und statt Gelegenheit zu finden, das eine oder das andere Heer
der Verbündeten einzeln zu schlagen, hatte
er nun beide vereinigt vor sich. Sobald der
Fürst die feindliche Aufstellung erkannt (31.
Jänner), die Unterstützungeu geordnet, und
im Allgemeinen die Schlacht eingeleitet hatte,
übergab er dem Feldmarschall Blücher die
oberste Leitung über alle dazu bestimmten

    „que le Prince de Schwarzenberg se montrait
„en force sur la route d'Auxerre, il resta en
„présence de l'armée de Silésie, avec l'espoir
„de l'entamer si elle venait à faire un mou-
„vement, ou de la bien recevoir si elle prenait
„l'initiative de l'attaque."

Truppen. Es lag ihm daran, diesen trefflichen Mitfeldherrn die Unfälle von Brienne durch einen Sieg von Brienne vergessen zu machen *).

*) „So überliess der Feldmarschall Fürst Schwar-„zenberg den grössten Theil seines Kriegshee-„res fremder Führung, und er war nicht eifer-„süchtig auf den neuen Ruhm des Waffenge-„fährten, den dieser durch den Gewinn der „ersten Schlacht in Frankreich hoch vermehr-„te. Es würde um so ungerechter seyn, diese „edle Resignation des Fürsten Schwarzenberg „der Geschichte und künftigen Zeiten nicht zu „übergeben, je seltener diese Tugend den gros-„sen Feldherrn aller Zeiten eigen gewesen ist." (C. von Plotho, Krieg in Deutschland und Frankreich. III. p. 110.) — Es verdient übrigens bemerkt zu werden, dass Blücher, eben so von dem Wunsche voll, seinen gehassten Gegner zu verderben, als mit der Thätigkeit begabt, diesem Wunsche Ausführung zu verschaffen, dennoch gerade an diesem Tage nicht sehr ge-stimmt war, anzuerkennen, dass der Zeitpunct hiezu da sey. — Während den Anordnungen zur Schlacht fragte er den Fürsten: „Sie wollen al-„so wirklich, dass ich angreife? Ich werde es „thun; allein, ich sage: wir werden geschla-„gen; der Augenblick ist ungünstig." — „Ich „begreife diese Behauptung nicht;" antwortete Schwarzenberg, „wir haben die Höhen, die „uns eine Position bilden, wie man sie in der „Welt nicht schöner finden kann. Napoleon ist

[illegible] … der Fürsten dem Vater der [illegible] … die Nacht [illegible] … in den neuen [illegible] … so er [illegible] für den [illegible] Tag die [illegible] … den [illegible] … über Napoleon [illegible] … Im [illegible] … den Rückzug zu sichern, [illegible] … am Morgen [illegible] an der Spitze von seinen Truppen [illegible].

[illegible] gegen, [illegible], wie [illegible], in der Ebene vor [illegible] einen [illegible] Halbmond bildend, und wenigstens [illegible] schwächer. Warum also soll der Zeitpunkt schlecht gewählt seyn?" — Blücher antwortete: „Weil die Wege so schlecht sind, dass man mit der Artillerie nicht von der Stelle kann." — Desto besser," sagte der Fürst, „so werden wir [illegible] der Franzosen nehmen."

Auf dem Schlosse von Brienne legte der Fürst den Monarchen und Feldherrn den Entwurf zur weitern Führung des Feldzugs vor. Die an die Marne rückenden Generäle Yorck, Kleist und Langeron aufzunehmen, war einer der Hauptgründe, warum die Trennung des schlesischen und des Hauptheeres abermals beschlossen wurde. Blücher sollte im Thale der Marne nach Paris vordringen, während Schwarzenberg dasselbe auf beiden Ufern der Seine zu bewirken versprach. Man hat diese abermalige Trennung hier und da getadelt; aber man vergass, dass die Verpflegung für die vereinigte Streitmacht, und besonders das Futter für die grosse Zahl der Pferde mitten im Winter, in Feindesland, und in Bezirken, wo Furcht oder Anhänglichkeit viele der Einwohner flüchten machte, unmöglich auf e i n e r Strasse hereinzubringen waren. Wer die Anstrengungen kennt, mit welchen die obersten Leiter der Heeresversorgung den täglichen Bedarf des Hauptheeres deckten, welche Hindernisse ihnen im Wege standen, welche Mittel sie aufbieten mussten, der wird seinen Tadel zurück zu nehmen bald gesonnen seyn. —

Dies beachtet, war keine anderartige Trennung, als die von den Feldherrn angenommene, zweckmässiger. Sie war mehr als jemals in
dem Zeitpunkte, in welchem sie geschah, aus-
führbar, weil die Niederlage, die Napoleon
so eben erlitten hatte, seine Kräfte nicht wenig herabsetzte. Überdiess war jedes der beiden Heere, in sich vereinigt, stark genug, es
allein mit der gesammten Stärke des Feindes
aufzunehmen. Die Entfernung zwischen beiden war nirgends so gross, dass sie nicht in
drei bis vier Märschen aufgehoben seyn konnte. Die Bewegung längs der Marne bot ausserdem strategisch den Vortheil, dass sie der
Hauptabsicht des Kaisers, sich auf die Rückzugslinie der Verbündeten zu werfen, entge-
genwirkte. Hütete man sich also nur vor Zer-
splitterung der Kräfte, und lud man dadurch
den Feind nicht selbst zum Angriffe ein, so
musste dieser auf dem Schlosse zu Brienne
angenommene Entwurf zum gewünschten Ziele führen. Schwarzenberg suchte, bevor der
Kriegsrath sich schloss, die Meinung, dass
Napoleon gänzlich geschlagen sey, zu bekämpfen, und sein letztes Wort war: „Vorsicht!"

Die Heere trennten sich, wie auch der Feind sich getrennt hatte. Blücher folgte den Marschällen Marmont und Viktor an die Marne, Schwarzenberg dem Kaiser nach Troyes. Als er sah, dass dieser die Stadt zu halten gedenke, und in trefflicher Stellung ihn erwarte, vermied er den Kampf; durch kluge Bewegung und gedrohte Angriffe vermochte er denselben, seinen Entschluss aufzugeben. Es gehörte unter die Eigenheiten des Fürsten, der persönlich jederzeit von jenem höhern Muthe beseelt war, welcher die Gefahr nicht nur allein nicht scheuen, sondern sie suchen macht, — dass er als Feldherr sich das Gesetz gab, in dem ernsten Handel, wo Menschenleben der Einsatz und das Wohl ganzer Staaten der Preis ist, die Entscheidung nur im äussersten Falle den Waffen zu vertrauen, und so oft es Zeit und Umstände zulassen, vorher die Kraft der Bewegungen zu versuchen. Wenn so manche Generale eben ihre ganze Grösse darauf gründen wollen, immer und blindlings zu schlagen, weil sie den Mangel an geistigen Hülfen nur dadurch zu ersetzen wissen, dass sie diese Lücken mit Leichen füllen, — wie verehrungs-

würdig, wie gross ist dagegen ein Ausspruch,
wie der des Fürsten: „der Feldherr müsse sich
„über jedes aufgeopferte Leben Rechenschaft
„geben können!" —

Die Lage, in der sich Napoleon bey Troyes
befand, war keineswegs günstig. Auf beyden
Flügeln umfasst, im Rücken beunruhigt, beschloss er sich auf das schlesische Heer zu
werfen, das diessmal — weniger vorsichtig, als
in Schlesien, in der Lausitz und in Sachsen,
auch durch die Hoffnung, Macdonald von Paris
abzuschneiden verlockt, — in heiterer Sicherheit unvereinigt durch die Champagne zog.
Als Blücher durch die zwischen beiden Heeren streifende Reiterei Pahlens die Nachricht
von dem Anmarsch des französischen Kaisers
erhielt, so langte die Zeit nicht mehr zu, seine
Kräfte zu versammeln. Senkrecht traf der Kern
des französischen Heeres auf die Mitte der Linie, auf welcher die getrennten Abtheilungen
der Preussen sich befanden. In sechs Tagen
waren sie geschlagen, das schlesische Heer
gesprengt, und mit dem Verluste von einem
Viertheil seiner Stärke nach Chalons zurückgeworfen. Der Fürst, weit entfernt einen Er-

folg von der Wichtigkeit, wie er errungen wurde, zu befürchten, rückte, sobald er den Abmarsch Napoleons von Troyes gewahrte, alsogleich die Seine hinab, nahm eine Seitenstellung vom Einflusse der Aube bis zu jenem des Loing, und glaubte, sowohl durch diese Stellung selbst, welche die von Napoleon so hoch gehaltene Vertheidigungslinie der Yonne und des Loing unschädlich machte, und Paris bedrohte, — als durch Angriffe, die er auf die Brückenköpfe der Seine unternehmen liess, den französischen Kaiser von jedem gewagten Streiche, oder jedem langwierigen Unternehmen gegen Blüchern abzuhalten. Da bekam er durch den Grafen von Witte die Nachricht von Blüchers Unfall. Ohne Zögern erhielten Wittgenstein und Wrede die Bestimmung, über die Seine und in des Feindes Rücken zu gehen. Aber während diess geschah, vernahm der Fürst auch schon, dass Napoleon von Blüchern ablasse, und sich gegen ihn wende, bewogen hiezu zum Theile durch die Eilboten, welche König Joseph, Gefahr für die Hauptstadt fürchtend, ihm sandte. Schwarzenberg befahl nunmehr den drei auf dem rechten Seine-

ufer staffelweise vorrückenden Heerestheilen
in der Angriffsbewegung einzuhalten. Er hatte
die Absicht, die Seitenstellung hinter der Seine zu behaupten, und war sicher, dass sich
die wiedergehobene Zuversicht des französischen Heeres bald in vergeblichen Mühen brechen werde. Aber Wittgensteins willkührliches
Vorrücken, — der Verlust, den Pahlen erlitt, und der davon die Folge war, — endlich
das Gefecht von Montereau, von dem französi-
sischen Kaiser mit jenem gewandten Blicke
gegeben, der schnell den Halt einer ganzen
Stellung erkennt, nöthigten den Fürsten, diese aufzugeben, und dafür alle Massen auf einem rückwärtigen Punkte, Troyes, zu vereinigen. Um eine Schlacht, wenn sich Gelegenheit hiezu bieten sollte, möglichst entscheidend zu machen, rief er Blüchern herbei, der
nunmehr den rechten Flügel des verbündeten
Heeres bildete. Theilweise Angriffe von Seite
des Feindes bewiesen den Anmarsch Napoleons. Die Bewegungen, die er in diesen Tagen, der glücklichsten seiner früheren Feldzüge würdig, ausgeführt hatte, erzeugten eine
ihm vortheilhafte Veränderung in der Stim-

mung der sich gegenüberstehenden Heere. Die Erwartung eines grossen Schlages belebte alle Franzosen. Der Kaiser, dem der einzige Weg zur Rettung nur durch eine Schlacht ging, glaubte am Ziel seiner Wünsche zu seyn, als er den Fürsten Schwarzenberg bereitwillig sah, sie anzunehmen, und zwar in einer Stellung anzunehmen, wo die Vortheile des Bodens ganz auf Seite der Franzosen waren. Seit Eröffnung des Feldzugs hatten diese nicht mehr Kampflust als eben jetzt gezeigt, und Napoleon war der Mann, solche Stimmung seiner Truppen zu benützen: sie gab, wie uns ein Franzose selbst sagt, die sichere Bürgschaft des Sieges *).

*) „L'attente d'un grand événement agitait tous „les esprits: l'Empereur qui n'avait plus d'es„poir que dans une bataille, se félicitait que „le Prince de Schwarzenberg prît la résolution „de la lui livrer; car l'inconvénient d'avoir une „rivière à dos balançoit chez les Alliés l'avan„tage de la supériorité du nombre. Ajoutez „qu'ils étaient en quelque sorte démoralisés par „la série des revers qu'ils venaient d'essuyer „et l'irrésolution du Generalissime. Jamais au „contraire depuis l'ouverture de la campagne „les Français n'avaient montré plus d'ardeur, et

Aber die Klugheit des Fürsten täuschte die Hoffnung des Feindes. Es war jenem nie in den Sinn gekommen, auf dem Platze, wo er jetzt stand, die Schlacht zu geben. Einen Fluss im Rücken; den Kaiser mit 60,000 Mann, die im Zuge des Glücks waren, vor sich; von Blüchern durch die Seine getrennt, so zwar, dass dieser, wenn er auch den Übergang erzwingen würde, dennoch kaum vor Verlauf von vier und zwanzig Stunden das Hauptheer unterstützen konnte; ausserdem des richtigen Zusammengreifens der Streitkräfte in dem damaligen Augenblicke, weniger als seither gewiss; — wie hätte er es verantworten können, jetzt den Glückswurf der Schlacht zu thun?.... Ein Unternehmen gegen den durch vortheilhafte Gefechte aufgereitzten Feind, der für sein Alles ficht, der rings das Volk für sich bewaffnet, der eine Hauptstadt hinter sich hat, die ihm alle Hülfsmittel zuschickt: wozu nur die unbedingte Nothwendigkeit be-

„pour Napoleon aussi exercé à tirer parti de „cet enthousiasme guerrier, qu'habile à le faire „naître, il devenait le sûr garant de la victoire." (Voyez Koch Mémoires etc. Chap. 11.)

rechtigt haben würde. Noch in der Nacht ging der Fürst durch Troyes über die Seine, und stellte sich, jetzt eng mit Blüchern verbunden, längs dem rechten Ufer dieses Flusses auf. Den Beweis für die Zweckmässigkeit dieser viel bestrittenen Bewegung müssen wir nicht in der Meinung suchen, die im verbündeten Hauptquartier herrschte; sondern in jener, die der Feind darüber aussprach. In der sichersten Überzeugung, das Hauptheer zu schlagen, jubelte der französische Kaiser schon im Voraus, Troyes durch einen zweiten Sieg denkwürdig zu machen; denn er sah nach der Zurückwerfung des Hauptheeres die Niederlage des schlesischen vor Augen, das er, sobald jene gelungen war, — und in vier und zwanzig Stunden konnte sie leicht gelungen seyn, — vielleicht noch während des Marsches über die Seine oder schon am linken Ufer angreifen wollte, und wahrscheinlich, da er ihm mit gleichen Kräften entgegen gehen konnte, in den Fluss zurückgeworfen haben würde *).

---

*) „Reléguée entre l'Aube et la Seine, la position „de l'armée de Silésie sur son flanc gauche ne „lui causait nulle inquiétude. Pour jeter un pont

Der Rückzug des Fürsten zerriss aber auf einmal diese hoffnungsvollen Plane.

Das Übel, woran alle Kriegsbündnisse leiden, und welches wie durch ein Wunder in dem vom Jahre 1813 und 1814 noch so wenig merkbar geworden war, hatte dennoch auch seine Augenblicke, wo es hervortrat. Damals war der bedeutendste, der mächtigste. Die kurze Dauer desselben beweist mehr als jede Lobrede einer ungetrübten Einigkeit, wie richtig die Monarchen sowohl, als ihre Minister und Feldherrn, die Nothwendigkeit fühlten, ihre Ansichten nicht lange im Widerspruche zu lassen, und um des gemeinschaftlichen Zweckes willen, sich auch über die Mittel zur Erreichung desselben zu vereinen. Man hatte damals, als am 23. Februar die Monarchen, die

"de vive force sur le fleuve, ou venir au se-
"cours de la grande armée, il lui fallait au
"moins vingt-quatre heures. Or, dans cet inter-
"valle la grande question eût été décidée, et
"rien n'aurait empêché l'Empereur de voler à
"la rencontre du Feldmaréchal Blucher..... La
"prudence du Généralissime déçut l'espoir de
"Napoléon et de son armée....." (Koch Mémoires, Chap. 11. 12.)

Minister und die höheren Offiziere des Gene-
ralstabes zu einem Kriegsrathe zusammen traten, dem Fürsten den Rückzug über die Seine zum Fehler gemacht; aber man beschloss
bald auch den über die Aube. Berichte des
östreichischen Heeres im Süden, das, gegen
Augereau die Schweiz zu decken bestimmt
doch dessen immer wachsenden Streitkraft
zu widerstehen unvermögend, von Stellung
zu Stellung wich, verfehlten in der damaligen Stimmung den entscheidenden Eindruck
nicht. Sie verkündeten zwar nur, was der Fürst
schon in Langres vorausgesagt hatte, und
rechtfertigten seinen Rückzug. Man erschrack
bei der nähern Betrachtung der Lage über ihre Verschlimmerung. Kämpfe, Märsche, Anstrengung und Entbehrung aller Art, verbunden mit der rauhen Jahreszeit, hatten die Verbündeten auf die Hälfte der Stärke herabgebracht, in welcher sie vor einem Monate zum
ersten Male die Marne überschritten; das aus-
gezehrte Land bot wenig Mittel der Erhaltung
mehr dar, und der Bewohner der rückwärtigen Kreise schien weniger zu Opfern entschlossen, als bereit, die Fahne des Aufruhrs

zu erheben. Eine verlorne Schlacht in diesen Umständen, konnte den Rückzug über den Rhein zur Folge haben : einen Rückzug, der, mit jedem Schritte einen weiteren bedingend, von Tag zu Tag verderblicher werden musste. Die Rückzugslinie nach der Schweiz, ja diese Grundlage der Unternehmungen selbst, war von Augereau nah bedroht. Es galt vor Allem, sie zu decken; denn nur nach dieser Richtung war ein geordneter Rückzug möglich. 30,000 Mann unter dem Feldmarschall-Lieutenant Bianchi wurden alsogleich von dem Haupttheere entsendet, um längs der Saone gegen Augereau vorzurücken, und auch noch andere Truppen aus Deutschland nach der gefährdeten Seite gewiesen. Dem Kaiser Napoleon aber, der vor einigen Tagen Waffenstillstand angetragen hatte, glaubte man, dasselbe Anerbieten jetzt machen zu müssen. Eine Trennung der geschwächten Streitkräfte schien in diesem Augenblicke unzweckmässiger als je. Blücher hoffte jedoch, durch eine rasche Bewegung nach der Marne an der ungünstigen Lage etwas zu verbessern, und trennte sich von dem Fürsten. In einem zweiten

Kriegsrathe wurde der weitere Feldzugsplan besprochen, und darin festgesetzt: dass das Hauptheer sich bis auf seine zu Langres befindlichen Unterstützungen zurückziehe, verbunden mit diesen aber dem Feind eine Schlacht liefere, oder überhaupt den Angriffskrieg wieder beginne. Das schlesische, und das östreichische Heer in Süden, sollten als die Flügel des grossen Heeres betrachtet werden, und nachdem das eine mit den aus den Niederlanden heranrückenden Heerestheilen sich verbunden haben würde, auf das thätigste vordringen. Einstweilen, und bis die Flügel in der anbefohlenen Bewegung seyen, wolle man in der Mitte sich vertheidigungsweise verhalten, und überhaupt jederzeit die beiden verbündeten Flügelheere unterstützen.

Schwarzenberg sah sich die Ausführung eines Planes aufgetragen, der mit seiner Ansicht nicht übereinstimmte. Aber kaum war die Sache entschieden, so blieb nur seine Thätigkeit sichtbar, nicht seine Meinung. Er that, was er konnte, um Gemeingeist und Zuversicht in den Truppen zu erhalten, die durch den nicht verborgen gebliebenen Antrag des

Waffenstillstandes, und als sie auf's Neue zurückgehen mussten, nicht wenig entmuthigt
wurden. Durch einen eigenen Tagsbefehl suchte er das sinkende Vertrauen aufrecht zu erhalten; aber mehr als er durch Worte es vermocht hätte, unterstützte der Feind durch
Gelegenheit zur That sein Bestreben. Napoleon hatte kaum den Abmarsch Blüchers vernommen, und sah dadurch die Gefahr abge-
leitet, die jetzt nur noch aus der Vereinigung
seiner Gegner ihm drohte, so beschloss er alsogleich, Blüchern nachzueilen, um das Spiel,
das er kaum geendigt hatte, wieder zu er-
neuern. Zwei Plane schwebten damals, — so sagt
uns ein Franzose *), — dem Kaiser vor: entweder konnte er mit allen Kräften den Fürsten
drängen und wo möglich zur Schlacht zwingen, oder auf Blüchern fallen. Der erste, wenn
er gelang, versprach unberechenbaren Nutzen;
denn, war der Fürst geschlagen, so befand
sich auch Blücher in desto schlimmerer Lage,
je weiter er indessen vorgedrungen war. Aber
wie den Fürsten zwingen zur Schlacht? — Der

*) Koch Mémoires etc. Chap. 12.

französische Kaiser war weit entfernt zu hoffen, dass dieser besonnene Gegner seinen
Wünschen zuvorkomme. Er eilte Blüchern
aufzusuchen. Tettenborn, der mit leichten
Truppen des Heeres, welches aus den Niederlanden sich heruntersenkte, das Land am linken Ufer der Marne durchstreifte, entdeckte den Marsch des Kaisers, als er kaum be-
gonnen war; durch ihn erhielten der Fürst sowohl als Blücher die erste Nachricht davon.
Jener vernahm sie kaum, als er auf der Ein-
stellung des Rückmarsches, und auf der Nothwendigkeit einer schnellen Angriffsbewegung
bestand. Die Kolonnen wandten sich; die Aube wurde angegriffen und erzwungen; im Gefechte fanden die Truppen ihren ganzen Muth
wieder. Der Feldmarschall, im Sturm auf Bar
selbst die russischen Massen ordnend, wurde leicht verwundet, zum ersten Mal während seines kriegerischen Lebens. Wunderbar erhalten in so vielen Schlachten und Gefechten, erinnerte ihn die Vorsehung jetzt
nur leise an das, wovor sie ihn bewahrt hatte. In wenigen Tagen war Troyes wieder genommen, die Unterhandlung um Waffenstill-

stand abgebrochen, und die Stellung an der
Seine bezogen.

Blücher, der durch das Thal der Marne den
Marschall Marmont verfolgte, und ihn auf wenige Meilen von Paris zurückgedrängt hatte,
sah sich bald seinerseits durch den Kaiser aus
der Richtung nach der Hauptstadt gegen jene
nach der Aisne gewiesen, wo die Übergabe
von Soissons und die Vereinigung mit Winzi-
gerode und Bülow seiner Lage im rechten Augenblicke wieder eine glückliche Wendung gaben. Das ungünstige Gefecht bei Craone führte zur Schlacht von Laon (9. März), wo Napoleon seine Hoffnung scheitern sah, und eiligst nach Rheims und an die Marne zurückging, wohin ihm Blücher folgte.

So lange der Fürst ohne genaue Nachricht
von Blüchern war, und nur im Allgemeinen
voraussetzte und wusste, dass ihn die Bewegung des Kaisers aus der Richtung von Paris
verdränge, konnte er kaum mit einem sichern
Entschlusse über die Seine gehen. Er stand
näher an Paris als Blücher. Aber was gewann
er, wenn er sein Heer durch die Hauptstadt
fesselte, bevor der Feind geschlagen war? —

Einstweilen, wie Einige wollten, nach der Marne vorzurücken, um dadurch dem Kaiser, im Falle dieser sich zurückzuziehen genöthigt wäre, jeden andern Weg ausser jenem nach der Hauptstadt zu verschliessen, war eben so wenig zweckmässig, da es ganz eigentlich darauf ankam, den Kaiser von der Hauptstadt, die durch ihn sicherlich grössere Widerstandsfähigkeit gewonnen hätte als durch den König Joseph, abzuhalten, und gerade von diesem Punkte zu entfernen, wo die Vereinigung aller Truppentheile des Gegners den Verbündeten ohne Zweifel am gefährlichsten war.

Der Fürst zog vor der Hand seine ganze Stärke an die Seine, um, im Falle dass Napoleon vor Blüchern nach Paris sich zurückzöge, alsogleich dahin zu gehen; oder nach Vitry zu eilen, wenn Blücher geschlagen, und der Feind Willens wäre, die Bewegung in die rechte Seite des Hauptheeres zu wiederholen.

Der Landesaufstand an der Yonne, Aube, Seine und Marne, neuerlich durch ein kaiserliches Decret anbefohlen, nahm um diese Zeit einen ernstlichen Charakter an. Die Sturmglocke ertönte längs diesen Flüssen; grosse

Haufen sammelten sich zur Linken des Hauptheeres, und nur an der lässigen Beihülfe von
Seite der französischen Behörden lag es, dass
diese Kräfte nicht so benützbar wurden, als
sie es zu werden versprachen. Nach dem
Falle von Troyes traf der Fürst schnell einige
Anstalten gegen die Zusammenrottungen des
Volkes. Es lag ihm daran, sie alsbald zu zer-
stäuben, um nicht oft in die Nothwendigkeit
versetzt zu seyn, einem Befehle Ausübung zu
verschaffen, den der Augenblick gebot, der
aber seinem Herzen so wenig zusagte. Diese
Anstalten genügten der doppelten Rücksicht
der Sorgfalt für sein Heer und der Milde gegen den feindlichen Landbewohner.

Am 14. März erhielt der Fürst die erste
bestimmte Nachricht von den Vorfällen bei
Laon. Er liess Tags darauf den Feind in den
Wäldern am rechten Ufer der Seine angreifen, wandte sich aber schnell die Aube aufwärts nach Arcis, da er durch die nimmer-
müde Reiterei Tettenborns, die an der Marne
streifte, vernommen hatte, dass die feindliche
Hauptmacht bei Rheims stehe, und grosse Rei-
terhaufen an die Marne, wie zur Vorberei-

tung eines Marsches über diesen Fluss, vor-
sende.

Drei Heerestheile der Verbündeten befanden sich am 19. März auf dem rechten Ufer
der Aube. Hätte die Zeit ausgereicht, so würde der Fürst dem Feinde an die Marne entgegen gegangen seyn, um ihn während des Überganges anzugreifen: denn das war seine Absicht. Aber schon am 12. hatte der grösste
Theil des französischen Heeres Rheims verlassen; am 19. stand Napoleon einen Marsch
von der Aube entfernt. „Er hatte dem schle-
„sischen Kriegsheere einige Märsche abge-
„wonnen, und hoffte, das Hauptheer in seiner
„rechten Seite zu überfallen, die Linie an der
„Aube zu durchbrechen, dadurch die an der
„Seine stehenden Heertheile abzuschneiden,
„die vereinzelten Korps zurückzuwerfen und
„zu schlagen, durch Bedrohung der rechten
„Seite und des Rückens das Hauptheer zum
„völligen Rückzug zu bewegen, und so die
„Champagne vom Feinde zu befreien" *).

*) Von Plotho, Krieg in Deutschland und Frankreich etc. III. S. 321.

Das Treffen von Arcis entschied anders. Auf die erste Nachricht am 19. von dem Anmarsche des Feindes, vermuthete der Fürst, dass dieser nicht erst den Übergang der Aube zu erzwingen die Absicht habe; sondern durch das Vordringen auf dem rechten Ufer über Brienne, ihn zum Rückzuge nöthigen wolle. Alle Theile des Hauptheeres erhielten daher die Bestimmung, auf dem schon einmal durch Blut und Sieg geweihten Felde von Brienne sich zu sammeln, und dort zum Schlagen bereit zu seyn. Aber noch an diesem Tage brach Napoleon gegen den andern Flügel der Verbündeten los, erzwang den Übergang, und in der Nacht rückte er mit seinen gesammten Streitkräften auf das linke Ufer. — Schwarzenberg fasste in diesem am wenigsten erwarteten Falle augenblicklich den Entschluss, seine Truppen nicht rückwärts der Aube zu vereinigen, sondern diese Vereinigung vorwärts zu bewirken. Und dieser Entschluss ist die Ursache, warum Napoleon nicht vereinzelte Heerestheile, wie er hoffte, vor sich fand, sondern, während er angreifen wollte, sich selbst von dem Fürsten mit vereinigten Kräften an-

gegriffen sah. Eingeengt um Arcis, die Aube
im Rücken, war der französische Kaiser bald
gezwungen, seinen Angriffsplan aufzugeben,
und nach Verlust an Zeit und Kraft wieder
über den Fluss zurückzugehen. Abermals überzeugt, und zwar durch eine bedeutende Niederlage, dass er den Fürsten nicht überraschen, nicht zu einem übereilten Schlage ver-
locken könne, kam er jetzt wieder auf einen
seiner früheren Entschlüsse zurück: auf einen
Entschluss, den er bis jetzt stets wieder verlassen hatte, — vermuthlich weil er die Entscheidung zu lange hinaussetzte, — und der,
obwohl an sich nicht ohne vielversprechende
Seiten, dennoch seiner Gegenwehr endlich
das Ziel setzte. Er beschloss nämlich sich auf
die Verbindungslinie des Hauptheeres zu werfen, die Verbündeten an ihren innern Seiten
aufzurollen, und durch Überflügelung zum
Rückzug zu zwingen: eine Bewegung eben so
kühn als klug, aber gegen einen gewöhnlichen
General, oder auf den lähmenden Einfluss vieler Köpfe berechnet *). Das durch Noth und

*) Auf dem Wege nach Elba äusserte sich Napo-
leon gegen den östreichischen Feldmarschall

Elend zum Äussersten gebrachte und aufgereitz-
te Volk in den Ardennen, in Lothringen und
im Elsass, in der Franche-Comté so wie in
der Champagne, versprach seinem Plane Unterstützung. Er hoffte auf den schreckhaften
Eindruck eines Volkes, das sich in Aufruhr
auf hundert Stunden Wegs hinter dem tief
in's Land eingedrungenen Gegner erhebt. Er
hoffte auf die zahlreichen Festungen am Rhein,
an der Saone und an der Mosel. Er hoffte auf
die Thaten Augereau's im Süden, und des

Lieutenant Baron Koller, der ihn begleitete,
in Bezug der Bewegung nach Paris mehrere-
male, und sagte unter andern Worten auch die
folgenden: „J'ai fait une manoeuvre qui in-
„quiétait les communications de l'armée, en me
„jettant sur ses derrières; un Général ordinaire
„aurait pris le parti de la retraite pour assurer
„ses communications; un bon avait le seul par-
„ti à prendre que le Prince Schwarzenberg a
„pris. On peut me blamer de ne pas l'avoir
„supposé, ayant de lui la bonne opinion qu'on
„me connoissoit; je le crus capable d'une telle
„manoeuvre; je crus qu'il la ferait; mais j'ai
„calculé que s'il attendait le consentement des
„Empereurs, il en seroit trop tard. Il l'entre-
„prit sans le consentement, et voilà en quoi
„je me suis trompé."

General Maison im Norden des Kriegsschauplatzes. Dieses Planes voll, verweigerte er, wie der Fürst es bei Troyes gethan hatte, jetzt bei Arcis die Schlacht, und brach am 21. März von der Aube nach der Marne auf. Am frühen Morgen des 22. März befand sich Schwarzenberg auf den Höhen, an deren Fusse die Stadt Arcis liegt, um die Meldungen über die Richtung einzusammeln, welche die Hauptstärke des Feindes nahm. Der General-Major von Diebitsch, der dem russischen Generalstabe vorgesetzt war, überbrachte ihm dort einen Bericht, woraus hervorging, dass Napoleon nach Vitry gezogen, und in der Umgegend über die Marne gegangen sey. Augenblicklich errieth der Feldmarschall den Zweck dieser Bewegung. Er erklärte, dass man sich vor Allem Vitry nähern müsse, um Blüchern die Hand zu geben, und die Bestätigung über die Absicht des Feindes zu holen, die nun Gelegenheit geben werde, schnell, und ehe Napoleon zurückkommen könne, vereinigt nach Paris zu marschieren. Der Fürst kehrte nach seinem Hauptquartier Pougy zurück, wo sich auch das Hoflager des Kaisers von Russland und des Königs von Preussen befand. Er trug Beiden den Bericht, und seine Ansicht über das zu Unternehmende vor, und Beide traten alsogleich und entschieden seiner Meinung bei. Noch an diesem Tage eilte ein Adjutant des Fürsten, der Oberste Graf Paar — derselbe, der später die Übergabe von Paris mit unterhandelte — zu dem Kaiser von Östreich nach Bar sur Aube, um ihm das Beschlossene zu melden. Man ging nach Vitry. Es wäre *möglich* gewesen, dass Napoleon bei dem Marsche dahin keine andere Absicht gehabt hätte, als die Marne zu gewinnen, die er tiefer unten von den Preussen gesperrt erwarten musste. Hier aber vernahm man, dass er die Marne aufwärts nach St. Dizier marschiert sey, und diese Richtung liess keinen Zweifel über seine Absicht mehr zu. Hätte sie es, so würde der von Tettenborn aufgefangene Brief des französischen Kaisers an seine Gemahlinn das Räthsel jenes Marsches hinlänglich gelöset haben. Darin gab der Kaiser sowohl seine Bewegung, als die Gründe derselben, in klaren Worten an.

Diese Ereignisse beschleunigten den entscheidenden Entschluss. Offenbar war das Hauptheer auf seiner Verbindung mit der Schweiz von dem Feinde, der 50 bis 60,000 Mann stark nach Chaumont eilte, schon umgangen. Nicht ohne die grössten Opfer, vielleicht nicht ohne einen Rückmarsch bis an den Rhein, würde es gelungen seyn, sie wieder frei zu machen. Die oberste Regel des Krieges verlangt die Sicherstellung der Rückzugslinie; aber einem so kühnen Feinde, wie Napoleon, gegenüber, würde man mit einer halbdurchdachten Befolgung dieses Gesetzes nicht ausgereicht haben.

Durfte Napoleon versuchen, sich eine neue Grundlinie zu schaffen, so stand dasselbe auch an dem Fürsten; durfte jener ihn zu umgehen wagen, so konnte der Fürst mit gleicher Bewegung entgelten. Wohl waren die Verbindungen zu sichern, wenn man den Entschluss zu fassen die Kraft, und auszuführen den Muth hatte, die Grundlage der nächsten Unternehmungen von der bedrohten Rheinlinie und Schweiz, nach den durch das Nordheer gesicherten Niederlanden zu verlegen. Diese Schwenkung mitten im Lande des Feindes, hatte dem Fürsten schon seit einigen Wochen vorgeschwebt, und darum, weil er sie für den Fall, den er voraussah, und der jetzt eingetreten war, für das einzige Zweckmässige hielt, bestand er schon im Kriegsrathe, der am 28. Februar gehalten worden war, so fest darauf, dass Holland und die Niederlande durch den Herzog von Weimar vor den zahlreichen Besatzungen der feindlichen Festungen gesichert, und stark besetzt gelassen werden sollen. Damals schon wurde dem schlesischen Heere aufgetragen, seine Grundlinie einzig und allein nach dieser Richtung zu suchen. Was bereits in Ausführung war, wurde am 23. März im versammelten Kriegsrathe und in Gegenwart der beiden Monarchen förmlich entschieden. Der Fürst zählte alle die Opfer und Beschwerlichkeiten auf, welche von dieser Verlegung der Grundlinie unzertrennlich waren, als Verluste an Geschütz, Gepäck und Vorräthen, wie an einzelnen Truppenabtheilungen; Anwachsen der feindlichen Hauptmacht; Wahrscheinlichkeit des über den ganzen Kriegsschauplatz sich verbreitenden Landesaufruhrs; Schwierigkeit der Verpflegung in dem verwüsteten

Landstrich, in welchem man sich, getrennt
von den sichersten Hülfsquellen, herum bewegte; Möglichkeit des Widerstandes der
Hauptstadt, deren Volksmenge, wenn die Na-
poleonische Partei verstanden hatte, sie zu
bearbeiten und Mittel fand sie zu bewaffnen,
allein schon zureichte, ein grosses Kriegsheer
zu beschäftigen. Aber er führte auch anderseits auf, wie alle Nachrichten übereinkämen,
dass die Stimmung in Paris gerade jetzt eine
Richtung genommen, welche die Gegenwart
Napoleons in seiner Hauptstadt dringender als
jemals' zu fordern scheine; wie dessen Plan,
aus militärischem Gesichtspuncte betrachtet,
vielleicht nicht zu tadeln, aus politischem
aber desshalb ein Fehler sey, den man benützen müsse; wie man zwar die Vereinigung
der eigenen Streitkräfte zum Ziele nehmen,
diese aber nicht während der Verfolgung des
Feindes, sondern durch den Marsch nach Paris bewerkstelligen müsse. Dadurch werde
man dem Feinde, und dem Kriege selbst, seine
Haupterhaltungsquelle verschliessen, die Stimmung des französischen Volkes gewinnen oder
unschädlich machen, und die vereinzelten

Korps der Marschälle Oudinot, Marmont und Mortier, die ein Kern für ein neues feindliches Heer seyen, aufreiben. Er setzte weiter die Gründe aus einander, die dem Bestreben, die alte Grundlinie zu bewahren, entgegen standen, und zeigte im Hintergrunde das Verderben der verbündeten Heere als eine Folge dieses Bestrebens. Opfer mit Opfer verglichen, und Vortheil gegen Vortheil abgewogen, konnte kein anderer Entschluss zum Gesetze werden, als der bereits durch den Marsch nach Vitry eingeleitete, und diess um so mehr, als das entschiedene Benehmen der Östreicher im Süden, gerade damals die Gefahr für die Schweiz nicht wenig verringert hatte.

Blücher war über Rheims an die Marne gerückt, um das verbündete Hauptheer, das er von Napoleon noch angegriffen glaubte, zu unterstützen. Der Befehl war dem schlesischen Heere ausgegeben, am 24. über den Fluss zu setzen. Schwarzenberg erhielt die Meldung davon mit Anbruch des Tages, und die Nähe Blüchers entschied, den Marsch nach Paris alsogleich zu beginnen. Auf den Höhen von Sommepuis um zehn Uhr Morgens entwarf der

Fürst in Beiseyn der Monarchen und der höchsten Offiziere die darauf Bezug habenden Anordnungen, wornach Blücher angewiesen wurde, über Montmirail in Gewaltmärschen nach
Meaux zu eilen. Der Fürst versprach dasselbe über Sezanne zu bewirken. Winzingerode
aber erhielt die Bestimmung, mit 8000 Pferden den Kaiser zu verfolgen. Über die Leichen
der braven Truppen der Marschälle Marmont
und Mortier und der Generale Pactod und
Amey, die, ihrem Kaiser nachzurücken be-
schieden, im Verzweiflungskampfe den Verbündeten erlagen, rückten diese rasch ihrem
Ziele zu. Der Gedanke, bald die Thürme von
Paris zu erschauen, wirkte wie Zauber auf die
Truppen. Die Musik aller Regimenter spielte,
alle Trommeln schlugen, und die Gegend ertönte von dem Jubel der Krieger. Am 28. endete die Schlacht vor Paris den Widerstand
Frankreichs, und am letzten Tage des so inhalts-
reichen Monats März, erfolgte der Triumph-
einzug, dem seit Jahrhunderten keiner zu vergleichen war.

Was weiter darauf geschah, so riesenhaft
der unerwartete Bau scheinen mochte, — der

Grund zu seinem sichern Stande war durch
das sieghafte Schwert des Fürsten geebnet.
Dieser nahm nur berathenden Antheil an den
Verhandlungen der Minister. Jetzt, wo das
Werk gethan war, zog er sich alsbald still zurück. Aber die Monarchen und alle Nationen
Europa's beeiferten sich, die Zeichen über
ihn zu häufen, die als Beweise ihrer Achtung
und Dankbarkeit angenommen sind. Russland,
Preussen, Schweden, Dänemark, England,
das umgestaltete Frankreich, der Kirchenstaat,
die Niederlande, Baiern, Sachsen, Baden,
Hannover, Savoyen und Sizilien, sandten ihm
ihre Orden zu. Auf dem Schlachtfelde von
Brienne hatte der Kaiser Alexander ihm einen
goldenen Ehrendegen mit Diamanten und Lorbern verziert, und mit der Aufschrift: „Für
„die Schlacht vom 20. Jänner 1814" über-
reicht. Die Altstadt London that dasselbe mit
einer einfach würdigen Zuschrift *). Oxford

*) „In testimony of the high sense this court en-
„tertains of the consumate skill, brilliant ta-
„lents and undaunted bravery displayed by him
„during the protracted conflicts, in which he
„has been engaged for securing the liberties,
„the repose and happiness of Europe....."

beehrte sich, ihn unter seine Bürger zu zählen, und die alte Hochschule jener Stadt erwählte ihn zum Doctor der Rechte. Mit ju-
belndem Danke kam ihm das Vaterland entgegen. Die Stände des Königreichs Böhmen
bestimmten eine grosse Summe zur Errichtung eines öffentlichen Denkmals für ihn; Ab-
geordnete der Stadt Wien überreichten ihm
das Diplom eines Ehrenbürgers; gelehrte Gesellschaften zierten ihre Matrikel mit seinem
Namen. — Schon auf dem Schlachtfelde von
Leipzig hatte der Kaiser von Östreich seinen Feldherrn mit dem Grosskreutz des The-
resienordens geschmückt. Jetzt beschenkte
er ihn mit einem bedeutenden Jahrgehalt
und mit der Herrschaft Blumenthal im Ba-
nat, mit welcher er die Erbfolge für das
männliche Geschlecht verband. Er liess ihm
die Wahl, die Stadt Paris oder das östreichische Wapen in das Herzschild des seinigen
aufzunehmen, und der Fürst wählte das Letztere. Der Kaiser erschuf ein eigenes Zeichen,
um die Brust aller Krieger zu zieren, welche das Glück hatten, an diesem denkwür-
digen Feldzuge Theil zu nehmen: das aus

dem eroberten Geschütze gegossene Kreutz.
Nur Schwarzenberg allein sollte neben demselben ein goldenes, der Form nach ähnliches doch grösseres Kreutz mit gleicher Aufschrift am Halse tragen. Er ernannte ihn endlich zum Präsidenten seines Hofkriegsrathes, und drückte ihm in offener Zuschrift seinen Dank aus.

Ohne Pomp oder feierliche Formen, legte der Fürst am 5. Mai den Oberbefehl über die verbündeten Kriegsheere nieder, und begab sich, voll Sehnsucht nach der Stille seines Hauses und nach dem Wiedersehen der Seinigen, auf sein Schloss in Böhmen. Er säumte mit der Reise nach Wien, bis die Feierlichkeiten, welche bei Übernahme der Hofkriegsrath-Präsidentenstelle üblich sind, ihn dahin zu gehen nöthigten. Im einfachen Wagen, Abends und unerkannt, wie er es wollte, fuhr er in die Hauptstadt ein. Es war ihm gelungen, an diesem Tage dem Jubel der Bewohner auszuweichen; aber desto inniger und ungestümer fand der Beifall dann sein Wort, als der Fürst am 3o. Juni den feierlichen Zug nach dem Hofkriegsrathsgebäude that. Die Truppen und Bürgerwachen standen in Waffen; Tausende und wieder Tausende drängten sich durch die Strassen, den lang vermissten Feldherrn zu sehen; sein Lob tönte von Mund zu Mund, und von allen Balkonen und Fenstern flog ihm Gruss und Jubel entgegen.

Dieser stolze Tag überwand das Pflichtgefühl nicht, das tief aus dem Herzen ihm das Gebot schweigender Zurückgezogenheit und sorglicher Entfernung vom Schauplatze der Huldigung wiederholte. Durch sechs Wochen besuchte er das Theater, was er sonst vorzüglich liebte, nicht, weil ihm bekannt war, dass man ihn dort mit feierlichem Grusse empfangen wolle. Als diese Zeit vorüber war, glaubte er, das Verlangen des Volks habe sich gemindert. Im einfachen Überrock, ohne Orden, ohne Abzeichen seiner Würde, trat er in die Loge; aber der heftigste Jubel schallte ihm entgegen: denn eine Viertelstunde früher war es bekannt geworden, dass er kommen wolle. Die Sage verbreitete sich mit Windeseile; das Haus war gedrängt voll, und Alles wartete voll Spannung des Augenblicks, wo die Thüre der Loge sich öffnen werde. — Mit einer Stimmung, die nicht frei von Scheu und Weh-

nmth war, trug der Fürst diese Ehren. Er
wich ihnen aus, so oft er es vermochte, und
so eilte er auch im Sommer 1814 wieder nach
Böhmen, in dem Zeitpunkte, wo die Monarchen und Minister zum Wiener Congresse sich
zu versammeln begannen. Aber der Wunsch
des Kaisers Alexander, der, kaum in Wien angelangt, sich nach ihm erkundigte, und von
seinem Aufenthalt in Böhmen unterrichtet, ohne Säumen den Grafen Potocki, seinen Gene-
ral-Adjutanten, dahin absandte, bewog ihn
zur Rückkehr. Er verkannte die zarte Sorge,
die in dieser Nachfrage lag, nicht; denn er
verstand den Mann, der sie that. Während der
ganzen Dauer des Feldzuges, von seiner Eröffnung auf den Höhen vor Dresden bis zu
seinem Schlusse auf den Wällen des Mont-
martre, hatte der Kaiser von Russland mit dem
Fürsten beinahe immer das Feldlager getheilt.
Gleiche Sorgfalt, gleiche Mühe, gleiche Theilnahme an den Ereignissen des Krieges, band
sie an einander. Alexander hatte niemals, jetzt
und späterhin, eine Gelegenheit versäumt, die
hohe Achtung und Neigung an den Tag zu legen, die er für den Fürsten hegte, und die

Zartheit im Ausdruck, und in der Einklei-
dung seiner Empfindung war jederzeit dessen
würdig, der sie gab, und dessen, der sie empfing. Das majestätisch-kriegerische Fest am
Jahrestage der Völkerschlacht bei Leipzig,
am 18. Oktober 1814, da 16,000 Krieger in
den herrlichen Prateralleen und auf der Sim-
meringer Haide an offener Tafel speisten, Kaiser und Könige und Feldherren aller Truppen
der Verbündeten in jubelnder Eintracht sich
beisammen fanden, und mehr als 200,000 Menschen am herzerhebenden Anblicke sich weide-
ten: — diess Fest des Welttheils, gab eine der
vielfältigen Gelegenheiten, wo Alexander stolz
den Augenblick ergriff, dem gemeinschaftlichen Feldherrn die Achtung öffentlich zu zeigen, die er für ihn im Innern trug. Schwarzenberg stand in der Menge der anwesenden
Generale, halb verborgen durch sie, die ihn
umringten, als der feierliche Gottesdienst zu
Ende war. Die Monarchen traten aus dem Zel-
te. Alexander suchte den, dessen Anspruchslosigkeit er kannte, und der, wenn man so
sagen darf, mit dem Talente begabt war, sich
zurückzuziehen. Er zog ihn hervor aus der

Menge, umarmte ihn, und rief ihm laut die Worte zu : „Il est juste qu'après avoir rendu „grace à celui auquel nous devons tout, ce „soit à vous, Maréchal, que nous fassions nos „remercimens, parcequ'après Dieu c'est à vous „que nous devons nos succès."

Kaiser Franz brachte bei der Tafel die drei Toaste aus: Auf das Wohl Seiner Gäste! Auf jenes sämmtlicher Feldherren! Den verbündeten Heeren! — Alexander, der fremde Monarch, der es thun konnte, fügte noch den vierten vor der unzählig herbeiströmenden Menge, und unter dem Donner des Geschützes hinzu: Dem Fürsten Schwarzenberg! — Diese erhebende Feier eines Tages, der eine Perle der Erinnerung in späten Zeiten seyn wird, wurde über das ganze östreichische Heer durch die Austheilung des aus dem eroberten Geschütze gegossenen Kreutzes verbreitet; denn an diesem Jahrstage war es, dass alle Krieger, welche an den Feldzügen von 1813 oder 1814 Theil genommen hatten, diess Denkzeichen zum ersten Male trugen.

An den Geschäften des Wiener Congresses nahm der Fürst keinen unmittelbaren An-

theil; sie hielten ihn jedoch in reger Thätigkeit. Ihn beschäftigte ausserdem das Wohl und
die Würde des Heeres, die er mit warmem
Herzen zu erhalten und zu befördern strebte.
Es stand dasselbe während der Dauer jenes
Congresses gerüstet, und zu jeder Verwendung, die man vorhaben konnte, bereit. Der
Krieg gegen Murat gab zuerst für einen Theil
desselben Beschäftigung. Der Fürst ertheilte
im Allgemeinen den gegen Neapel bestimmten
Truppen die nöthigen Weisungen zur Führung des Feldzugs, den der General der Cavallerie Baron Frimont so zweckmässig einlei-
tete, und Feldmarschall-Lieutenant Baron
Bianchi auf so glänzende Weise in sechs Wochen beendigte. Die Nachricht von der Lan-
dung Napoleons an der Küste des mittäglichen
Frankreichs, und von dessen erstaunenswür-
digem Zuge nach Paris, gewann dem Fürsten
nicht das geringste Zeichen der Beunruhigung
ab. Er kannte das Heer. Sein Meisterblick hatte ihn die Nothwendigkeit einsehen lassen,
es nicht nur nicht zu schwächen, sondern
vielmehr auf einen kräftigeren Fuss, als selbst
im Kriege, zu setzen. Daher seine Ruhe. Schnel-

ler, als bis dahin jemals geschehen war, standen 150,000 Östreicher am Rhein. Am neunten Mai 1815 verliess Schwarzenberg sein Schloss Worlik, und traf zwei Tage darauf in Heilbronn ein, wohin er seit einem Monate sein Hauptquartier gesendet hatte. Seine Reise glich diessmal einem Festzug. In allen Orten Böhmens, durch die er fuhr, wurde er mit Jubel empfangen; Blumenkränze flogen ihm entgegen, und das Jauchzen verhallte noch lange nicht, als schon der Wagen die menschenerfüllten Strassen durchzogen hatte. Mit gleicher Theilnahme empfing man ihn in Baiern, wo ihm besonders Nürnberg Beweise der herzlichsten Huldigung gab. Die halbe Stadt kam ihm entgegen, obwohl es schon Nacht war, als er dort anlangte. Förmliche Huldigung konnte er sich verbitten lassen; aber die Herzen der Bewohner folgten seinem bescheidenen Willen nicht. Die Stadt war erleuchtet. Mit Fackeln empfing man ihn, und begleitete jubelnd den Wagen, der über eine Stunde nur im Schritte fahren konnte.

Der Entwurf, welchen der Fürst, gemeinschaftlich mit dem Herzog von Wellington und den übrigen Feldherren der Verbündeten, für die Führung des Krieges den zu Wien versammelten Monarchen vorgelegt hatte (am 28. April), ging im Allgemeinen dahin: dass man zur Vernichtung des Buonapartischen Heeres als Hauptgrundsatz feststellen müsse, sich nicht zu vereinzelnen, — aber auch nicht so dicht an einander zu bleiben, dass man sich nicht entfalten könne, und in der Verpflegung gehemmt sei; dass zwei selbstständige Massen aufgestellt werden sollen: die englisch-preussische, und die östreichische mit den Verbündeten des südlichen Deutschlands, — die erste in den Niederlanden, die zweite am Mittel- und Oberrhein; beider Zielpunkt sey Paris, und ihr Benehmen müsse im strengsten Einklange bleiben; dass die russischen Truppen eine Verbindungsmasse zwischen den obengenannten bilden sollen: bereit, dahin zu eilen, wo es nöthig seyn wird. — Er bestimmte insbesondere weiter: dass 70,000 Östreicher aus Italien über den Mont Cenis, Bernhard und Simplon auf das Jura-Gebirg und nach Lyon sich wenden werden; dass die Rheinarmee ober und unter Basel in sechs Abtheilungen über den Strom gehen, und im Rücken der Vogesen den Baiern die Hand reichen solle; — dass diese von Kaiserslautern aus gemeinschaftlich mit der Rheinarmee dann gegen Langres rücken würden. Die russischen Truppen sollten nach Umgebung der Rheinfestungen, links an die Baiern sich schliessen, und etwa 50,000 Mann zu Blüchern stossen lassen. „Am 24. Juni wird die Rheinarmee „Feindesland betreten; am 4. Juli die russi-„sche; am 27. Juni wird das Heer von Italien in „Genf seyn; an demselben Tage werden Wel-„lington und Blücher den Feldzug eröffnen."

Die in ihren Gestaltungen, wie in ihren Folgen riesenhaften Kämpfe von Quatrebras, Ligny und Waterloo endeten, bevor am Rhein der Feldzug eröffnet werden konnte, denselben schon entscheidend und ruhmvoll für die Verbündeten in den Niederlanden. Die Ankunft der Nachricht von dem Ausgange der Schlacht von Ligny, die Blücher in einem Schreiben aus Wavre vom 17. Juni, dem Vorabende der Schlacht von Waterloo, dem Fürsten gab, fiel mit dem Befehle zusammen, vermög welchem Schwarzenberg sein gesammtes, vom Main bis an den Bodensee reichendes Heer über den Rhein ge-

hen liess. Die schnell darauf folgende Sieges-
nachricht beschleunigte den Marsch. Zwanzig
Tage nach dem Aufbruche von der Saar erschien Fürst Wrede, der die Vorhut des Hauptheeres führte, vor Paris, und zwei Tage darauf
(am 17. Juli) rückten die östreichischen Truppen zum zweiten Male in die Hauptstadt Frankreichs ein, während das aus Italien über die
Alpen herbeigerufene östreichische Heer sich
den Weg durch die festen und gut vertheidigten Engpässe des Jura bereits geöffnet hatte, und
um dieselbe Zeit den andern Mittelpunkt der
Rüstungen der hundert Tage, Lyon, besetzte.

Wellington und Blücher hatten den Kno-
ten mit dem einen Schlage zerhauen, und nur
geringe Arbeit blieb für die östreichischen
und russischen Streitkräfte. Aber der verzweifelte Versuch Buonaparte's, wenn er auch
nicht schon in den Niederlanden gescheitert
wäre, konnte dennoch im Ganzen, aus militärischem Gesichtspunkte beurtheilt, kaum gelingen. Für den Fall des erlittenen Nachtheils
war der Fürst, vor Eröffnung des Feldzugs
schon, mit den Feldherren, die in den Niederlanden die Heere führten, — denn dass der

Krieg dort beginnen werde, daran zweifelte er
nicht — übereingekommen, dass sie Schritt für
Schritt nach Holland zurückgehen sollten; indessen würde das Hauptheer mit beschleunigten
Märschen in die Champagne eilen, und Buonaparten im Rücken fassen. Wenn der Nachricht
von der Schlacht bei Ligny auch nicht jene
der Schlacht von Waterloo gefolgt wäre: der
begonnene Vormarsch des Hauptheeres würde dennoch, wenigstens von Seite des Fürsten, keine Verzögerung erlitten haben. Die
Nachricht von jener Verzweiflungsschlacht erfüllte den Fürsten mit inniger Freude. Würde er, unter dem Vorwande des Dienstes nur
sich haben dienen wollen, so wäre gewiss
seine Empfindung damals eine ganz andere
gewesen. Welch glänzende Bahn öffnete sich
vor ihm, wenn in den Niederlanden die verbündete Streitmacht erlegen wäre! — Zum
zweiten Male zum Feldherrn so mannichfal-
tiger, zahlreicher Kräfte ernannt; dadurch
schon eines Vertrauens versichert, was ihm
im Sommer des Jahres 1813, wo noch kein
Tag von Leipzig vorausgegangen war, unmöglich in demselben Umfange zu Gebote ste-

hen konnte; jetzt ein sorgsamer vorbereite-
tes, in jeder Beziehung vollkommneres Heer
führend; selbst durch die Jahrszeit bei diesem zweiten Einfalle in Frankreich begünstigt:
welch einen herrlichen Lorber hätte er nicht
diessmal um sein Haupt flechten können? —
einen Lorber, weder bestritten, noch mit eigener Hand zum Opfer entblättert; einen Lorber, mit weniger Dornen umwunden, — leichter errungen als jener der zwei vergangenen
Jahre, und dennoch glänzender, wenn auch
nicht reicher.

Der Aufenthalt durch einige Wochen zu
Paris war für den Fürsten unvermeidlich, obwohl er ihn so kurz als möglich wünschte.
Nah an der Hauptstadt besichtigte er um die
Mitte September die Sieger von Waterloo, die
unter der persönlichen Führung des Herzogs
von Wellington die Bewegungen der Schlacht
von Salamanka wieder gaben. Er ging dann
nach Vertus, um die russischen Truppen zu
beschauen, und mit Anfang Oktober nach Dijon, wo der Kern der östreichischen Streitkraft sich sammelte. 120,000 Mann standen am
5. Oktober zwischen Couternon und St. Apol-

linaire aufmarschiert. An der Spitze derselben empfing Schwarzenberg an diesem erhebenden Tage die Kaiser von Östreich und
Russland. 132 Schwadronen übten sich am
folgenden unter der Leitung des Erzherzogs
Ferdinand mit musterhafter Gewandtheit vor
den Monarchen, und dem Fürsten, der nun
zum letzten Male den begeisternden Anblick
eines so zahlreichen Heeres geniessen sollte. —
Auf dieser Ebene war es, wo, fünfzehn Jahre
früher, Buonaparte die Kräfte sammelte, mit
welchen er den Zug über die Alpen und auf
das Feld von Marengo that. Von hier ging
gleichsam der Stern seiner obersten Herrschaft
aus: denn wenn er auch schon früher an dem
Gedanken darnach sich ergötzt haben mag, so
bedurfte es doch vorerst des 18. Brumaire,
um ihm die Wahrscheinlichkeit der Erreichung dieses Zieles vor die Augen zu stellen.
Und auf demselben Fleck der Erde standen
jetzt die Sieger, den Erfolg aus den fünfzehn
dazwischen liegenden Kriegesjahren auf die
einfachste Weise, durch den Lapidarstyl der
Geschichte, den S c h l u s s, bezeichnend.

Um Mitternacht vom 7. zum 8. Oktober

verliess Schwarzenberg Dijon, und schon am
12. Morgens war er wieder in Worlik. Zu dieser Eile, ausserdem dass er sie auf Reisen
liebte, wurde er insbesondere noch dadurch
bewogen, dass er in Erfahrung brachte, der
Kaiser von Russland, der mit ihm am selben
Tage Dijon verlassen hatte, wünsche ihn auf
seinem Tusculum zu überraschen. Wirklich
traf auch drei Tage nach des Fürsten Ankunft
Alexander in Worlik ein, und brachte einen
heitern Tag dort zu. Es versäumte der zartsin-
nige Monarch auch hier die Gelegenheit nicht,
dem Feldherrn mit innigen Worten die Achtung auszudrücken, die er seit so langer Zeit
für ihn gefasst, in jedem Augenblicke bewahrt,
und auch in keiner Lage verläugnet hatte. Er
fuhr mit dem Feldmarschall und dessen Gemahlinn am 16. nach Frauenberg, einem Land-
sitze des regierenden Fürsten zu Schwarzenberg, wo er bis zum 19. verweilte. Voll hohen Schwungs des Herzens, hatte der russische Monarch absichtlich seine Reise so eingeleitet, dass er den zweiten Jahrestag der
Völkerschlacht im Verein mit dem Fürsten
und im Kreise der Angehörigen dieses er-

lauchten Feldherrn zubringen konnte. Er feier-
te ihn mit reiner, frommer Erhebung. Nachdem er Jeden der Anwesenden, welcher an
jenem Riesenkampfe Theil genommen, in seine Arme geschlossen hatte, trat er vor den
Fürsten, und sagte ihm mit der ganzen Würde
seines Ausdrucks: „Rappelez vous, Maréchal,
„ce que je vous ai dit le premier anniversaire
„de ce beau jour à la reunion des Souverains:
„Je suis charmé de vous le répéter aujourd'hui
„au sein de votre Famille" *).

Sechs höchst glückliche Wochen brachte
Schwarzenberg jetzt, umgeben von den Seinen, in der Fülle ihrer Liebe, in Böhmen zu.
Nach den rauschenden Siegesfesten, wo Völker
Zuschauer waren, folgten die häuslichen; und
die erwarteten Segnungen des Friedens, welchen die Welt gewonnen hatte, schienen sich
zuerst in jenem stillen Kreise zu verwirklichen.
Im Dezember ging der Fürst nach Wien; wieder verborgen, wieder ohne alle Anforde-

---

*) Er deutete damit auf die Worte, mit welchen
er während des Praterfestes nach beendigtem
Gottesdienste dem Fürsten gedankt hatte, und
die Seite 284 angeführt sind.

rung bemerkt zu werden, und wieder mit rauschendem Jubel begrüsst.

Pflichten seines Amtes führten ihn im Winter nach Italien. Am 1. Jänner des Jahres 1816 verliess er Wien, und reiste über Grätz, Laibach, Triest und Verona nach Mailand. Nie versäumend alle Ehrenbezeigungen abzulehnen, hatte er es auch diessmal gethan. Nichts desto weniger wartete seiner aller Orten der Prachtaufzug der Truppen; und der Jubelruf der Bewohner empfing und begleitete ihn, wo er kam, und wo er ging. Die Schönheit der Steiermark, obwohl durch das Kleid des Winters verhüllt, aber in ihren grossartigen Umrissen sichtbar, und selbst durch die Einfachheit der Färbung würdig gehoben, verfehlte den Eindruck auf sein reiches Gemüth nicht. Er blieb sechs Stunden in Grätz, verliess diese Stadt am 2. Abends, war am 3. in Cilly, Tags darauf in Triest. Als er auf die letzten Höhen vor Triest gelangte, versank eben die Sonne in dem unendlichen, beruhigten Meere. Der Ruf des Geschützes gab dem Volke die Annäherung des Siegers von Leipzig kund. Es strömte heraus aus der Stadt in dichten brausenden Wogen. Schweigend sah der Fürst vor sich hin, und wie alle hohe Bilder der Empfindung auf einem dunklen Grunde aufzusteigen pflegen, so verrieth sich in diesem Augenblicke etwas Ähnliches auf der Stirne, die von Lorbern eben so sehr verletzt, als geschmückt zu werden schien. Der Gouverneur der Stadt lud ihn ein, die Oper zu besuchen. Er machte ihn mit den Vorbereitungen bekannt, die das Volk zu seinem Empfange dort gemacht, und bat, dessen Hoffnung nicht zu täuschen. Seiner Bescheidenheit Überwinder, nahm der Fürst mit Freundlichkeit all die Huldigungen auf, von denen er nicht selten ermüdet zurückkam. Am nächsten Morgen, da er den Hafen betrat, begrüsste ihn der Donner des Geschützes von allen anwesenden Schiffen. Die zufällige Ankunft zweier Fregatten aus der Levante, wovon die eine den Namen Leipzig führte, und die plötzliche Aufheiterung des bis zum gestrigen Tage stürmenden Wetters, gab zu manchem Liede Veranlassung, das Triest dem Sieger von Leipzig weihte.

Der Fürst besah am 6. zu Verona das herrliche Amphitheater. Er zögerte am 8. einige Stunden zu Brescia, um nicht vor Einbruch der Nacht nach Mailand zu kommen, wo er in der Casa Clerici abstieg. Kaum war er einige Tage in der Hauptstadt der Lombardei, so erhielt er die Nachricht von dem Tode seiner Schwester Caroline, vermählten Fürstinn von Lobkowitz. Dieser Frau hatte die Natur einen herrlichen Verein von Gemüth und Geist gegeben, und sie dadurch zum Gegenstande der lebendigsten, ja einer leidenschaftlichen Zuneigung all der Ihrigen gemacht. Sanftmüthig, zartsinnig, reich an Liebe, und unter mancher Prüfung gereift, war sie das Musterbild einer edlen Frau. Ihr Tod zerriss innige Bande, mit denen sie als Schwester, Gattinn und Mutter an das Leben geknüpft war, — Bande, die, als wären sie nur für die minder Empfänglichen berechnet, so oft desto früher gelöset werden, je höher die Seligkeit ist, wozu sie die Edleren vereinen. Die erste Hand, die dem Fürsten Trost für diese Wunde zu bringen versuchte, war die einer Frau, der Kaiserinn Marie Louise von Östreich. Der Brief, worin ihm diese in Leiden erfahrne Frau, die bald darauf in jene bessere Welt hinüber ging, am selben Tage, als er die Todesnachricht erhielt, Worte des Trostes gab, wird, so lange er besteht, ein Denkmahl ihres vortrefflichen Herzens seyn.

Seit dem Aufenthalte in Mailand war die Heiterkeit des Fürsten völlig herabgestimmt, und es bereitete sich der Übergang zum letzten Zeitraume seines Lebens, zu seiner Krankheit, vor. Die mancherlei Zerstreuungen, in die er gezogen wurde, reichten nicht zu sein Wesen zu erhellen, weil sie nicht Kraft hatten, bis in dasselbe zu dringen. Eine erhöhte Reitzbarkeit, späterhin die fortwährende Begleiterinn seines Übels, trat damals schon sehr merkbar hervor; so z. B. war ihm unmöglich, Musik zu hören; er ertrug sie nicht. Das Bild seiner Schwester mit tausend traurigen Nebenbildern bemächtigte sich seiner dann; auf dem dunkeln Hintergrunde der Vergangenheit leuchtete der Brand vom Jahre 1810 empor; die heitere Farbe inniger Verhältnisse wandelte sich in Schwarz; selbst seine Thaten lagen kalt und nichtig vor ihm, und er konnte ihnen keine Erheiterung abgewinnen. — Er machte eine Lustfahrt nach dem

Comer-See und dem Lago maggiore. Sein Sinn für die Natur verläugnete sich nie. Mit Wohlgefallen besah er die borromäischen Inseln. Er wurde wieder beredt in seinen Briefen über den Eindruck jenes Anblicks und über die Eigenheiten des Naturreichthums; aber sein Gemüth blieb wund. Anfangs März verliess er Mailand. Er hatte anfänglich eine Reise nach Rom und Neapel vor, gab sie aber wieder auf, und gefiel sich in dem Plane, sie nach zwei Jahren in Gesellschaft seiner Gemahlinn zu unternehmen. Er ging diessmal nach Genua und Venedig, und mit Ende März nach Wien zurück. Die schöne Jahrszeit wollte er in Böhmen geniessen. Geschäfte riefen ihn im August, und später nochmals im Oktober nach Wien. Diess war der letzte Herbst, den er im Genusse erträglicher Gesundheit zubrachte.

Am 13. Jänner 1817 um vier Uhr Morgens ward er plötzlich auf der rechten Seite vom Schlage gerührt, und man fürchtete für sein Leben. Die lauteste und innigste Theilnahme that sich im Allgemeinen kund. Nicht minderen Antheil erregte die Kunde in allen

Ländern Europa's, wo die Thaten oder die Persönlichkeit des Fürsten ihm Anhänger geworben hatten, und die Zahl derselben war beträchtlich, da sie überall die Guten in sich fasste. Aber die Krankheit schwand nach und nach, und die Vorsehung erlaubte Hoffnung auf Genesung zu schöpfen, wenn gleich nicht in ihrem Plane lag, sie zu erfüllen. Der geschwächte Körper gewann wieder Stärke; die Lähmung wich mehr und mehr. Der Fürst konnte bald, obwohl mit Mühe, seinen Geschäften vorstehen: nur die Heiterkeit seines Geistes kehrte nie ganz zurück. Im Juni sandten ihn die Ärzte nach Karlsbad, im August nach Töplitz. Im erstern Orte fand er seinen hochherzigen Waffengefährten, Blüchern, wieder, und den Jahrestag der Schlacht von Waterloo feierten Beide gemeinschaftlich in Gegenwart der begleitenden und anwesenden Offiziere auf eine rührende Weise. Blücher brachte bei dem feierlichen Mahle, mit jener Jugendwärme, die dem thatenreichen Greis eigen war, des Fürsten Gesundheit in treffenden Worten aus. Das Gespräch führte auf jene inhaltsreiche Zeit, welche die Richtung des Jahrhunderts entschieden, und noch einmal umarmten sich die Feldherren, die bald aus einander und von der Erde gingen, und nun sich jenseits wieder gefunden haben.

Der Gebrauch der Bäder schien anfänglich von gutem Erfolg. Er wurde im Jahre 1818 und 1819 wiederholt, ohne jedoch das Übel aus dem Grunde heben zu können. Noch besorgte der Fürst in diesen Jahren die Geschäfte seines Amtes, nahm Theil an Unterhaltungen, Fahrten, Jagden, und wohnte den Übungen der Truppen bei. Aber deutlicher that sich von Monat zu Monat der Wille der Vorsehung kund: ihn, der den Riesenkampf geleitet hatte, nicht einen Zeugen des Friedens seyn zu lassen, der den Anstrengungen der Völker folgte. Der Tod des Fürsten Moritz Liechtenstein (im März 1819) machte gefahrlichen Eindruck auf ihn. Er liebte dessen Nähe, so wie die des Fürsten Louis Liechtenstein, des jüngeren Bruders des früher genannten. Beider Anblick war ihm wohlthuend während seiner Krankheit. Der ältere gehörte unter die Zahl seiner frühesten Freunde. — Als Moritz erkrankt war, besuchte ihn Schwarzenberg einstmals, und brachte, trotz der auflebenden Hoffnung, die der Kranke aussprach, die Überzeugung von dessen baldigem Tode mit sich. Wirklich starb Moritz einige Tage darauf; aber auch der Zustand Schwarzenbergs erlitt eine grosse Verschlimmerung. Immer weniger und weniger nahm er Theil an der Welt. Sein körperliches Leiden äusserte sich in zunehmender Lähmung, in geistiger Abspannung, die ihn jedoch nicht hinderte, in mancher Stunde der Aufregung alle Lebendigkeit früherer Zeit wieder zu gewinnen: in einem Zustande von unnatürlichem, nicht erquickendem Schlummer. Niemals siegte das Übel über seine Sanftmuth und Ergebung. Lange über die Vergeblichkeit der Hoffnung auf Genesung im Klaren, verschwieg er doch seiner Umgebung sorgsam diese Meinung, und sprach sie nur manchmal gegen den einen oder andern seiner alten Diener aus. Die Nachricht von dem Tode Blüchers schien ihn zu erschüttern. Was er dabei dachte, war unverkennbar in seinen Zügen zu lesen.

Im letzten Viertel des Jahres 1819 kehrten heftige Anfälle wieder, die alle Bangigkeit

und alle Trauer Derer, die ihn liebten, wach
riefen. Die Fähigkeit zum Sprechen sowohl,
als das Vermögen, für seine Gedanken die
passenden Worte zu finden, war nun sehr gemindert, und sein ganzes Wesen mehr als je
herabgestimmt. So fand ihn das Jahr 1820.
Sein Schicksal war der Erfüllung nahe. Nicht
sowohl Genesung als Erleichterung suchend,
zog er zum letzten Male über die Felder von
Kulm und Dresden nach Leipzig, wo er am
19. April anlangte. Seine Gemahlinn, sein Arzt
und einige Offiziere begleiteten ihn *); seine
zwei jüngern Söhne folgten. Als er der Stadt
sich wieder nahte, die jetzt im Frieden der
Nachmittagssonne ihm entgegen glänzte, erheiterte und erhob sich sein Blick. Geist und
Körper schienen bei dem Betreten der Heimath seines Ruhmes zu erstarken. Er erinnerte
sich lebendig der wunderbaren, unstätt wechselnden Gestaltungen der Riesenschlacht. Das

*) Der Oberste und General-Adjutant Graf Jo-
hann Paar, der Oberste und General-Adjutant
Baron Wernhard, der Hauptmann von Maiern,
und der Verfasser dieser Denkwürdigkeiten. —
Sein begleitender Arzt war der k. k. Rath und
Feldstabsarzt Doctor von Sax.

Gedächtniss gab ihm treulich die Namen der
Orte, der Regimenter, der Generale; die Stellung der Truppen; den Streit der Meinungen,
den Inhalt der Berichte wieder. Seine geheim-
sten Gedanken jener Tage lebten auf, und thaten
sich in seinen Zügen kund, die ein lang entbehr-
tes Feuer, gleich einem Zauber der Verjüngung,
wunderbar überflog. Dieser Zustand der Erheiterung nährte einige Wochen hindurch die Hoffnung der Seinigen, obwohl kaum seine eigene.
Bei der milden natürlichen Behandlung des Arz-
tes, schwanden nach und nach alle Schmerzen.
Schlaf erquickte ihn wieder; der Körper gewann Kräfte; die Lähmung in der schlagbe-
rührten Seite minderte sich; sein Geist nahm
Antheil; — nur die Schwierigkeiten der Rede
gaben sich nicht. Er bezog im Mai den Garten
der Milch-Insel, unferne der Dresdner Strasse,
und täglich fuhr er jetzt, da der Frühling
neues Leben in allen Fluren und Wäldern
weckte, auf das Feld, wo jeder Blick in die
Ferne und Nähe ihm grosse Erinnerungen auf-
regen musste. Emsig besuchte er manches
Plätzchen, wo er in den Tagen der Schlacht
Erholung gefunden hatte, und selbst den Mo-

narchen-Hügel bestieg er, und übersah von
dieser merkwürdigen Höhe mit auflebendem
seelenvollen Blicke, in dem noch die ganze
Kraft und Demuth seines Herzens wohnten,
die Gegend. Zum Denkmal des Fürsten Poniatowski, das im Reichenbachischen Garten eine so schöne Stelle fand, zog es ihn mächtig
hin. Er nahm seine Kräfte zusammen, diesen
Garten zu besuchen, und mit Rührung betrat er an würdiger Hand den Uferplatz, wo
unferne davon in den Fluthen der Elster der
edle Pole den Tod fand. Welch sonderbar
verschlungene Schicksale Beider von dem Tage an, wo sie, Jugendfreunde und Waffenbrüder
in demselben Heere, Jeder bereit des Andern
Leben durch sein eigenes zu bewachen, Arm
in Arm gegen die Türken auszogen, bis zu jenem, wo sie, Beide Feldherrn, hart im Kampfe einander gegenüber standen, und den
Waffen des Einen der Andere mit der Blüthe
seines Volkes erlag! — In der frühesten Zeit
hatte der Fürst zum Erinnerungszeichen Haare von Poniatowski empfangen, und sie bis
in die späteste bewahrt.

Auch die Erinnerung an Reynier beschäftigte ihn während dieses letzten Aufenthalts in Leipzig oft. Er sah die braven Truppen um sich, mit welchen Reynier unter ihm in Russland gedient hatte, und die jetzt beeifert waren, alle Zeichen von Achtung für ihren einstigen Feldherrn aufzubieten. Schon dieser Anblick führte seine Gedanken unwillkührlich auf Reynier, der, in Polen sein Mitfeldherr und Freund, in Leipzig ein Gefangener vor ihm stand, und tief im Herzen über das Unglück Frankreichs und über die ungemessene Ehrsucht seines Beherrschers betrübt, bald darauf ohne tröstenden Hoffnungsblick aus dem Leben ging. — Der Fürst sah während des Sommers noch gerne Leute. Die benachbarten Höfe überhäuften ihn mit Beweisen des Antheils. Der König von Preussen, die Prinzen von Sachsen, der Grossherzog von Weimar, die Herzoge von Anhalt, besuchten ihn mit achtungsvoller Aufmerksamkeit. Mancher Waffenbruder aus der schönen Heldenzeit des Jahrs 1813 begrüsste hier den erhabenen Feldherrn wieder, der nun gelähmt auf seinem Schilde ruhte.

Die nach kürzeren und immer kürzeren Zwischenräumen sich erneuernden Ausbrüche

des unheilbaren inneren Übels erlaubten dem
Fürsten seit der Mitte des Juli die täglichen
Fahrten nicht mehr. Die Liebe der Seinigen
füllte den engen Kreis seines einfachen stillen Lebens aus. Die Bewohner dieser Stadt,
— so schreibt ein geistreicher Mann, der zu
Leipzig öfters in der Nähe des Fürsten war,
Adam Müller *), — haben ihn zuletzt in den
schönen Abenden dieses Sommers, auf dem
Felde vor dem Garten der Milch-Insel sitzend
gesehen; vor ihm in einiger Entfernung an
der Landstrasse die Stelle, von der aus Napoleon die Bewegungen des 16. und 18. Oktobers leitete: im Hintergrunde die Höhen von
Stötteritz, Probsthaide und Konnewitz, von
wo aus die siegenden Heere gegen die Stadt
drangen. „Diese Gegend war nach einem so
„grossen, thatenreichen Leben, nach allen
„Geschäften, Reisen und Kriegen, das letzte
„Bild der Welt, welches sich dem hinster-
„benden Auge darstellte.‟

Adam Müller hat diese düsteren Augenblicke so richtig aufgefasst, und seine Worte so

*) Wiener Zeitschrift für Kunst, Literatur etc.
1820. Nr. 133. Schreiben aus Leipzig.

würdig gewählt, dass man nicht leicht bessere an ihre Stelle setzen kann. Er fährt in seinem Schreiben fort:

„Am 1. Oktober, als wenn die Luft des
„Siegesmonats tödtlich auf ihn einwirke, er-
„folgte ein höchst bedenklicher Rückfall in
„die Hauptkrankheit. Nachdem sich die er-
„sten Stürme desselben gelegt, äusserte der
„Feldmarschall ein dringendes Heimweh nach
„Böhmen, und die lebhafteste Besorgniss, in
„Leipzig, und nicht in dem geliebten Vater-
„lande zu sterben. — Alle Anstalten zur Ab-
„reise wurden gemacht; aber eine Spatzier-
„fahrt von einer halben Stunde bewies, dass
„die Kräfte nicht ausreichten, um die nächste
„Poststation zu erreichen. Am 7. schien alle
„Hoffnung zu verschwinden. Mit vollem Be-
„wusstseyn, welches ihn überhaupt, bis zum
„13. niemals anders als auf einige Augen-
„blicke verlassen hatte, empfing er die hei-
„ligen Sterbsakramente, und den Trost der
„Religion.”

„Einige Linderung stellte sich ein. Man
„benutzte sie, den hohen Kranken in die
„Stadt zu bringen, wo bereits seit längerer

„Zeit Seine Majestät der König von Sachsen
„ihm Ihre eigene Wohnung im grossen Tho-
„mäischen Hause am Markte eingeräumt hat-
„ten. Die unfreundliche Jahreszeit gestatte-
„te den Aufenthalt in einem leicht gebauten
„Gartenhause nicht länger. Seine letzten Bli-
„cke sollten auf die Stelle der Welt fallen,
„wo ihn Tausende am 19. Oktober 1813 an der
„Seite der drei Monarchen zuerst als den Be-
„freier von Deutschland mit Jubel begrüsst
„hatten.”

Das Übel verschlimmerte sich von Stunde
zu Stunde, und alle Anstrengungen der Ärzte rangen dem Tode nur eine kurze Frist ab.
Am 15. Oktober Abends, nach ein Viertel auf
zehn Uhr, endete die irdische Laufbahn unseres
Fürsten. Er starb in den Armen seines herbei-
geeilten älteren Bruders; in Gegenwart seiner
Gemahlinn, seiner Schwester Eleonore, seiner
Nichte Therese Fürstinn von Lobkowitz, seiner zwei jüngern Söhne, seiner Begleitung
und Dienerschaft; in der Fülle des Beileids
und aller Liebe und Treue, welche diese Erde gewähren kann. Der älteste Sohn, Fürst
Friedrich, aus dem entfernten Ungarn, wo

der Dienst ihn hielt, herbeigerufen, konnte an diesem schmerzlichen, doch heiligen Augenblicke keinen Antheil nehmen. Die Nachricht dessen, was geschehen, überraschte ihn mitten auf seiner Reise durch Böhmen.

An welchem Orte des Fürsten sterbliche Hülle ruhen solle: darüber stritt sich am Todestage die Liebe für seinen Ruhm mit der Liebe für das Vaterland. Ein Wink der Vorsehung, die den Sieger von Leipzig wieder nach Leipzig geführt hatte, schien unverkennbar auf das Begräbniss mitten auf dem Felde des Sieges, mitten unter den gefallenen Kriegern zu weisen. Gleich einer Stimme von oben, rief es: hier, wo Gustav Adolf und Pappenheim fielen, wo die Doppelschlacht von Lützen, jene von Breitenfeld, und die grosse Völkerschlacht in unseren Tagen gefochten wurden; hier auf diesen Feldern seines Ruhms, zu welchen ihn die Vorsehung rückgeführt, dass er wie ein Priester in seinem Tempel sterbe; hier, wo Hunderttausend Krieger ruhen; da lasst auch ihn ruhen, den Helden unter Helden! — Aber das Vaterland machte seine näheren Rechte geltend. Die von Einigen eifrig vertheidigte Beerdigung im Monarchenhügel auf dem Schlachtfelde, wurde aufgegeben, sobald der eröffnete letzte Wille des Verewigten Worlik in Böhmen als die Stelle bezeichnete, wo er ruhen wolle.

Am 19. in derselben Stunde, in welcher Schwarzenberg vor sieben Jahren die siegenden Heere des grossen Völkerbundes in die Stadt, deren Namen fortan unzertrennlich von dem seinigen ist, geführt hatte, ward seine Leiche im feierlichen Zuge aus der Stadt gebracht. Es fehlt hier am Raume, die ergreifenden Züge des Beileids aufzuzeichnen, welches die edlen Bewohner Leipzigs und ganz Sachsens, und vor Allem das sächsische Heer, dem Verewigten bewiesen; aber es ist zu hoffen, dass die zarte Sprache so uneigennütziger Liebe nicht verhallen werde. Viele Tausend Menschen waren gegenwärtig. Aus allen angränzenden Gebieten strömten sie herbei, und durch Geburt oder Thaten hochgestellte Männer zierten den Trauerzug. Sächsische Truppen begleiteten den Leichnam bis an die böhmische Gränze; da übernahmen ihn die östreichischen, und brachten ihn nach Prag, und dann nach Wittingau, wo er einstweilen, bis die Familiengruft in Worlik bereitet ist, ruhet.

Die Klage um den Verlust dieses Mannes wurde bald zur Klage von ganz Deutschland. Man erneuerte die Leichenfeierlichkeiten in allen Hauptstädten des östreichischen Kaiserstaates, und die zu Troppau befindlichen Monarchen nahmen die Todesbotschaft mit tiefer Rührung auf. Der Kaiser Alexander trat unter die versammelten Offiziere, und seine Achtung für den hohen Verewigten ausdrückend, sagte er ihnen die Worte: „Europa hat einen Helden, ich einen „Freund verloren, den ich beklagen werde, „so lange ich lebe." Er vertauschte die östreichische Uniform absichtlich während der Leichenfeier für die russische, um zu zeigen, dass er die Trauer als Beherrscher Russlands, als Stellvertreter seines gesammten Volkes trage. — Der Kaiser von Östreich erliess alsogleich ein Handschreiben, worin er befahl, dass dem ganzen Heere der Verlust seines obersten Führers bekannt gegeben werde, und es durch drei Tage Trauer nehme. Er bestimmte weiter: dass ein Marmordenk-

mal, von der Meisterhand Thorwaldsons ge-
arbeitet, auf öffentliche Kosten dem Andenken
des hohen Feldherrn errichtet werde; dass
sein Degen im Zeughause zu Wien verwahrt
bleiben, und das zweite Uhlanenregiment für
alle Zeiten den Namen Schwarzenberg führen solle.

Alle Fürsten Deutschlands, alle Könige
unsers Welttheils beeiferten sich, der Familie des Verewigten ihre Theilnahme zu bezei-
gen. Den Schmerz, welchen diese empfunden,
schildere, wer ihm entfernter stand. Und dennoch hing die Vorsehung noch Gewicht an
Gewicht, und kettete Verlust an Verlust in
diesem Hause. Aber wer dürfte desshalb mit
ihr rechten? Wahrhafter Schmerz entsprosst
nur reichem Boden. Wer nie besessen, ver-
liert nicht. Hienieden sind nicht Diejenigen
zu beklagen, die solchen Verlust erfuhren;
ihnen hebt sich aus dem Hinwegschwinden
des Nahverwandten ein hohes Bild, das gleich
einem wandellosen Freund durch's Leben sie
begleitet. Diejenigen sind es vielmehr, denen
zu ihrer Lebensarmuth nicht wenig genug an
Seelenkraft zugewiesen worden ist, so, dass

sie gerade noch einsehen, nie etwas als eigen gekannt zu haben, das einer erhebenden Erinnerung werth wäre. —

Und so hätte diese schwache Hand nun ihr theures und wehmüthiges Geschäft, das Leben des hohen Verewigten zu schildern, so weit sie es zu thun vermögend war, geendet. Noch erübrigt, die Züge seines Charakterbildes zu sammeln; sie, die manchmal genannt, oft nur angedeutet, und meist durch die Handlungen sich selber nennend, wohl zerstreut auf diesen Blättern sich finden. Doch wo ist der Meister, geübt sie aufzusuchen, verständig genug sie aneinander zu reihen und zum würdigen Ganzen zu gestalten? — wo das Herz, reich genug mit Liebe ausgestattet, um dieses Ganze zu beseelen, und den Zauber des Lebens auszugiessen über das theure Bild? — Die Kraft des Armes kann man schildern; die Bahn des Geistes kann man bezeichnen: wo ist aber die Sprache, die zureicht den eigenthümlichen Gehalt eines Wesens auszusprechen? — Was von einem Manne gesagt werden kann, trifft meist nur seinen Muth und seine Einsicht im Felde, seine Klugheit und Thätigkeit in Staatsgeschäften, überhaupt seine Verwendbarkeit nach aussen. Aber hinter dieser Hülle wohnt der zu richtende Geist erst, der jene Eigenschaften zum Guten, wie zum Bösen leitet: wer ruft diesen Geist an's Licht? — Und vermöchte man es, zwänge man ihn auch hervorzutreten: wie geringe ist die Zahl Derjenigen, die gewandt und rein genug sind, ihn zu schauen? — Zu einem grossen Manne gehören mehr als grosse Thaten; es gehört ein Wesen dazu, das dieser Thaten, womit das Schicksal auch manchmal minder Verdienstvolle beschenkt, würdig sey. Schwarzenberg übertraf seine Thaten. Im öffentlichen Wirken konnte man ihn verkennen, in seinem Wesen nie.

In einem zu London erschienenen Werke finden sich folgende merkwürdige Worte über den Fürsten: „Wahre Grösse sucht sich vor der „Menge zu verbergen; das ist die Grösse des „Mannes, dessen Name diesen Aufsatz bezeich-„net. Europa dankt auch ihm seine Freiheit,

„Deutschland seinen Ruhm; er aber zieht sich
„bescheiden in den Hintergrund zurück. Man
„muss seine Handlungen in der Nähe beob-
„achtet haben, um seine Verdienste nach ei-
„nem richtigen Massstabe zu messen. Die Be-
„gebenheiten unserer Tage haben ihm in der
„Geschichte seine Stelle neben Eugen und
„Marlborough angewiesen; aber diese Helden
„haben nur mit der Gefahr, und nicht mit
„den Schwierigkeiten und Hindernissen zu
„kämpfen gehabt, welche die Führung eines
„Heeres, fast aus allen Völkern Europa's zu-
„sammengesetzt, herbeiführen musste. Diese
„Ruhe; dieses Nachgeben, wo er durfte und
„konnte; dieses Festhalten seiner Meinung,
„wenn sie fremde Ansicht bekämpfte: hun-
„dert Schwierigkeiten, die nur die Nachwelt
„einst beschreiben und lesen darf, raubten
„ihm jeden Augenblick, den ihm die Gefahr
„übrig liess. Er stand fest und unerschüttert
„unter den Stürmen, die um ihn, nicht al-
„lein auf dem Schlachtfelde, erwachten. Seine
„Gefälligkeit, seine Überredung, der bekann-
„te Edelmuth und die Rechtlichkeit seines
„Charakters, der sich selbst aufopferte, um

„das Ganze zu retten: alles diess war nö-
„thig, um das Gebäude der deutschen Entjo-
„chung und des deutschen Ruhms zusammen
„zu halten, das auf dem Grunde verschiede-
„ner Meinungen und Grundsätze errichtet
„war" *). Diese Stelle, welche, wie der Ein-
gang des Aufsatzes sagt, aus dem Deutschen
übertragen ist, bezeichnet würdig die oft
missverstandene Bescheidenheit, von der oben
gesprochen wurde, und hier insbesondere nur
wenig gesagt werden soll. Man verwechsle sie
mit jener ängstlichen Zurückhaltung nicht,
welche ein Aussenzeichen der Unerfahrenheit
ist. Anders weiset sich Bescheidenheit in Dem,
der gehorcht: anders in Dem, der befiehlt;
obwohl sie ohne Zweifel überall, wie und wo
sie erscheint, an sich dieselbe ist. Gewiss
schliesst sie Selbstgefühl nicht aus, und wer
den Fürsten näher kannte, wird wissen, dass
er diess besass. Eben so wenig führt sie Misstrauen mit sich: aber er hatte nicht Misstrauen in sich selbst, wohl aber manchmal in

*) An illustrated record of important events in
   the annals of Europe during the years 1814 et
   1815.

die nicht immer zulänglichen Mittel. Bescheidenheit bedingt endlich noch weniger das Mei-
den einflussreicher Lagen : aber nicht jederzeit
ist Einfluss wünschenswerth. Dass der Fürst ihn
zu nehmen verstand, beweiset nicht das Jahr
1813 allein. — Eben so wenig darf die Nachgiebigkeit des Fürsten, diese feine, kluge Waffe, mit jener Kraftlosigkeit verglichen werden,
die ein Erbtheil der Schwachen ist. Er gab
wohl sich, aber nie den Zweck auf, und wusste, wo es galt, seine Meinung zur Regentinn
zu machen. So sehen wir ihn bei Töplitz unerschütterlich in seiner Stellung beharren, obwohl der Tadel über diese Massregel immer
allgemeiner wurde, und zuletzt bis in die Höhen griff, aus welchen er schwer auf ihn her-
abzufallen drohte. ,,Ich weiche nicht von Tö-
,,plitz;" sprach er, ,,denn ob i c h, ob B l ü-
,,c h e r, ob B e r n a d o t t e schlagen, ist für das
,,Allgemeine gleichgültig, also auch für mich."
— So sehen wir ihn am Rheine seine Überzeugung den Lehrsätzen einer veralteten Schule,
dem Misstrauen und der Überschätzung der eigenen Kraft, den Kunstgriffen des Feindes, beinahe einsam und dennoch der Wesenheit nach

siegreich entgegen setzen. — So sehen wir
ihn bei Troyes die beinahe eben so sehr von
den Verbündeten als vom Feinde gewünschte
Schlacht, trotz manchem tief kränkenden Tadel, vermeiden. „Ich kann es dulden," schrieb
er damals, „dass Journalisten und unkluge
„Eiferer vollauf schreien mögen: ach, hätte
„an der Spitze dieses Heeres ein Anderer ge-
„standen, was wäre da nicht Grosses gesche-
„hen! — Aber ich müsste mich selbst verach-
„ten, wenn mein Gewissen mir sagte: du
„hast nicht den Muth gehabt, das Urtheil der
„Welt zu übersehen; du hast nicht nach dei-
„ner Überzeugung gehandelt; und darum ist
„ein schönes Heer zum Triumphe Frankreichs
„zerstäubt." — So sehen wir ihn endlich auf die
Nachricht, dass Napoleon dem von der Aube
nach der Marne gehenden Blücher nacheile,
selbstständig zu dem Entschlusse greifen, die
rückgängige Bewegung, für die man sich entschieden hatte, aufzuheben, und den Feind
bei Bar anzugreifen. Es lag in seinem Wesen,
nicht ohne Noth vorzutreten; an diesem Entschlusse aber, so wie an jenem des Marsches
nach Paris, der eben so freithätig aus ihm

hervortrat, hing vielleicht das Schicksal von
Europa.

Auf eine würdige Reihe kriegerischer Vorfahren sich stützend, grosser Bilder durch die
Kenntniss der Geschichte voll, unter Männern, welche Waffen trugen, aufgewachsen,
seine Jugend- und seine Mannesjahre in den
Stürmen verlebend, womit Frankreich Europa überzog, hatte sein ritterlicher Sinn Nahrung bis in die letzten Tage seines Lebens.
Kriegerische Tugend stand ihm daher hoch
im Werthe. Persönlicher Muth, wo und wofür es galt: auf dem Rosse, im Kampfe Mann
gegen Mann, oder im Dunkel der Feldschlacht,
— Entschlossenheit im Augenblicke der Entscheidung, Gegenwart des Geistes in jeder
Gefahr, wie gestaltet sie erscheinen möge, forderte er von dem Manne überhaupt, und um
so mehr von dem Krieger. Wie er in seiner
Jugend jede Übung geliebt hatte, die auf
Vervollkommnung dieser Eigenschaften zielt,
so sah er auch in spätern Jahren die Spiele
und Anstrengungen der Jünglinge gerne, wodurch die Sehnen Kraft, die Muskeln Gewandtheit, die Augen Schärfe gewannen, und

woran ihr Muth grosswachsen konnte. Den gefahrverachtenden Krieger, der des hohen Entschlusses der Aufopferung selbst seines Lebens fähig ist, über Alles schätzend, gehörte der Fürst doch nicht unter Diejenigen, die da glauben, dass mit der Einsicht die Kraft schwinde. Er selbst hatte eifrigst dem Gegentheile nachgestrebt. So sah man ihn, schon mit Würden bekleidet, und auf Höhen gestellt, wo oft keine junge, aufsprossende Pflanze des Wissens mehr fortkömmt, mit Emsigkeit die ersten Werke über Staatsklugheit und Kriegskunst, so wie Aufsätze, welche schriftlich ihm zukamen, lesen und prüfen. Er schätzte Leute von Geist, und die Beweglichkeit des Genies zog ihn, gleich dem unbestechbaren Scharfblick der Erfahrung, an. Er wusste das schwächere Talent mit Leutseligkeit zu ertragen; dagegen verletzte ihn Anmassung schnell, und er zog sich schweigend aus ihrem unreinen Kreise. Auf gleiche Art wirkte Schmeichelei auf ihn ein. Man sah das Unbehagen in seinen Zügen; er wich ihr beinahe ängstlich aus, und kaufte sich oft mit Opfern von ihr los. Er verstand es, den Furcht-

samen aufzumuntern, die Denkweise der Menschen zu errathen, und Keiner war ihm zu gering, dass er nicht gegen ihn eine liebenswür-
dige Schonung im Umgange beobachtet hätte.
Er machte es Jedermann leicht, mit ihm zu
reden, und übersah auch, was so selten Grosse vermögen, eckige Formen, wenn nur der
Gehalt des Blickes verlohnte. Gerne gewährte er dem Fleisse und freundlichen Willen
Raum zur Bewegung; liess gerne Andere an
Geschäften Theil nehmen, und selbst auf seine Kosten so viel Lob und Ruhm erwerben,
als sie konnten.

Er hatte die Sprache sehr in seiner Gewalt; noch mehr das Schweigen. Er sprach
klar, bestimmt, belebt, und sprach lieber als
er schrieb, obwohl er kräftig, warm, mit edlem Schwunge schrieb. Er überredete leicht;
aber er bediente sich selten der Witzspiele
und Einfälle an der Stelle der Gründe. Ge-
künstelte Worte und geschraubte Fügungen
waren ihm widerlich. Heftig im Ausdrucke
wurde er selten, und kehrte schnell zurück,
wenn es doch geschah. Ferne blieb ihm gebie-
terischer Ton; aber er wurde auch ohne die-

, ses eitlen Mittels der Gebieter. Mit Sanftmuth verbundene Festigkeit, die man, mit Plutarch, die politische Tugend nennen möchte, führte ihn schneller, heiterer zum Ziele.

Es gibt eine Grösse, die durch das gleichzeitige Erscheinen ihres ganzen Gewichtes den überraschten Geist betäubt, erdrückt. Es gibt eine andere, die nur stufenweise erkannt, wohlthätig wie eine milde Naturkraft ihn hebt. Von dieser letztern Art war die Grösse des Fürsten. Die Vorsehung hatte ihn mit der lohnenden Auszeichnung begabt, auf eine unwiderstehliche Weise Menschen anzuziehen. Ein Feuer der Liebe schien sein ganzes Wesen zu durchglühen, und die reine Luft des Vertrauens schwellte jedes Herz, das sich ihm nahte. Von der Gewalt, womit er Verehrung selbst Denen abnöthigte, die Verhältnisse, Grundsätze und Ansichten von ihm entfernten, zählt seine geheimere Geschichte manches wunderbare Beispiel auf. Selbst der Neid schien in seiner Gegenwart zu gesunden, und der Bosheit stand kein Stachel zu Gebot, so lange sie noch von seinem Auge bestrahlt war. Er versicherte sich der Menschen weit öfter

durch Dank, den er gab, als durch jenen, den
er nahm, und die Kindlichkeit seiner Gesinnung
erlaubte Jedem irgend ein Verdienst. Zu diesen seltenen Eigenschaften kam ein durchdrin-
gender Scharfblick in Beurtheilung des Menschen; denn der Mensch in seinem Wesen, in
seiner Vervollkommnung oder Abartung, in
seiner Kraft oder Schwäche, in seinem selbstständigen Gange oder in seiner öffentlichen
Verwendung, war als die eigentliche Aufgabe seines Denkens anzusehen. Mit treffender
Wahrheit bezeichnete er schnell eines Mannes Werth oder Unwerth, unterschied das
Eingelernte und Angebildete von dem Eigenthümlichen, und wusste die Wege zu errathen, die Jemand zu gehen Einsicht und Kraft
haben dürfte. Darum war auch kaum ein Staatsmann unserer Zeit mehr zum Diplomaten geboren und gebildet. Aber er hasste das Ge-
webe von Ränken, worin kleinliche Politiker
ihre ganze Lust und Kunst finden, und selbst
die so sehr verrufene Diplomatie des Kabinets
von Saint Cloud konnte ihm keine Blösse abgewinnen.

Es galt ihm als Grundsatz, den er oft aussprach: man müsse jederzeit nicht das Gute, sondern das Beste thun. Vaterlandsliebe war ihm ein heiliges Wort; aber er verstand darunter nicht jene blinde Tochter der Thorheit, die Alles, was nicht im engen Bereich ihrer Hände steht, für untauglich und verdienstlos ansieht, dagegen auch das Verkrüppelte, wenn es nur in diesem Kreise spriesst, für das Beste, Einzige erklärt, und in frommer Wuth die ältere Pflicht der Menschheit der jüngeren der Stammverwandtschaft opfert. Schätzung des Menschen, diese seltene Tugend, die so Viele zu besitzen glauben, und die nach dem ganzen Inhalte ihrer Pflichten so Wenige zu nehmen wissen: sie, die des reinsten Himmelsstriches bedarf, um zu gedeihen, und die sicherste Bürgschaft für Verstand und Herz ist, gehörte mit zu seiner Religion. Er behauptete, der sicherste und kürzeste Weg, den Einzelnen oder ganze Völker dieser Schätzung würdig zu machen, sey: sie zu behandeln, als verdienten sie dieselbe wirklich schon. Er kannte jenen niedertretenden Hochmuth nicht, womit das Vorurtheil über den Nacken des Verdienstes wegschreitet, und das doppelte Verbrechen unverdienter Geringschätzung fremden Werthes und eben so unverdienter Überhaltung des eigenen, begeht. Sein Herz war zu rein, sein Sinn zu erfahren, sein Geist zu gebildet, um in der Welt der Ideen Anderes als das Erhabene zu lieben.

Man kann sagen, dass Laune niemals so grossen Einfluss auf ihn gewann, dass sie ihn zur Härte oder Heftigkeit im geselligen Betragen verleitet hätte. Diess Betragen war jederzeit einfach, ohne Schminke; es hatte die Vortheile der Kunst und der Besonnenheit, ohne deren Nachtheile, weil es nicht angekünstelt, sondern natürlich war. Wie man ihn heute verliess, fand man ihn morgen wieder. Es mochten auf ihn Verhältnisse, welcher Art immer, indessen eingewirkt haben, der Dritte, der in keiner Beziehung dazu stand, sah keine Änderung. Man kann kaum mehr Gewalt über sich haben, als der Fürst deren bewies. Während es in der Tiefe seines Gemüths stürmte, bewegte sich der klare Spiegel der Oberfläche kaum.

Die Grundlage seines Wesens, die strenge Rechtlichkeit, und die milde, wohlthuen-

de Form, unter der sie hervortrat, mahlte sich
in seinen Zügen; aber die augenblicklichen
Eindrücke fanden in ihnen ihre Verräther
nicht. Er wusste seine Mienen zu beherrschen;
aber er täuschte nie durch erkünstelten Ausdruck, weil er nur nicht Jeden in seiner Seele lesen lassen wollte, nicht aber Verstellung
trieb.

Man möchte von diesem seltenen Manne
sagen, er habe das Mittel gefunden, sich im
Zwange der Formen frei zu bewegen. Er legte sie im Umgange selten weg; aber sie sassen ihm nicht gleich Panzer und Stachelhar-
nisch glatt und feindlich am Leibe; sie schmieg-
ten sich sanft an ihn, und, gleichsam beseelt
durch den Überfluss der Wärme seines Herzens, erwachten sie aus der Erstarrung, in
der sie gewöhnlich erscheinen. Das Anziehen-
de, das in seinem ganzen Wesen lag, fesselte
den Gebildeten wie den Rohen; aber die feine Sitte, deren erste Wirkung die ist, dass
die Rohheit ihren klaren Luftkreis scheuet,
hielt die Zudringlichen ferne. Man fühlte sich
erquickt in seiner Nähe. Er hatte eine be-
wunderungswürdige Sicherheit in der Art,

seine Neigung gegen die verschiedenen Menschen, die ihm werth waren, abzustufen, um Jedem das Seinige zu geben.

Er war besonnen, entschlossen, hochherzig, zartfühlend, und — man erlaube den Ausdruck — er schien mit dem männlichen Charakter alle Eigenschaften des weiblichen, die eine Zierde des ersteren, ohne ihn zu schwächen, werden können, zu vermählen.

Im Äussern liebte er Anstand. Er war freigebig in einem hohen Grade, ohne sich durch den Missbrauch seiner Güte beirren zu lassen. Kunst und Wissenschaft unterstützte er fürstlich. Er überliess seine Hausgeschäfte gerne anderen Händen, und man muss ihm Dank wissen, dass er sein Auge, bestimmt den Welttheil zu überschauen, und den grossen Angelegenheiten der Völker nachzuforschen, auf seinen eigenen nur als auf tief untergeordneten ruhen liess. Ein so hoher Grad der Abgezogenheit von sich selbst war vielleicht nöthig, um mit Festigkeit durch die Zeit so vielfach widerstreitenden Verlangens zu gehen, und aus der Reinheit seiner Gesinnung in dieser Beziehung, erwuchs ohne Zweifel zum

Theile der Zauber, mit welchem er in den Jahren des Befreiungskampfes das Vertrauen Aller, die Hauptbedingung des glücklichen Erfolgs, erwarb, erhielt, befestigte und vermehrte. Gewohnt, den Erwerb nach dem zu berechnen, was dem Leben Würde gibt, hatte er niemals seine Verdienste für eine Münze angesehen, womit man Waaren einhandeln, und die man umtauschen kann. Er dachte nie, dieselben zur Vermehrung seiner Glücksgüter zu benützen, und so viel er vom Staat empfing, so hatte er doch im Dienste desselben, wo das Empfangene nicht zureichte, keinen Unterschied zwischen diesem und seinem eigenen Besitzthum gekannt. Als am herrlichen Siegestage von Leipzig der Monarch, voll des Bestrebens seinem Feldherrn zu vergelten, jedem seiner Wünsche zu willfahren bereit war, hatte Schwarzenberg kein Wort für sich; er leitete die Gnade des Monarchen auf den Gemahl seiner Schwester Karoline, dessen zerrütteten Vermögensumständen durch ein Darleihen aufzuhelfen, die einzige Bitte war, die er aussprach.

Wenn Rousseau irgendwo sagt: dass der

Undank seltener wäre, wenn man weniger
Wucher mit Wohlthaten triebe; so ist diess
eine von den vielen Wahrheiten, die seinen
tiefen Blick in's menschliche Herz beurkun-
den. Die Kunst zu geben, ist schwerer, als
man im Allgemeinen dafür hält. Der Fürst verstand sie; seine Wohlthätigkeit war für den Beschenkten kein Vorwurf, und man konnte ihm
dankbar seyn, ohne sich erniedrigt zu fühlen.

Charaktere von der Art, wie der Schwarzenbergs, sind schwer zu beurtheilen, und
zwar im Verhältniss schwerer, als sie sich
von einseitiger Richtung entfernen. Man hält
sich im Durchschnitt lieber an eine solche.
Das klare bewusste Fortschreiten ist den
Meisten ein Vorwurf. Wer aus den Schach-
ten der Büchersäle hinaus nach dem Manne
blickt, der auf der wandelbaren bewegten
Bühne der Welt einherschreitet; wer nur
aus beschränktem Kreise seine Forderungen
an Menschenwerth und Menschenleistung her-
ausfand; wer endlich mit in den Wirbel der
Begebenheiten gezogen, von ihnen in seinen Wünschen gefördert oder gehemmt wurde: wie soll diesen Allen ein wahres Urtheil

über einen weltgeschichtlichen Mann zukommen? — Es kann auch diese Schilderung kein vollendetes Ganzes liefern wollen; nur Umrisse, nur Züge gibt sie.

Ein Tadel, der in der Liebe seinen Grund findet, und daher von Denen ausgesprochen wird, die den Fürsten am höchsten verehrten, ist dieser: dass er zu wenig Sorge trug, sein Handeln aus dem wahren Gesichtspunkte zu zeigen, und überhaupt seinem hochherzigen Glauben, dass der Werth der That im geraden Verhältnisse mit der Anspruchslosigkeit ihres Erscheinens stehe, zu streng, zu allgemein anhing. Die Klasse Derjenigen, die nur dahin sich wenden, wohin Schimmer sie lockt, ist überall zahlreich: sie will, wenn auch nur nebenher, doch immer berücksichtigt seyn. Der Massstab für die That liegt solchen Menschen in der Art, mit welcher sie sich darstellt. Die Weltbühne ist ihnen eine Schaubühne, und wer da auftritt, hat in ihren Augen nur in so ferne Werth, als er s p i e l t. Der Fürst berücksichtigte nie diese Klasse. Leute, die zu ihr gehören, aber sind es, die bewusstlos ihrer Anmassung, heute Feldherrn und

morgen Minister beurtheilen, und glauben: weil
sie nur auf eine Spanne sehen, es bestehe ausser
ihrem Augenkreise nichts mehr. Leider bildet
sich aber durch solche Urtheile, wenn sie un-
widersprochen bleiben, unter dem kommenden Geschlechte, das nur aus Überlieferung
lernet, eine Partei, die das Andenken, auch
des reinsten Menschen, willenlos befleckt.

Wohl sollte man über die häuslichen Verhältnisse des Fürsten etwas sagen, weil man
sich einmal in diesen Denkwürdigkeiten nicht
allein auf den Staatsmann und Feldherrn allein beschränkt hat, sondern, was eine theure Rücksicht war, auch über den Menschen
zu sprechen wagte. Schwarzenberg fand in
seiner Gattinn die treffliche Mutter liebens-
würdiger Kinder, und die Nahverwandte seines Geistes. „Denke, dass ich gewohnt bin,
„laut mit Dir zu denken; dass ich weiss, dass
„Dir nichts fremd seyn kann, was es mir nicht
„auch ist, und dass ich in meinen Briefen an
„Dich mein Tagebuch anerkenne": so begann
er ein Schreiben an sie aus Triest im Jahre
1816. Neben diesen Worten ist jedes andere überflüssig. Er kehrte mit Freude und Sehn-

sucht nach jedem Geschäfte des Staates, nach jedem Triumphe des Sieges, in sein stilles Haus zurück. Wenn die schöne Zeit des Jahres herannahte, und er auf seinem Schlosse zu Worlik mit den Seinigen wohnen, Feld und Wald und Auen in freudiger Jagd durchstreifen, mit seinen Kindern spielen, oder mit seiner Gattinn das zarte Leben der Pflanzen beobachten, und überhaupt die ländliche Natur in ihren mannigfaltigen Reitzen geniessen konnte, dann waren Frieden und Freude um ihn, und in ihm am höchsten.

„Seit vielen Jahren sehe ich mit angestreng„ter Aufmerksamkeit unaufhörlich die unge„heuren Weltbegebenheiten in ihrer ganzen „kolossalen Form dicht an mir vorüber zie„hen; mächtig werde ich vom Strom ergriffen „und fortgerissen; selbst werde ich von der „Vorsehung bestimmt, Grosses zu leisten: „die unermessliche Last, die auf mir lag, der „riesenmässige Charakter des Ganzen, — alles „dieses zusammen musste mich nothwendig „über Vieles abstumpfen; aber um so reitz„barer bleibt das Herz für jeden Eindruck, „den Liebe und häusliches Glück erzeugen.

„Da schlägt es so warm, als das eines Jüng-
„lings. Ich wiederhole es, Ihr müsst um mich
„seyn, wenn ich froh seyn soll.” — Auch diess
sind Worte, von seiner Hand im Jahre 1816
geschrieben. — Er hing mit der wärmsten Liebe
an seinen Brüdern, den Fürsten Joseph und
Ernst, an seinen Schwestern Therese und
Eleonore, und an den Kindern seiner dritten
Schwester Karoline, die, bald nach dem Tode
der unersetzlichen Mutter, durch den Verlust
des Vaters völlig verwaiseten. Wer ihn im
Kreise der Seinigen sah, mit der ganzen Hin-
gebung seiner Liebe, und beglückt durch die
Fülle der ihrigen, sollte geglaubt haben, dass
nur in diesem Kreise seine eigentliche Stelle
hienieden sey; aber wer ihn in anderer fand,
war desselben Gedankens voll, und wo er
stand, als Feldherr, als Staatsmann, als Mensch
— da war seine Heimath.

Noch bleibt des Feldherrn als solchen zu
gedenken; doch dürfte in dieser Beziehung
das Bezeichnende schon gesagt seyn. Die That-
sachen wurden, der Zeitordnung folgend hin-
gestellt, und da manches Urtheil ausgesprochen. Mögen die einen das andere ergänzen.

Als Strategen erkennt man mit Ehrfurcht in ihm jenen treffenden Blick, jene Klarheit und Besonnenheit, jene Ruhe und Grossartigkeit, die den bewährten Feldherrn bezeichnen. Nie liess er sich, nach dem Beispiele so mancher, selbst grosser Männer, von dem Erfolge hinreissen, alles Weitere für Spielwerk anzusehn. Nie war er leichtsinnig, nie nachlässig in seinen Massregeln, sondern stets in voller Rüstung. Daher die Strenge, mit welcher er während der letzten Feldzüge auf dem festgesetzten Plane beharrte, und auf dem Satze bestand: man müsse den Franzosen immer das doppelte der Streitkraft entgegen setzen; nicht weil der einzelne Mann da oder dort braver sey; sondern, weil der Vortheil, den Napoleon, durch seine verzweifelte Lage zu den höchsten Anstrengungen getrieben, in der Einheit seines Willens und in seinen persönlichen Eigenschaften fand, immer noch gross genug war, um die Wagschale zwischen ihm und den Verbündeten schwankend zu erhalten. Der Fürst trug und leitete Alles, wie es des Mannes würdig war, der nicht das mehrere oder mindere Lob der Menge, sondern

den letzten Zweck des Krieges vor Augen hatte, und dem nie der verbrecherische Gedanke
sich nahte, in den seiner Führung übergebe-
nen Hunderttausenden nur ein Werkzeug zur
Befriedigung seiner Ruhmsucht zu erblicken.

Er achtete des Zwists der Theorien der
alten und neuen Schule in der Kriegsführung
nicht, und hielt die Geschichte für die Leh-
rerinn der Feldherrnkunst. Er war überzeugt,
dass man der Erfahrung viele Vortheile abkau-
fen könne; aber er war es eben so sehr, dass
jeder grössere Feldherr Erfinder in seiner
Kunst, und Jedem auf eine eigene Weise begegnet werden müsse. Diese zu erkennen,
nannte er eben die unentbehrliche, den den-
kenden Feldherrn bezeichnende Gabe. Herr
über seine Streitkräfte im Gefechte, wie bei
Bewegungen, zu bleiben; sie niemals unnützer
Weise, weder strategisch noch taktisch, zu läh-
men: darauf fusst sich, wie er sagte, die grosse Kunst der Ausführung. Er verglich den
Ort, wo (sinnbildlich sowohl als wirklich) der
Feldherr sich befinden müsse, mit dem Punkte, von wo die Handmuskeln ausgehen; „ste-
„he ich hier" — so waren seine Worte — „so

„werde ich jeden Finger in Bewegung setzen,
„an keinem andern Orte vermag ich es, und
„doch ist gerade diess die unerlässliche Be-
„dingung, soll dem Entwurf die Ausführung
„entsprechen.” — So viel als nur immer thunlich war, suchte sich der Fürst vor Zerstreuung
im Einzelnen zu bewahren, und wandte kein
Auge vom Ganzen. Er sprach mit sichtbarer
Vorliebe, mit Lebendigkeit, Fülle und Tiefe
über den Krieg, sobald er verstanden zu werden gewiss war. Krieg und Politik waren zur
Zeit, da er sich noch als Botschafter in Paris
befand, der Inhalt seiner oftmaligen Gespräche
mit Napoleon, und mehrmals gestand dieser:
er handle mit dem Fürsten gerne dergleichen
Dinge ab, weil er finde, dass Schwarzenberg sie
verstehe. Aber dieselbe Befriedigung fand auch
der Fürst im Gespräche mit Napoleon; denn
es hatte dieser die Kraft des Wortes in dem
Fache, worin man ihm die Meisterschaft nicht
absprechen kann. Wenn er zu seinen Marschällen und Generalen, wie es oft in Gegenwart des Fürsten geschah, vom Kriege rede-
te, so war auch keiner unter den Zuhörern,

der nicht mit dem Gefühle eines Schülers vor
ihm gestanden hätte. Der Umgang mit Napoleon, abgesehen von den öffentlichen Verhältnissen, Krieger zum Krieger, gab dem Fürsten zu jener Zeit die wichtigste Entschädi-
gung für den Aufenthalt in Paris.

Menschlichkeit war gleich einem Genius
immer dem Fürsten zur Seite. Er wusste, dass
jedes Einzelnen Tod irgend ein zartes Band
löse, und irgend ein Auge mit Thränen fülle.
Desswegen hielt er leichtsinniges Versplittern
von Menschenleben für eine grosse Sünde des
Feldherrn; aber er war auch ganz der Mann,
wo es Entscheidung galt, sie mit allem Nach-
drucke zu erzwingen. Unnütze Zerstörungen,
grausame Mittel im Kriege, mied er mit Ge-
wissenhaftigkeit, und mancher Ort verdankt
seiner Darzwischenkunft die Rettung. So selbst
Leipzig, dessen Bewohnern es nicht bekannt
ist, wie viel Unheil er von ihren Häuptern an
jenem Tage der Verfolgung (am 19. Oktober)
wandte. Schon waren die Geschütze zum Theile aufgepflanzt, deren Hundert die Stadt, die
noch von Feinden wimmelte, beschiessen soll-

ten; als er — nicht mit leichtem Worte, sondern mit dringender Vorstellung des unverhältnissmässigen Gewinnes — Schonung über sie brachte. Welch eine ungeheure Summe von Leiden ein Krieg in sich fasse, hat vielleicht kein Feldherr wärmer bedacht, als eben er. Darum schauderte ihm vor den Blutopfern, womit man, leichtsinnig oder schlecht genug, oft nichts als den flüchtigen Genuss erkaufen will, von der Menge, die man nicht einmal achtet, genannt, und von Tageblättern, die kaum ihr Erscheinen überdauern, gepriesen zu werden. Darum versäumte er auch keine Gelegenheit, Unglück zu mildern, wo er konnte. Paris wird nie vergessen, mit welcher Zartheit der siegende Feldherr im Jahre 1814 die Abgeordneten der Stadt, die um Unterhandlung baten, in seinem Lager empfing, und auf welche schonungsvolle Art er, so weit es an ihm lag, diesen Brennpunkt, aus welchem Spott und Waffen über den Welttheil gezogen kamen, jetzt da er erobert war, behandelte. — Die Ruhe im Antlitz des Fürsten, die ein fester Stern der Hoffnung im Sturme des

Krieges Allen war, wirkte wie ein Pfand des
Erfolges, wie eine Bürgschaft von höherer
Hand gegeben. Ohne Zeichen der Beunruhigung übernahm er im Jahre 1813 den Oberbefehl, obwohl er den ganzen Umfang, das
Gewicht, die Grösse und die Forderungen
dieses Amtes kannte; ihn trieb seine Bestimmung. Napoleon hatte das Schwert sich selbst
geschliffen, und es seinem Besieger in die
Hand gegeben. Die Stunde war gekommen;
der Fürst folgte dem höheren Rufe. „Napo-
„leon ist der grösste Feldherr der Zeit;" sagte er damals, — „aber kann er desshalb nicht
„geschlagen werden? — und wenn er es kann,
„warum soll diess nicht durch mich gesche-
„hen? Mich beunruhigt es nicht, ihm entge-
„gen zu stehen." — Seine Miene auf den Höhen vor Dresden, als er das Heer den Rückzug antreten liess, war keine andere, als die,
womit er am Tage von Leipzig den Sieges-
einzug befahl. Zu Frankfurt, als er den Winterfeldzug erwirkte, — zu Langres, da die
ganze Ansicht des Krieges eine neue, unerwartete Wendung bekam, — zu Brienne, da der

Boden unter den hunderttausend Verbündeten zu schwanken drohte, — zu Troyes, da
er wirklich erbebte, und die Erschütterung
bis in den Rath der Verbündeten drang, —
zu Sommepuis, wo der zweite entscheidende
Wurf gethan werden musste und ward, — im
Angesichte der Tuilerien endlich, war Schwarzenberg derselbe Mann. Keine Lage reichte
über ihn hinaus. Gleich dem Adler im Fluge,
sah er unter sich den Drang und Kampf der
Begebenheiten, und die Stürme trieben die
Wolken unter ihm weg.

In taktischer Beziehung war er dem Gebrauche der Kolonnen und Massen sehr zuge-
than. Er zog die ersteren, so oft es nur thunlich war, den Linien vor, und hielt gewöhnlich alle Hintertreffen in Kolonnen geschlossen. Die Geschütze liess er nicht gerne zer-
streuen, und hielt sie vielmehr in grossen Abtheilungen beisammen, um dadurch ihre Wirkung entscheidender zu machen. Er empfahl
ganz vorzüglich den Gebrauch dieser Waffe. —
Reiterei in grossen Massen anzuwenden, gestand er, den Franzosen abgelernt zu haben.

Von der Wahrheit des Erfahrungssatzes, dass, wer die letzte Unterstützungstruppe habe, den Schlüssel zum Sieg in den Händen halte, war er ganz überzeugt. Über Reserven äusserte er sich einmal: „Der General, der „darauf beschränkt ist, seine Truppen per„sönlich anzueifern, ist schon so gut, als ge„schlagen. Er kommt mir vor, wie der Gou„verneur einer Provinz, wo Hungersnoth „herrscht, wenn er unter das Volk treten woll„te, um ihm zuzurufen: „„Hungert nur fort, „meine Kinder; wer's aushält, der überlebt „es endlich doch."" Wenn der General keinen „Fond mitbringt, um die ersterbende Kraft mit „frischen Truppen neu zu beleben, so ist er ver„loren; wie die schöne Rede des Gouverneurs „ohne Brotvorschüsse." — Er liebte es, sich in Gleichnissen zu äussern, und so trug er auch viele Lehrsätze des Krieges auf diese Art vor.

Über die Ausbildung und innere Ordnung des Heeres, sprach er sich oft mit edlem Eifer aus. Bewandert in jeder Waffe, war er bemüht, in's Werk zu setzen, was die Verhältnisse zuliessen, und das östreichische Heer wird ihm vielleicht für Siege in künftigen Jahren noch Dank schuldig seyn. Er hing mit warmer Liebe an demselben. Als er im Jahre 1817 dem Tode so nahe war, dass man jede Stunde für die letzte hielt, leitete er noch mit halbgebrochener Stimme die Erleichterung ein, welche die Offiziere in jener schweren Zeit durch die Bewilligung des Brotes erhielten. Das Heer zu verlassen, war auf dem Krankenbette seine wehmüthigste Klage. Sie begleitete ihn bis zum Verscheiden. Er war dem Tode ruhig entgegen geschritten, wie er ihn furchtlos im Donner der Schlacht und in manchen andern Gelegenheiten erwartet hatte. Im Jahre 1817 zweifelte er nicht an dessen Nähe. „Ich habe mein Leben damit zuge„bracht," — sagte er damals — „dem Tode „fest in's Gesicht zu sehen. Er ist mir in vie„lerlei Gestalten begegnet, und ich bin jeder„zeit bestanden. Jetzt erscheint er mir wie„der, in einer unangenehmen Gestalt, und „grinzt mich an. Ich sehe ihm, wie immer, steif „in's Angesicht, und werde mit Gottes Gna„de wie immer bestehen."

Schwarzenberg war von Gestalt gross, in seinem Mannesalter beleibt, doch gewandt und schnell in seinen Bewegungen. Der Gesammteindruck seines Äusseren versprach viel, ohne die Erwartung nach Mehrerem aufzuheben. Die Haltung zeigte von Würde und Reinheit. Das schwarze Auge strahlte von Geist und Kraft und unnennbarer Milde, die auch über alle Theile seines Gesichts ausgegossen war, und am meisten am Munde sich wieder fand. Stolz und Demuth vermählten sich in seinen Zügen, und breiteten hohen Adel darüber aus. Sein Körper war äusserst empfindlich, beinahe von krankhafter Reitzbarkeit seit frühester Jugend. Im Anzuge liebte er Geschmack, und die geringste Vernachlässigung war ihm unerträglich.

Von allen Bildnissen des Feldmarschalls ist keines ähnlich. Grosse und kleine Meister haben vergeblich versucht, seine Züge aufzufassen, und treu wieder zu geben. Gerard und Isabey haben unwillkührlich einen Franzosen aus ihm gemacht; Lawrence einen Engländer; aber Jedem ist seine Eigenthümlichkeit entwischt. Dass sein wahres Bild uns bleiben werde, das ist der Glaube, in dem diese Blätter begannen, und in dem sie schliessen. —

Nur wenig ist hier gesagt — diess Wenige, was ist es als Stückwerk? Aber kaum liess sich mehr sagen, weil das Leben eines solchen Mannes zu innig in das Leben der Zeit verflochten ist, und füglich nicht eher bekannt werden kann, bis Menschen und Begebenheiten so weit zurückgedrängt sind, dass sie der Geschichte angehören. Aber die Zukunft baut aus den Stücken, welche ihr die Gegenwart vererbt, das Gebäude der Geschichte auf. Nicht Unwürdiges, wenn auch Unvollkommnes, wollen ihr diese Blätter übergeben. Führe sie die Züge aus, wo der Griffel der Gegenwart zitterte oder gehemmt war; trage sie Licht in das Dunkel, das bis jetzt noch der Klarheit verschlossen blieb; tilge sie die Flecken weg, wo die Farben missglückten oder wechselten; spinne sie die Andeutungen aus, die zur Bindung des Ganzen einzuweben unerlässlich waren! — Ohne Furcht vor dem Tadel, und ohne Verlangen nach Lob, übergibt der Verfasser diese Denkwürdigkeiten der Welt. Vermögen sie durch ihren Gesammteindruck ein Bild hervorzurufen, ähnlich dem, das ihm vor der Seele schwebt, ohne dass er es vielleicht zu fassen im Stande war: dann hat er eben den Lohn errungen, der ihn allein befriedigen kann.

Lettern, Druck und Papier von Anton Strauss in Wien.

www.ingramcontent.com/pod-product-compliance
Lightning Source LLC
Chambersburg PA
CBHW021747110726
47902CB00006B/1436